Wenn alles zerfällt Gen C(onnected)

Band 1

Roman

von

Mae Josiah

Band 1
der Gen C(onnected) Reihe

wenn

alles

zerfällt

Gen C(onnected)

Band 1

Roman

von
Mae Josiah

IMPRESSUM

Mae Josiah
c/o Edition47
Zum Schlangenwühl 30
67346 Speyer
Deutschland
Kontakt:
Email: firstjesusthenbooks@gmail.com
ISBN: 978-3-8192-0806-5
Erste Auflage 2024

Korrektorat:
Melanie Nova
Buchcoverdesign:
Stefanie Cadet, Mae Josiah
Unter Verwendung von Stockgrafiken von Bildern aus Adobe und Canva Pro
der Künstler:
Djordje Petrovic, Raansya von SYA'S DESIGN, Kevin Carden
Zitat im Klappentext (Samuel Harfst | www.samuelharfst.de)
Konvertierung, Satz & Layout:
Stefanie Cadet, Mae Josiah

Bibelzitate entstammen der Lutherbibel 1912 (gemeinfrei)

Verlag: BoD · Books on Demand GmbH, Überseering 33,
22297 Hamburg, bod@bod.de
Druck: Libri Plureos GmbH, Friedensallee 273, 22763 Hamburg

MIX
Papier aus verantwortungsvollen Quellen
Paper from responsible sources
FSC® C105338

Widmung

Für all jene, die sich von den Wellen des Lebens hin- und hergerissen fühlen – deren Herzen unruhig suchen und sich nach einem Ort der Ruhe sehnen: Mögest du inmitten der Stürme deines Lebens die eine Hoffnung finden, den Fels in der Brandung, der auf dich wartet, um deinen Sturm zu stillen und deinem rastlosen Herzen den Frieden zu schenken, nach dem es sich sehnt.

Prolog

»Nein! Nein!« Ihre Stimme war kaum mehr als ein panisches Keuchen, das wilde Trommeln in ihrer Brust raubte ihr die Kraft zum Atmen. Fieberhaft versuchte Jenna mit steifen Händen kopfüber den Sicherheitsgurt zu lösen, der sich hartnäckig weigerte, sie freizugeben. Dabei lag Aufgeben nicht in ihrer Natur! Sie musste einfach freikommen und ihrer Mum helfen, sie konnte doch nicht tatenlos zusehen, wie …

Tränen der Hilflosigkeit füllten ihre weit aufgerissenen Augen, die hektisch hin und her huschten, als sie panisch »Mum, bitte wach auf«, hauchte, ihre Stimme von Angst und Verzweiflung getränkt.

Draußen näherten sich hastige Schritte von Menschen, die herbeieilten, um zu helfen. Vergeblich, denn jede Hilfe kam zu spät …

»Ladys und Gentlemen, hier spricht Ihr Kapitän. Ich setze voraus, Sie freuen sich schon auf unser berühmtes britisches Wetter, denn wir befinden uns im Landeanflug auf London Heathrow. Die aktuelle Temperatur beträgt behagliche 18 Grad bei leichtem Nieselregen.

Aber was wäre das Vereinigte Königreich ohne Regen, nicht wahr?! Bitte überprüfen Sie, ob Ihre Sicherheitsgurte ordnungsgemäß angelegt sind, und beehren Sie uns bald wieder mit Ihrem Vertrauen. Wir hoffen, Sie hatten einen angenehmen Flug.«

Die ohrenbetäubende Ansage des Piloten, der in typisch britischer Manier die bevorstehende Landung ankündigte, riss Jenna aus ihrem wirren Halbschlaf und damit aus diesem allzu vertrauten Albtraum.

Sie hatte in der vergangenen Nacht kein Auge zugetan, sich von einer Seite auf die andere gewälzt und sich unablässig dieselben Fragen gestellt: Hatte sie die richtige Entscheidung getroffen? War es eine gute Idee gewesen, nach England zu gehen und ihren Dad allein zurückzulassen? Wieso um alles in der Welt kam sie auf die Idee, ihr Studium in Brighton abzuschließen? So weit weg von zu Hause, gerade jetzt!

Die Welt, in der sie aufgewachsen war, hatte sich so rasant verändert, dass Jenna sich vorkam, als wäre sie auf einer turbulenten Achterbahnfahrt. Sie erinnerte sich an die ständigen Meldungen von extremen Wetterereignissen aus den Nachrichten und fragte sich, ob England genauso wie Deutschland bald von noch mehr schweren Unwettern betroffen sein könnte. Zumindest hörte es sich im Moment nicht so an, als wäre hier Wasserknappheit zu befürchten. Genervt verdrehte sie die Augen, als sie das Gespräch der beiden Männer in der Sitzreihe vor sich zu Ohren bekam. Sie diskutierten angeregt über erneuerbare Energien und ihre

Prognosen darüber, wie sich dies in Zukunft auf die Preise und Verfügbarkeit von Flugreisen auswirken könnte. Die Meldungen über Extremwetterereignisse waren nichts Neues mehr. Hochwasser, Dürren, Hagel und Stürme traten in den letzten Jahren immer häufiger auf. Mittlerweile gab es sogar jedes Jahr zahlreiche Tornadosichtungen in Deutschland. Sie hatte erst kürzlich einen Artikel über ein ganz neues Wetterphänomen gelesen. An einigen Orten der Erde hatten Menschen eigenartigen Lärm im Himmel gehört. Wissenschaftler konnten sich die Berichte nicht erklären, und es schien, dass kein Journalist sich wirklich Mühe gab, tiefer zu bohren. Manchmal hatte sie das Gefühl, dass die Menschen gar keine große Lust hatten, sich mit unbequemen Fragen zu beschäftigen, auch nicht die Journalisten. Die Menschen waren so in ihren Alltag eingespannt, dass sich niemand die Zeit nahm, auch nur zu versuchen, hinter den Schleier zu blicken. Das wurde bestenfalls irgendwelchen Verschwörungstheoretikern überlassen, die die verrücktesten Erklärungen in ihren Blogs teilten. Aber diesen Ereignissen würde Jenna auf den Grund gehen.

Sie straffte ihre Schultern und hob das Kinn. Wollte sie deshalb Journalistin werden – um hinter den Schleier blicken zu können?

Eine eigenartige Kombination aus Neugier und Gewissensbissen umklammerte ihr Herz und schien ihren Griff mit jedem Höhenmeter, den die schwere Maschine verlor, enger zu ziehen.

Jenna strich sich eine Strähne ihres langen kastanienbraunen Haares aus dem Gesicht und warf einen flüchtigen

Blick auf ihr Smartphone, um nach der Uhrzeit zu sehen. Fast 8 Uhr. In wenigen Minuten würde sie in London landen und endgültig auf eigenen Füßen stehen.

Vor zwei Wochen war sie mit ihrem Dad das erste Mal hierher gekommen, um mit ihm gemeinsam die Stadt, in der sie demnächst wohnen würde, zu erkunden. Sie waren die zwei Stunden im Bus vom Flughafen nach Brighton gefahren, hatten die nötigen Formalitäten erledigt und das möblierte Zimmer im Studentenwohnheim mit Jennas persönlichen Sachen ergänzt, welche sie von Zuhause mitgebracht hatten. Das ersparte ihr dieses Mal das lange Warten an der Gepäckausgabe. Sie liebte es, mit leichtem Gepäck zu reisen, denn in Jennas Welt musste alles schnell gehen. Normalerweise. An diesem Tag aber war das anders. Sie hatte es nicht eilig, den Flieger zu verlassen und den Boden der Tatsachen unter sich zu spüren. Das Flugzeug landete sanft und die ersten Passagiere standen auf, um ihr Handgepäck aus den Fächern über sich zu holen. Jeder schien mit sich selbst beschäftigt zu sein, und so entstand nach und nach ein geschäftiges Treiben im gesamten Innenbereich der Maschine. Jenna kramte in der Vordertasche ihres Rucksacks, bis sie ihre Kopfhörer gefunden hatte, steckte sich einen der Pods in ihr linkes Ohr und startete ihre Playlist. Ihre Augen schlossen sich wie von selbst. *Nur zwei Minuten die Realität ausknipsen …*

Es war nicht so, dass sie sich nicht freute! Doch, sie wollte das hier! Für diesen Traum hatte sie schon immer alles gegeben. Hatte stundenlang Formeln auswendig gelernt und Vokabeln gepaukt. Dafür – und um den Schmerz zu betäuben, der seit dem plötzlichen Verlust ihrer Mutter geblieben war. *Sie hätte nicht gewollt, dass ich aufgebe!*

Jenna zuckte reflexartig zusammen, als sie eine zierliche, kalte Hand auf ihrer rechten Schulter spürte und abrupt aus ihrer Tagträumerei gerissen wurde. »Es wird Zeit!« Die Stewardess warf ihr einen verständnisvollen Blick zu und deutete auf den fast leeren Innenbereich des Fliegers.

Erschrocken sprang Jenna auf, griff nach ihrem Rucksack und ließ ihren Blick ein letztes Mal über den abgewetzten Sitz gleiten, um nichts zu übersehen. Dann verließ sie fluchtartig das Flugzeug. Sie erwischte den vollgestopften Shuttlebus, der die Flugzeugpassagiere zum Terminal transportierte, und war unendlich dankbar, als sich die Tür in dem stickigen Bus nach einer gefühlten Ewigkeit wieder öffnete und sie endlich herausließ.

In der riesigen Halle angekommen, wurde sie von den Menschenmassen, die dicht an dicht gedrängt eilig an ihr vorbei strömten, mitgeschwemmt. Zum Glück kannte sie das Prozedere und folgte dem Weg an den automatisierten Check-in-Schaltern vorbei, bis hin zu den Robotern, die die Reinigung durchführten. Die zunehmende Technisierung der letzten Jahre war unübersehbar. Wie viele Arbeitsplätze wurden hier mittlerweile wegrationalisiert und durch moderne Technologien ersetzt?

In den weitläufigen Gängen fielen ihr die riesigen Solarmodule auf dem gegenüberliegenden Dach auf, die mit hoher Wahrscheinlichkeit den Großteil des Energiebedarfs des Terminals abdeckten. Die Warteschlangen an der Sicherheitskontrolle waren länger als gewöhnlich, da die letzte langsam abklingende Pandemie noch ihre Schatten nach ihnen warf und bei den öffentlichen Verkehrsmitteln erhöhte Sicherheitsmaßnahmen eingefordert wurden, um die Bevölkerung zu schützen.

Wohin sollte das alles führen?, fragte sie sich mit einem schweren Seufzen.

Die Passkontrolle verlief reibungslos, und so dauerte es nicht lange, bis sich Jenna mit einem Kaffee vom nächstbesten Automaten in der Hand zur Bushaltestelle begab und dort erneut von einer langen Schlange empfangen wurde.

Hier hieß es wieder warten!

Sie zog ihr Handy aus dem Rucksack, schaltete den Flugmodus aus und warf einen müden Blick auf den Bildschirm.

Es dauerte keine drei Sekunden, bis die erste Nachricht durchkam. Es war eine Pushnachricht ihrer News App, die sie über die Ergebnisse der stichprobenhaften Einführung von biometrischen Tattoos als innovative Alltags-Technologie und den neuesten KI-Fortschritt informierte. Dann folgte eine Info über die vielen verpassten Nachrichten, seit sie in den Flieger gestiegen war. Die Erste, die sie öffnete, stammte von ihrem Vater.

DAD:

Hey Jenna, Schatz! Bist du gut gelandet? Du rockst das, da bin ich sicher!

Eilig tippte sie eine Antwort. Sie kannte ihren Dad gut genug, um zu wissen, dass er sich zwar nie etwas anmerken

12

lassen würde, aber seine Sorge, dass etwas passiert sein könnte, mit jeder Minute, die verstrich, wuchs.

Seit dem Autounfall von Jenna und ihrer Mutter vor sieben Jahren war er mehr denn je um ihre Sicherheit bemüht, und ihr war durchaus bewusst, dass er sie am liebsten begleitet hätte. Aber das hier musste sie alleine tun. Es war Zeit, loszulassen.

JENNA:
Alles bestens!
Bin jetzt gleich im Bus. Melde mich
dann in Brighton. Hab dich lieb :)

Markus, Jennas Dad, besaß ein beliebtes Café in der Berliner Innenstadt, in dem es die abgedrehtesten Kaffeekreationen der Stadt gab. Er war mit Leib und Seele Barista und einer der Nerds der Berliner Kaffeehausszene. Nach außen hin gab er sich meist total locker, aber in Wahrheit lebte er zurückgezogen und versteckte sich in seiner Nerdwelt. Jeden Morgen ging er joggen, bevor er sich auf den Weg in sein Café begab, weshalb der hochgewachsene Mann athletisch und jung geblieben wirkte. Aber sein langsam zunehmend silbrig melierter, kurz gestutzter Vollbart verriet seine fast fünfzig Jahre. Meist trug er ein Button Up Hemd, während ihn Kaffeearoma umgab, und Jenna vermutete, dass sein gepflegtes Erscheinungsbild maßgeblich dazu beitrug, dass ihm die Frauen, denen er im Alltag begegnete, zu Füßen lagen. Ohne Ausnahme wies er jedoch jede Einzelne von ihnen mit einem höflichen Lächeln ab. Seine oft traurigen blau-grauen Augen leuchteten nur auf, wenn er mit oder über seine Tochter sprach. Es sah nicht so aus, als würde sich das so bald ändern.

Kate, Jennas Mum, kam ursprünglich aus dem Süden Englands, weshalb Jenna zweisprachig aufgewachsen war. Sprachen übten bis heute eine große Anziehungskraft auf sie aus. Und so war es gekommen, dass sie ihr Abitur mit Auszeichnung an einem sprachlich orientierten Gymnasium absolviert hatte und ebenso in Französisch und Spanisch fließend kommunizieren konnte. Sogar zwei Jahre Griechisch hatte sie belegt, was ihr eine solide Basis sicherte.

Es waren die Geschichten hinter den Menschen, die teilweise so anders als die eigene waren, die sie inspirierten, die Kulturen und das Reisen, das sie faszinierte. Auch, wenn sie viel mit Deutschland verband – das Fernweh, das sie tief in ihrer Seele verankert spürte, war stärker. Trotz ihrer herausragenden schulischen Leistungen kreisten ihre Gedanken unaufhörlich um die Möglichkeit des Scheiterns. Der Leistungsdruck auf dem Gymnasium, das sie besucht hatte, war enorm gewesen. Mit einer beunruhigenden Regelmäßigkeit hatte Jenna ihre eigenen Ergebnisse mit denen einiger ihrer Mitschüler und Mitschülerinnen verglichen – dummerweise ausschließlich mit denen, die bessere Noten hatten als sie selbst. Diese Vergleiche hatten dafür gesorgt, dass sie sich immer mehr zurückzog, und nährten ihr Grundgefühl, niemals gut genug zu sein. Ihrem Vater gegenüber verschwieg sie diese Gefühle, um ihn nicht unnötig zu belasten. Außerdem wollte sie nicht undankbar erscheinen, denn ihr war sehr wohl bewusst gewesen, dass er ein kleines Vermögen für die begehrte Privatschule ausgab. Ungeachtet ihrer Selbsteinschätzung hatte sie weiter alles gegeben und den Stolz ihres Vaters als Dank geerntet. Dabei verfing sie sich immer tiefer in eine Spirale aus Leistungsdruck und Selbstzweifeln.

Im Bus, der sie nach Brighton brachte, strandeten Jennas Gedanken ungebeten bei Martin.

An ihn wollte sie nun wirklich nicht denken! Wenn sie ehrlich zu sich war, sollte diese Reise ins Unbekannte auch so etwas wie ein Neubeginn sein. Weit weg von ihm.

Sie zwang sich, aus dem Busfenster zu schauen und konzentrierte sich auf die ländliche Szenerie Südenglands.

Die Gegend war wunderschön, eine willkommene Abwechslung zum bleiernen Asphalt der Berliner Straßen. Ein Moment des Friedens überkam Jenna.

Vielleicht war es genau das, was sie brauchte. Ein frischer Start, um sich selbst wieder zu finden. Sie würde diesen neuen Lebensabschnitt mit offenen Armen begrüßen und versuchen, die Vergangenheit hinter sich zu lassen. Was hatte sie auch zu verlieren?

Jenna

– EINS –

Der Schlüssel glitt mit leichtem Widerstand ins Schloss zu Jennas neuer Bleibe und die Tür gab mit einem leisen Knarren nach. Müde ließ sie den Tragegurt ihres Rucksacks von der Schulter rutschen und stellte diesen neben der Tür zu ihrem Zimmer ab. Sie warf einen Blick in den großen Spiegel, der sie im Flur begrüßte und betrachtete sich darin. Sie sah erschöpft aus, ihr kastanienbraunes Haar, dem der Nieselregen den letzten Rest gegeben hatte, hing glanz- und kraftlos herunter. War es die bessere Wahl, ein Nickerchen zu machen oder gleich unter die Dusche zu springen, um ihre Lebensgeister wieder zu aktivieren?

Sie war das erste Mal völlig allein in dieser Studenten-WG, die für das nächste Jahr ihr Zuhause sein würde. Bei ihrem ersten Besuch war ihr Vater immer an ihrer Seite gewesen, aber jetzt war sie auf sich gestellt. Das Nachbarzimmer schien bewohnt, doch die Tür war verschlossen. Wer auch immer dort lebte, war anscheinend noch nicht aus den Semesterferien zurückgekehrt. Sie hatte keine Ahnung, was sie in dieser neuen Konstellation erwartete und hoffte, dass sie sich mit ihm oder ihr problemlos verstehen würde.

Jenna entschied sich für eine schnelle Dusche zur Erfrischung, goss sich danach eine Tasse Tee in der WG-Küche auf und ging zurück in ihr Zimmer.

Dort fiel ihr Blick auf die tief ausgeschnittene, gepolsterte Fensterbank, die ihr bereits bei ihrem ersten Besuch besonders ins Auge gefallen war. Das Plätzchen hatte definitiv Potential und lud jetzt schon zum Verweilen ein! Der Fenstersitz war so konstruiert, dass unter der Sitzfläche zusätzlicher Stauraum für Bücher oder andere persönliche Gegenstände verblieb. In ihrem Kopf ging Jenna bereits einige Ideen durch, wie sie das Ambiente dieses charmanten Leseplatzes aufwerten konnte. Sie brauchte Pflanzen, die sie in Macramé Hängeampeln herabhängen lassen würde, und es fehlten eindeutig passende Kissen in dieser Kuschelecke! Jenna nahm sich vor, gleich am nächsten Tag auf Shoppingtour zu gehen, um sich mit geeignetem Utensilien auszustatten.

Als ihr Blick über das frisch bezogene Bett wanderte, fiel ihr ein Schuhkarton auf, der auf der pastellfarbenen Quiltdecke auf sie wartete. Ihre Augen weiteten sich. Neugierig lief sie zum Bett, setzte sich und öffnete den Deckel.

Der gesamte Karton war gefüllt mit ihrer Lieblings-schokolade aus Deutschland! Ihr Vater musste ihn bei ihrer letzten Reise heimlich dort gelassen haben, schlussfolgerte Jenna, gerührt von dieser liebevollen Geste. Ein warmes Lächeln breitete sich auf ihrem Gesicht aus. Auf den Schoko-ladenriegeln und -tafeln lag ein zusammengefaltetes Blatt Papier. Sie öffnete es und las:

Für meinen Schatz!

Damit du immer genug Nervennahrung hast.

Dein Papa

Ein leises, freudiges Seufzen, und ein tonloses »Danke« entwichen ihren Lippen. Jenna sprang auf, eilte zurück zu ihrem Rucksack, den sie an der Zimmertür abgestellt hatte, und kramte ihr Handy heraus. Sie wählte die Nummer ihres Vaters und wartete einen Augenblick, bis das Rufzeichen ertönte.

»Hallo mein Schatz!«, meldete er sich am anderen Ende der Leitung. Sie konnte die morgendliche Geschäftigkeit des Berliner Cafés im Hintergrund hören.

»Hey Papa! Ich wollte nur Bescheid geben, dass alles geklappt hat. Ich bin gut in Brighton angekommen.« Jenna bemühte sich, gut gelaunt zu klingen, damit ihr Vater nicht den Eindruck bekam, ihr könnte etwas fehlen. »Ich werde jetzt erst mal die restlichen Sachen auspacken.«

»Das sind tolle Neuigkeiten!«, antwortete ihr Vater. »Ist deine Mitbewohnerin denn auch schon da?«

»Nein, aber woher weißt du überhaupt, dass es eine Mitbewohner*in* ist?«, fragte sie von dem Drang erfüllt, mehr zu erfahren.

»Das hat mir das Vermittlungsbüro der Studentenzimmer schon beim Abschließen des Mietvertrags verraten, hatte ich das dir gegenüber nicht erwähnt? Ihr Name ist Sherah Morgan und sie sollte spätestens in drei Tagen aus den Semesterferien zurückkehren.«

Na toll! Jenna verdrehte die Augen. Das sah ihrem Vater mal wieder ähnlich. Die wichtigen Informationen unterschlug er ihr!

»Schön, dass ich diese Info jetzt auch habe.« Der sarkastische Unterton war nicht zu überhören. »Ach ja, danke für dein Carepaket! Das ist mega!«, wechselte sie das Thema. »Darf ich Nachschub bestellen, wenn mein Vorrat zur Neige geht?«

»Natürlich, immer! Wie ich dich kenne, hält das sowieso nicht lange. Ich werde gleich am Montag das nächste Päckchen auf die Reise schicken, meine Kleine.«

Sie plauderten noch eine Weile und verabschiedeten sich dann voneinander.

Mit einer Tasse heißen Tees und ihrem Smartphone bewaffnet, kehrte sie zu ihrer Fensterbank zurück und setzte sich auf die dicken Polster. Der Regen hatte aufgehört, und als Jenna durch die Fensterscheiben nach draußen sah, konnte sie beobachten, wie die graue Wolkendecke aufriss und die ersten Sonnenstrahlen sich ihren Weg bahnten. Sie tauchten das helle WG-Zimmer in ein gemütlich warmes Licht. Sie genoss den Anblick und bemerkte, wie die Sonne auch die düsteren Erinnerungen von vorher verdrängte. Gedankenverloren wischte sie über den Feed auf dem Bildschirm ihres Handys, als ein Reel ihre Aufmerksamkeit erweckte.

Auf dem Bildschirm stand: HIMMELSTÖNE ODER EINBILDUNG? WAS MEINST DU – REALITÄT ODER MYTHOS?

Die Kamera zoomte auf eine junge Frau, die an einer Waldlichtung in der Dämmerung stand. Ihr Blick wirkte leicht irritiert, fast nervös, als die Geräusche um sie herum immer lauter wurden. Sie zückte ihr eigenes Handy und betätigte die Aufnahmetaste, als die Geräusche abrupt verstummten. »Hast du das gehört?«, fragte die Frau, an ihre Begleitung hinter der Kamera gerichtet. »Die seltsamen Geräusche liegen direkt über uns!« Die Frau blickte jetzt direkt in die Kamera. »Was denkst du, was es ist? Schreib es in die Kommentare.«

Jenna ließ das Handy auf den Schoß sinken. Diese Phänomene häuften sich. Einmal wurde sie selbst bei einer Wanderung in ihrem letzten Italienurlaub Zeugin solcher kurioser Geräusche. Die öffentlichen Medien erwähnten die Phänomene nicht und so gab es zwar einige Youtubevideos und Verschwörungstheorien, aber keine fundierten Informationen. Sie wollte das ändern. Wollte auch die unbequemen Fragen stellen und Fakten finden.

Ja, sie freute sich auf ihr neues Abenteuer. Die Hoffnung gewann wieder die Oberhand, dass sie ihren Weg finden würde. Sie war stark und würde es schaffen! Sie wollte es sich selbst und anderen beweisen, dass sie ihre Träume verwirklichen würde und mutig genug war, auf eigenen Füßen zu stehen. Die Welt lag vor ihr, es gab unzählige Möglichkeiten und Unsicherheitsfaktoren. Aber egal, was die Zukunft brachte, sie war entschlossen, das Beste aus jeder Situation zu machen!

Jenna legte das Handy beiseite, genoss ihren Tee und griff dann nach dem Laptop, um sich einige Informationen, die sie am kommenden Montag für die Uni benötigen würde, zusammenzusuchen. Diesmal wischte sie bewusst alle

Schlagzeilen, die ihr entgegensprangen, weg. Sie hatte auf der Fahrt genug über den wieder einmal aufgeflammten Nahostkonflikt gelesen und wollte eigentlich nur noch abschalten.

Die ersten zarten Sonnenstrahlen bahnten sich durch die halbgeöffneten Rollläden und tanzten auf Jennas Gesicht, als sie aus ihrem Schlaf erwachte. Sie hatte sie absichtlich offengelassen, um frühzeitig aufzuwachen.

Mit geschlossenen Augen lauschte sie den ungewohnten morgendlichen Geräuschen. Die weiche Bettwäsche, die sie umgab, duftete so vertraut nach dem Waschmittel, das sie von Zuhause kannte, und diese Vertrautheit zauberte ein verschlafenes Lächeln auf ihr Gesicht. Sie vermisste den Duft nach frischem Kaffee, mit dem ihr Vater sie täglich weckte, schon jetzt. Doch vorerst musste es ohne Kaffee gehen.

Ein flüchtiger Blick auf ihr Handy verriet ihr, dass es Zeit war, den Tag zu beginnen, wenn sie all die Besorgungen erledigen wollte, die sie sich vorgenommen hatte. Widerwillig streckte sie ihre Beine unter der Bettdecke heraus und setzte sich auf. Ihre Füße berührten den warmen Holzboden, als sie sich langsam aufrichtete und umsah. Es war ihr erster Morgen in diesem neuen WG-Zimmer, und eine Mischung aus Aufregung und Neugierde auf das, was der Tag bringen würde, erfüllte sie.

Jenna atmete tief ein und ließ diesen Moment der Stille auf sich wirken, bis sie bereit war, sich auf den Trubel des Tages einzulassen.

Langsam schlurfte sie ins Bad und warf einen Blick in den Spiegel. Ihr Haar war wild zerzaust, aber das störte sie vorerst nicht. Sie fühlte sich rundum wohl, auch ohne perfektes Styling.

In der Küche entdeckte sie eine Kaffeemaschine und beschloss, Kaffee ganz weit oben auf ihre Einkaufsliste zu setzen.

Bei strahlendem Sonnenschein und tiefblauem Himmel machte sie sich zwei Stunden später unbeschwert summend auf den Weg in die Stadt, um ein paar Besorgungen zu erledigen. Bekleidet mit einem oversized Shirt und bequemer Jeans schlenderte sie durch die belebten Gassen Brightons. Vorsichtshalber hatte sie ihre Regenjacke mitgenommen, die sie aber ruhigen Gewissens in ihrem Rucksack verstauen konnte.

Die Straßen pulsierten voller Energie, Menschen eilten geschäftig an ihr vorbei, und in den Läden entlang der Straße herrschte reges Treiben.

Sie genoss das Gefühl der wärmenden Sonnenstrahlen auf ihrer Haut und flanierte von einem Geschäft zum nächsten, umgeben von dem Summen der Stadt, das die Luft erfüllte. Voll bepackt mit allerlei Lebensmitteln, Pflanzen und Dekokissen bahnte sie sich zufrieden am späten Nachmittag ihren Weg zurück in ihr neues Zuhause.

In der WG angekommen, verstaute Jenna zunächst ihre Lebensmittel und machte sich dann gleich an die Arbeit, ihre neu erworbene Blumenampel zu montieren. In der Abstell-kammer fand sie geeignetes Werkzeug und gab nicht auf, ehe sie ihre Gestaltungsideen in die Tat umgesetzt hatte.

Ihre Lippen kräuselten sich zu einem zufriedenen Lächeln, als sie ihr Werk begutachtete. Jenna beschloss, sich an diesem Abend mit einem Film auf Netflix zu belohnen, bis die Müdigkeit siegte und ihr die Augen zufielen.

Das sanfte Trommeln des Regens ließ sie am Sonntag-morgen langsam aus ihrem Schlaf erwachen. Gedämpftes Licht drang durch die Fensterscheiben, aber die bleierne Müdigkeit in ihren Gliedern wollte nicht verschwinden. Sie zog sich die Bettdecke über den Kopf. Der beruhigende Klang der Regentropfen, die gegen das Fenster prasselten, war eine willkommene Einladung, liegen zu bleiben und ihren Tagträumen hinterherzujagen.

Langsam öffnete sie ein paar Minuten später ihre Augen, doch ein Blick aus dem Fenster offenbarte ihr ein tristes, nebliges Brighton. Das Wetter lud geradewegs dazu ein, ihren letzten Tag der Semesterferien gemütlich drinnen zu verbringen.

Sie wollte schon dem Verlangen nachgeben, sich ein weiteres Mal tief in die Bettdecke zu kuscheln und ein paar Minuten einzuschlummern, als ihr der Duft von frischem Kaffee und warmen Zimtschnecken die Sinne belebte.

Warte – war heute nicht der Tag, an dem ihre Mitbewohnerin zurückkehren sollte?

Der Gedanke motivierte sie, aufzustehen und nachzusehen. Sie zog sich ihren flauschigen Bademantel über und schlurfte in die Küche.

Die Tür stand weit offen und als Jenna näher kam, sah sie sich einer jungen Frau mit wilden rotblonden Locken, einem schelmischen Funkeln in den Augen und einem frechen Lächeln auf den Lippen gegenüber. Ihr Outfit bestand aus einem eigenwilligen Stil aus Vintage-Stücken und modernen Accessoires und unterstrich die selbstbewusste Ausstrahlung der Studentin.

Die junge Frau, die sich offensichtlich in der WG auskannte, da sie wohl schon seit längerem hier wohnte, begrüßte sie mit einem breiten Lächeln.»Hey, du musst die Neue sein, nicht wahr?«

Jenna warf einen Blick in die Küche und grinste, als sie sah, dass ihre neue Mitbewohnerin durch die Küche wirbelte, als hätte sie einen unsichtbaren Sturm im Rücken. Eine Leichtigkeit, die sie vermisst hatte.»Hey, guten Morgen! Ja ich bin Jenna. Schön, dich kennenzulernen. Hier duftet es aber lecker!«

Ein erfrischendes Lächeln breitete sich auf dem Gesicht der Fremden aus.»Ich bin Sherah. Hey, du siehst aus, als könntest du einen Kaffee vertragen!« Ehe sie sich versah, drückte Sherah ihr einen Kaffeebecher in die Hand.»Ich hoffe, du bist bereit für ein paar spannende Abenteuer mit deiner neuen Mitbewohnerin.« Sherahs Stimme sprudelte voller

Energie und Lebensfreude, und Jenna fragte sich schmunzelnd, wie viele Tassen Kaffee sie bereits intus hatte.

»Halt, der Moment muss unbedingt festgehalten werden!« Sherah zog ihr Smartphone aus der Hosentasche, hielt es hoch, um das perfekte Licht einzufangen, machte mit Jenna ein Selfie und zeigte es ihr.

Jenna warf einen flüchtigen Blick auf das Bild, deutete auf ihr Outfit und verzog dann das Gesicht zu einer Grimasse. »Sekunde, ich poste das kurz, damit wir uns immer an unsere erste Begegnung erinnern.« Sherahs Finger flogen über die Bildschirmtastatur, während sie nur mit einem halben Ohr auf Jennas Reaktion hörte, die lächelnd den Kopf schüttelte.

»Im Morgenmantel? Na, wenn's sein muss.« Jenna verdrehte belustigt die Augen.

Bei Kaffee und frischem Zimtgebäck begannen die zwei, sich zu unterhalten. Jenna erzählte von ihrer Leidenschaft für Literatur und Musik, und ihre Augen funkelten neugierig, während sie gespannt und aufmerksam Sherahs Berichten über ihre letzten Reiseabenteuer lauschte. Die Art, wie Sherah sich zurücklehnte und von den steinigen Stränden und alten Piers erzählte, ließ Jenna in Erinnerungen schwelgen. Es war, als hätte Sherah einen direkten Draht zu ihrem Herzen gefunden.

Sie nahm einen Schluck Kaffee aus ihrem Becher und zwinkerte Sherah zu. »Ich muss sagen, du bist eine echt geniale Mitbewohnerin. Ich denke, wir werden eine Menge Spaß miteinander haben.«

Sherah lächelte. »Das glaube ich auch! Willkommen in der WG!«

Sherahs schalkhafter Humor ließ Jenna jeden Tag aufs Neue an ihre Mutter denken, aber auf eine Art, die keine Traurigkeit auslöste, sondern ein Gefühl der Verbundenheit vermittelte.

»Weißt du, meine Mum kam auch hier aus der Nähe«, erwähnte sie eines Nachmittags, als sie zusammen am Pier entlangspazierten. »Ich stelle mir manchmal vor, wie sie hier in Brighton am Pier Zeit verbracht und ‚Fish & Chips' gegessen hat. Ich möchte unbedingt herausfinden, wo genau sie aufgewachsen ist.«

»Ehrlich?« Jenna konnte in Sherahs Gesicht, das genauso strahlte wie die Sonne über Brighton, lesen, dass sie bereits einen Plan für den weiteren Verlauf des Nachmittags ausgeheckt hatte.

»Wir werden jeden Stein in und um Brighton umdrehen, bis wir alle deine Familienwurzeln ausgegraben haben, versprochen! Aber davor klären wir die alles entscheidende Frage, ob deine britischen Gene meiner schottischen Treffsicherheit standhalten können.«

Jenna schüttelte amüsiert den Kopf. Minigolf war wirklich nicht so ihr Ding.

Das war der Moment, als Jenna realisierte, dass Sherah zu jenen Personen gehörte, die niemals ein *Nein* akzeptierten. »Komm schon, nur eine Runde Minigolf! Was hast du zu verlieren?«, neckte sie, ihre Augen blitzten vor Begeisterung auf, während sie Jenna am Arm hinter sich herzog. Jenna fand sich lachend und einwilligend in der Minigolfanlage wieder, überrascht von ihrer eigenen Spontanität.

Die ersten drei Wochen in Brighton vergingen wie im Flug. Jenna hatte angefangen, sich in der Stadt und auf dem Campus zurechtzufinden, hatte den Anschluss in ihren Hauptkursen gefunden und lebte sich allmählich ein. Froh darüber, dem heißen sommerlichen Asphalt Berlins entkommen zu sein, kamen ihr die milden Temperaturen Ende September gerade recht. Brighton war bekannt für seine mild gemäßigten Temperaturen das ganze Jahr hindurch. Genau das Richtige für sie!

Sie goss sich einen weiteren Tee auf, widerstand dem Drang, nach dem Handy zu greifen, schnappte sich stattdessen einen ihrer wohlgehüteten Bücherschätze und setzte sich damit auf die tief ausgeschnittene Fensterbank.

In das dicke Werk versunken, bemerkte sie kaum, wie die Zeit verging. Erst das Klopfen an ihrer Zimmertür riss sie aus ihrer Gedankenwelt.

»Hey Jenna, ich verhungere gleich! Wie sieht's bei dir aus? Ich könnte dir den besten Tacoimbiss der Stadt zeigen.« Sherah zog die Nase kraus und sah sie erwartungsvoll an.

Jenna ahnte, dass ihre Mitbewohnerin nicht locker lassen würde, legte das Buch beiseite und nickte ihr mit einem zustimmenden Lächeln zu.

Ihre Mitbewohnerin hatte es sich zur Aufgabe gemacht, Jenna unter die Leute zu bringen. Sie hatte vom ersten Tag an so eine freche, direkte Art, die Dinge auf den Punkt zu bringen, und redete selten um den heißen Brei herum, was Jenna irgendwie authentisch und liebenswert fand. Und so machte Sherah auch keinen Hehl daraus, dass sie der Ansicht war, sie sei zu dünn. Jenna lächelte nur und ließ Sherah ihren Triumph, als diese vor Begeisterung anfing, wie ein kleines Kind zu hüpfen, weil Jenna so schnell nachgegeben hatte. Sie schnappte sich ihre Jacke, schlüpfte in die bereitstehenden Sneakers und verließ hinter Sherah das Apartment. Es dämmerte bereits, und Jenna fragte sich einmal mehr, wo die Zeit geblieben war. Ihr knurrender Magen beschwerte sich lautstark über die Vernachlässigung und sie konnte es kaum erwarten, etwas zu Essen zu bekommen. Zuhause hatte sie oft selbst gekocht, das sollte sie unbedingt wieder anfangen! Ihr Studentenbudget war nicht sonderlich groß, vom Gesundheitsfaktor mal abgesehen. Aber heute war das egal. Sie hätte die finanzielle Unterstützung ihres Vaters mehr ausschöpfen können, aber ihr Vorsatz war, möglichst bald auf eigenen Füßen zu stehen. Es reichte, dass er ihre Miete übernahm, bis sie ihren ersten richtigen Job fand.

Nahe ihres kleinen Apartments in der Stone Street befand sich der Tacoladen, von dem Sherah ihr vorgeschwärmt hatte. Die beiden Frauen orderten jeweils einen prall gefüllten Softtaco Supreme und machten sich damit dann wieder auf den Heimweg.

»Der ist absolut phänomenal!«, schwärmte Jenna mit vollem Mund, als sie im Apartment an ihrem Küchentisch saßen und ihr Abendessen verspeisten.

Sherah nickte mit einem wissenden Grinsen, und schenkte sich ein Glas Cola ein.

Die nächsten Abende verbrachten die beiden jungen Frauen auf die exakt gleiche Weise, mit Tacos, Cola und guten Gesprächen.

»Irgendwann wird's aber auch langweilig, immer das Gleiche zu essen«, stellte Sherah eines Abends fest. »Kannst du dir vorstellen, dass ich mich monatelang von Tacos und Fish & Chips ernährt habe?!«, plauderte sie weiter, nachdem sie ihren Bissen mit einem großen Schluck Cola hinuntergespült hatte. Sherahs Finger spielten abwesend mit einer roten Haarsträhne. »Aber es macht definitiv in so guter Gesellschaft doppelt so viel Spaß«, fügte sie schnell hinzu und wandte sich damit wieder verschmitzt lächelnd Jenna zu.

Jenna legte sich in Gedanken einen Plan zurecht, wie sie das in Zukunft regeln könnten. Hatten sie nicht alles, was sie brauchten, um selbst zu kochen? Sie zuckte mit den Schultern und nahm sich vor, ihre neue Freundin am folgenden Abend mit einem Pastagericht zu überraschen.

Sherah

— ZWEI —

Sherah ließ ihre Finger über den Bildschirm gleiten, entschied sich aber, ihr Handy wieder wegzulegen. Die letzten Monate hatte sie oft ihre Langeweile mit Social Media Aktivitäten bekämpft und seither eine beachtliche Followerzahl gewonnen. Doch die digitale Welt fühlte sich immer mehr wie eine bedeutungslose Karikatur ihres echten Lebens an.

Jenna als neue Mitbewohnerin zu haben, war der absolute Hammer! Seit knapp vier Wochen wohnte sie jetzt hier und hatte sich innerhalb kurzer Zeit in Sherahs Herz geschlichen. Nachdem ihr früherer Mitbewohner Tristan vor einem halben Jahr sein Studium abgebrochen hatte, um als Digitalnomade durch die Welt zu reisen, war es extrem langweilig in ihrer kleinen Wohnung geworden. Jede freie Minute hatte Sherah das Weite gesucht, ihre Zeit in Studentencafés oder bei Freunden verbracht, die sie während des Studiums kennengelernt hatte. Jenna war ganz anders als Tristan, aber sie hatte eine so liebenswerte Art an sich, dass Sherah sie von der ersten Begegnung in der Küche an gemocht hatte. Sie liebte ihren sarkastischen Humor und ihre herzliche Art. Einen bemerkenswerten Geschmack, was ihren Einrichtungsstil anging, hatte sie definitiv auch. Was sie jedoch ein bisschen störte, war, dass Jenna das Leben manchmal ein wenig zu ernst nahm. Daran musste sie unbedingt etwas ändern! Vor allem, was ihr Studium und ihre Zukunftspläne anging, wirkte Jenna extrem zielstrebig, fast verbissen. Und manchmal verloren ihre Augen plötzlich ohne erkennbaren Grund ihren Glanz und sie sah stumm aus dem Fenster, als ob draußen eine Antwort auf ihre unerklärliche Schwere zu finden wäre. Als ob sie vergessen hätte, dass das Studentenleben zum Spaßhaben geschaffen wurde. Aber das würde sie ihr schon beibringen! Vielleicht waren daran auch ihre deutschen Wurzeln schuld, dass sie so pflichtbewusst wirkte, wer konnte das schon sagen.

Das Aroma von Schinken und geschmolzenem Käse erfüllte das Apartment und Sherahs Magen knurrte erwartungsvoll. Sie spürte, wie ihr das Wasser im Mund zusammenlief, bis sie sich auf nichts anderes mehr konzentrieren konnte. Hatte sie etwa schon Hunger, und wieso um alles in der Welt roch es hier so köstlich?

Unaufmerksam surfte sie weiter auf der Fashionwebsite. Ob sie mal in die Küche gehen sollte? Sie war in mancherlei Hinsicht ein völliger Gegensatz zu Jenna. Sie nahm ihr Studium vollkommen locker und fuhr damit supergut – na ja, fast immer. Die letzte Klausur in Medientheorie hatte sie leider verpatzt. Das machte ihr aber nicht viel aus. Sie lebte im Moment und es würden ja wieder bessere Tage kommen, oder? Ihr wilder roter Lockenkopf wirbelte überrascht herum, als es an ihrer Zimmertür klopfte und Jennas Gesicht im Türspalt erschien.

»Hey du, wie sieht's aus, hast du Hunger? Ich habe Spaghetti carbonara gekocht, und wenn du Lust hast, können wir zusammen Essen und uns dann noch einen Film aussuchen, was meinst du?«

»Hm, lecker! Das lass ich mir nicht zweimal sagen!« Sherah konnte das breite Grinsen nicht verbergen, als sie aufsprang und in Richtung Tür lief.

»Aber wenn wir heute Abend einen Serienabend machen, dann musst du am Freitagabend mit mir ausgehen!«, nutzte Sherah die Gelegenheit. Ihre Hände juckten vor Tatendrang, und es wurde endlich Zeit, dass Jenna unter Leute kam.

»Aber ...«

»Keine Widerrede! Du musst ab und zu auch mal ein bisschen rauskommen.«

Sherah ließ keinen Zweifel daran, dass ihr das Essen schmeckte, denn mit jeder Gabel, die sie in den Mund schob, seufzte und schmatzte sie genüsslich.

»Ich habe das Gefühl, dass wir unser Geld für Essen außer Haus viel zu großzügig ausgeben, Sherah. Jedenfalls geht es mir so«, gestand Jenna. »Was hältst du davon, öfter selbst zu kochen? Das macht zusammen bestimmt gleich doppelt so viel Spaß.«

Sherah musste zugeben, dass ihr der Gedanke auch gekommen war, aber ...

»Das ist eine coole Idee! Ich meine, wie schwer kann es sein, eine Mahlzeit zuzubereiten?«, gab sie augenzwinkernd zurück. Doch bei dem Gedanken beschlichen sie unwillkürlich ein paar Zweifel. Sie war nicht direkt eine Leuchte, wenn's ums Kochen ging. Selbst ihre schottische Mutter machte sich seit Jahren über Sherahs Kochkünste lustig. Den Spruch: *Du hast einfach zwei linke Hände in der Küche*, bekam sie ständig zu hören. Dabei gefiel ihr die Idee, sich kreativ an Essen zu verkünsteln, schon irgendwie. Wieso Jenna mit Anfang zwanzig schon so gut kochen konnte, war ihr allerdings ein Rätsel.

»Hast du morgen wieder Lust auf Pasta oder sollen wir uns an einem exotischeren Rezept ausprobieren? Wir könnten sogar unsere eigenen Tacos machen, anstatt sie zu bestellen.«

»Hey, Jenna, hast *du* schon mal versucht, Tacos selbst zu machen?«, gab Sherah ungläubig zu bedenken. »Das letzte Mal, als *ich* das versucht habe, hat es in einem Desaster geendet! Ich habe mehr Zeit damit verbracht, die Avocado zu retten, als zu kochen.« Ihre Lippen verzogen sich zu einem Schmollmund.

Jenna, die begeistert und voller Vorfreude ihre Rezepte – App geöffnet und nur mit halbem Ohr hingehört hatte, unterbrach sie euphorisch:»Ich habe das Rezept für die perfekten Tacos gefunden! Sollen wir es mal ausprobieren?« Jennas Augen leuchteten voller Elan, und Sherah brachte es nicht übers Herz, ihre Begeisterung zu dämpfen.

»Oh ja, das klingt mega! Aber ich muss dich vorwarnen, meine Kochkünste sind eher … bescheiden.«

»Keine Sorge!«, witzelte Jenna. »Wir machen einfach strategische Arbeitsteilung. Ich übernehme die Pfannen, und du trägst die Verantwortung.«

»Perfekt! Dann kann ich mich darauf konzentrieren, dem Gemüse gut zuzureden, damit es sich seinem Schicksal ergibt?«, stimmte Sherah heiter in die Alberei mit ein. Gesagt, getan. Die nächsten Abende wurde gemeinsam gekocht, und es dauerte nicht lange, bis die beiden ein eingespieltes Team wurden.

Am Mittwoch kam Jenna deutlich später als Sherah von der Uni. Sie schloss die Wohnungstür auf und wurde sofort von rockiger Musik begrüßt. Jenna folgte der Musik und fand Sherah mitten in der Küche stehend, mit einem Kochlöffel als Mikrofon vor dem Gesicht lauthals singend vor. Passend zur Melodie sang sie Jenna mit vor Begeisterung strahlenden Augen entgegen.

»Da bist du jaaaaaahaa

Mein Küchen-Staaahaaar!

Soll'n wir was kochen?

Lass uns die Küche rocken.«

Jenna verdrehte lachend die Augen, legte das Handy auf den Küchentisch und ließ ihre Tasche achtlos auf den Boden sinken. Mit einer lockeren Handbewegung verscheuchte sie Sherah von der Arbeitsfläche und schnappte sich ein Küchenmesser. Sie begann die Kartoffeln zu schälen und in gleichmäßige Scheiben zu schneiden.

»Na klar, Chefin. Heute machen wir Bratkartoffeln mit Rührei und Speck. Das hat mein Papa meiner Mama immer gemacht, wenn sie einen langen Tag hatte.«

Sherah, die bereitwillig den Platz freigegeben hatte, öffnete den Kühlschrank, studierte den Inhalt und hielt dann triumphierend eine rote Paprika hoch. Sie genoss die familiäre Atmosphäre mit Jenna, weil es sie an Zuhause erinnerte und sie in ihrer Rastlosigkeit irgendwie erdete. Sherah hatte oft das Gefühl, dass zwar ihre Energie grenzenlos war, sie aber keinen richtigen Fokus fand. Jennas Stimme hatte eine beruhigende Wirkung auf sie, wie ein sicherer Hafen in ihrem chaotischen Leben.

»Passt die auch dazu? Soll ich die kleinschneiden?« Ihre Augen blitzten wie die eines kleinen Mädchens auf, das gerade das Süßigkeitenversteck entdeckt hatte.

»Ja klar, du kannst die Paprika in Würfel schneiden, aber pass bitte auf deine Finger auf«, erwiderte Jenna mit einem mahnenden Blick. Es wäre nicht das erste Mal in dieser Woche gewesen, dass Jenna ihr Kochen hätte unterbrechen müssen, um ihre Mitbewohnerin mit einem Pflaster zu versorgen. Sherahs Blick wanderte auf ihre mit Pflastern übersäten Hände. Ihre Ungeschicklichkeit tat ihrem Enthusiasmus aber keinen Abbruch.

Während sie sich mit der Paprika abmühte, wechselte Jenna zu ihrer eigenen Lieblingsplaylist, woraufhin Sherah unwillkürlich das Messer fallenließ und synchron zum Takt der Musik durch die Küche tanzte.

Sie winkte Jenna zu sich, die nur mit dem Kopf schüttelte, dann zu ihrer Freude aber doch mit tanzte und sich schließlich von ihrer Freundin durch die Küche wirbeln ließ. Sherahs Lebensfreude war anscheinend ansteckend, und vielleicht war es genau das, was Jenna händeringend brauchte.

»Okay, jetzt aber zurück an die Arbeit!«, unterbrach Jenna schließlich ihre Tanzshow und ging zurück zum Küchentresen. Ihr Blick wanderte über die unregelmäßig kleingeschnittene Paprika. »Jedenfalls tanzt du deutlich geschickter, als du schneidest«, neckte sie Sherah mit einem Augenzwinkern.

»Ach, halt die Klappe!«, erwiderte die junge Frau mit den Sommersprossen lachend und wandte sich dem Tisch zu.

Sie hatte die Paprika schon längst vergessen und machte sich daran, das benötigte Geschirr auf dem Tisch zu verteilen, wobei sie versehentlich mit dem linken Ellenbogen ein Glas umstieß. Zum Glück zerbrach es nicht. Sherah sorgte mit Präzision und einem außerordentlichen Blick fürs Detail für einen wunderschön dekorierten Tisch, der jedem Restaurant Konkurrenz gemacht hätte, zündete eine Tafelkerze an und faltete in Windeseile auf ihre kreative Art zwei Servietten. Alles war perfekt arrangiert und die Gläser befüllt, als sie sich stolz zu Jenna umdrehte.

»Et voilà! Passend für das Fünf-Sterne-Menü.«

»Wow! Das sieht echt einladend aus, danke!« Jenna unterbrach kurz ihre Arbeit und bewunderte das Werk.

Aber Sherah hatte plötzlich nur noch Augen für das fast fertige Essen auf dem Herd. Sie schlich wie eine Raubkatze auf der Jagd zu der Pfanne und atmete tief ein. »Mal ehrlich, ich hab keine Ahnung, wie du das machst, aber es duftet köstlich! Da ist ein schön gedeckter Tisch doch das Mindeste! Hm, mir läuft das Wasser im Mund zusammen.«

Sherah, die sich selbst zum DJ ihrer Kochabende ernannt hatte, suchte ruhige Musik raus und half Jenna, das dampfende Gericht zum Tisch zu tragen.

Nach dem Essen, als die Teller und Gläser leer waren, stand sie auf und reichte Jenna die Hand. »Aufräumen ist das beste Fitnesstraining, wetten?«, erklärte Sherah.

Jenna lachte und ließ sich von ihr aufhelfen. Die beiden bewegten sich im Takt der wieder rockigen Musik in einer gemeinsam improvisierten Choreographie, bis der letzte Teller gespült und die Küche wieder aufgeräumt war.

Außer Atem schwang Jenna sich das Geschirrtuch über die Schulter und pustete eine lose Strähne aus ihrem Gesicht. »Ich liebe unsere gemeinsamen Kochabende jetzt schon.«

Sherah konnte das Grinsen nicht unterdrücken. Sie stützte ihren Ellbogen auf Jennas freier Schulter ab und rang nach Luft.

»Ich auch«, bestätigte sie. »Es gibt absolut nichts Besseres als gute Gesellschaft, gutes Essen und gute Musik.«

Freitag war es dann soweit. Sie hatten vor, auszugehen, und beschlossen deshalb, an diesem Tag das Kochen ausfallen zu lassen und auswärts zu essen.

Am *Taco Twist* angekommen, zog Sherah, die die Eingangstür als erste erreicht hatte, am Türgriff und ließ Jenna mit einer gönnerhaften Handbewegung eintreten. Den beiden Girls wehte sofort der unverkennbare Duft nach würzigem, geröstetem Fleisch, Knoblauch, Zwiebeln, Koriander und Limette entgegen. Sherah lief das Wasser im Mund zusammen. An der Wand, die dem Eingang direkt gegenüberlag, hing ein Sombrero, und rechts und links davon waren dazu passende farbenfrohe mexikanische Kunstwerke angebracht. Einige Gäste warteten auf ihre Bestellungen und unterhielten sich ausgelassen. Sherahs Blick wanderte über die Theke mit dem frisch geschnittenen Gemüse hin zum Grill, auf dem das aromatische Fleisch zusammen mit den anderen Zutaten langsam vor sich hin brutzelte. Dann fiel ihr dieser blonde Typ auf, der in Jeans und Hoodie lässig an der Wand lehnte, von seinem Smartphone aufsah und sie direkt anstrahlte. Sie zwinkerte ihm mit schelmisch funkelnden Augen zu und wandte sich daraufhin dem Tresen zu, um ihre Bestellung abzugeben. Jenna stupste sie in die Seite.»Hast du etwa gerade mit dem Sunnyboy da drüben geflirtet?«, neckte sie Sherah, während sie belustigt in sich hinein lächelte.»Und wenn schon, schau mal, wie süß der ist!«, verteidigte sich Sherah. Ihre Sommersprossen tanzten dabei auf ihren Wangen, als sich ihr immer so strahlendes Lächeln weiter auf ihrem Gesicht ausbreitete. Sherah steckte so voller Energie, dass es für Langeweile bei ihr keinen Platz gab. Es war endlich mal wieder Zeit für ein neues Abenteuer.

Die beiden Frauen setzten sich an einen der Tische, um auf ihre Tacos zu warten, und unterhielten sich angeregt.

»Hast du von dem Mega-Erdbeben in Taiwan gestern Nacht gehört?«, fragte Sherah.»Stufe 9 auf der Richterskala – das muss echt heftig gewesen sein! Es hat auch wieder einen Tsunami ausgelöst.«

Jennas Augen weiteten sich ungläubig.»Was? Nein, hab ich noch nicht gehört. Das ist ja krass! Es gab letztes Jahr schon in Alaska solch ein schlimmes Beben. Laut Statistik kommen die weltweit nur alle zehn bis fünfzig Jahre vor. Da muss ich unbedingt mehr darüber recherchieren!«

Kleinere Beben beunruhigten Sherah nicht mehr sonderlich. Selbst im geologisch stabil gelegenen Brighton hatte sie in den letzten zwei Jahren drei davon erlebt, die allerdings auf unbedenklichere Spannungen der Erdkruste und kleinere Verschiebungen zurückzuführen waren, hatte sie gelesen.

»Hey Girls, darf ich mich zu euch gesellen?« Der Blondschopf, mit dem Sherah zuvor geflirtet hatte, unterbrach sie in seinem ausgeprägten walisischen Akzent.

Ein prickelndes Gefühl durchströmte sie, als er seine volle Aufmerksamkeit auf sie richtete und sein Handy in der Gesäßtasche verschwinden ließ.

»Na klar, setz dich doch. Bist du öfter hier?« Sherah strahlte förmlich und deutete auf den Platz neben sich.

»Nein, eigentlich nicht. Ich wohne außerhalb von Brighton, genauer gesagt bin ich der einzig und alleinige Sir Harlekin von Lewes, und nur hierhergekommen, um mich ein bisschen zu amüsieren und eure Lachmuskeln zu strapazieren. Ihr könnt mich aber auch David nennen«, stellte sich der junge Mann vor. Sherah schätzte den Waliser auf Mitte zwanzig.

Ihr war nicht entgangen, wie Jenna bei den flachen Witzen des fremden Sunnyboys die Augen verdrehte, aber sie mochte seinen Humor. »Hey, ich heiße Sherah und das ist Jenna. Sie ist maßgeblich schuld daran, dass der Taco Twist eine Stammkundin verloren hat. Aber was kann ich dafür, wenn ich eine Fünfsterneköchin als Mitbewohnerin bekommen habe?!«, stellte sie sich und Jenna vor.

»Ist euch heute etwa das Grünzeug im heimischen Kühlschrank ausgegangen und der Supermarkt hat Mitarbeiterausflug?«, rätselte David, schließlich befanden sie sich beim Taco Twist und warteten auf ihre Bestellungen.

Sherah lachte. »Nein, aber heute ist *Girl's Night Out*, und da gehört doch Auswärtsessen irgendwie dazu, oder? Hey, was hältst du davon, mit uns mitzukommen? Wir wollen ein bisschen um die Häuser ziehen und was trinken.«

»Das würde ich zu gerne, aber ich habe schon andere Pläne. Vielleicht ein anderes Mal?«, schlug er, mit einem herausfordernden Lächeln vor, ohne die Augen von ihr abzuwenden.

Sherah gab ihm bereitwillig ihre Handynummer und die drei redeten eine Weile über Belangloses, bis dann ihre Bestellungen fertig waren und sie sich verabschiedeten.

Als Jenna und Sherah das Lokal verließen, überschlug sich Sherahs Stimme vor Begeisterung.

»Was für ein Typ! Hast du seine stahlblauen Augen gesehen?«, begann sie, ganz Feuer und Flamme, erfüllt von wohligem Kribbeln.

»Hast du gesehen, als er auf dem Weg zum Tresen fast über seine eigenen Füße gestolpert ist?«, konterte Jenna mit einem skeptischen Stirnrunzeln und dem für sie typischen ironischen Unterton. »Ein bisschen tollpatschig ist dein gutaussehender Spaßvogel ja schon.«

Sherah überhörte Jennas Anspielung. »Oh ja, seine Witze! Ich könnte seinen Geschichten stundenlang zuhören!«

Jenna schmunzelte nur und ließ Sherah weiter schwärmen, während sie mit ihren gut verpackten

Tacoschätzen weiter in Richtung British Airways Tower schlenderten.

Jenna

— DREI —

Mit ihrem Abendessen in der Hand begaben sich Sherah und Jenna am Freitagabend auf den Weg hinunter zum British Airways Tower direkt am Brightoner Strand. Die Straßen quollen über vor Menschen, die geschäftig von einem Ort zum nächsten eilten. Sherah gab gerade eine ihrer Lieblings- anekdoten der letzten Woche zum Besten, als Jenna dem Blick eines Mannes begegnete, der wenige Meter vor ihnen die Straße überquerte und sich Jenna näherte. Irgendetwas an ihm war außergewöhnlich. Seine Kleidung war schlicht, er wirkte sauber und gepflegt, aber trotzdem war etwas an ihm eigenartig – als ob er von innen heraus leuchten würde. Sherahs Worte verschwammen im Hintergrund und die Zeit schien für einen kurzen Moment stehen zu bleiben, während die feurig leuchtenden Augen des Fremden ihr Innerstes durchdrangen. Sein Blick strahlte eine unendliche Liebe, tiefe Weisheit und unmissverständliche Autorität aus. Ihr Herz setzte einen Schlag aus, als er vor ihr anhielt und sie für den Bruchteil einer Sekunde das Gefühl überkam, ihr wäre ein alter Bekannter begegnet. Als wäre er ein Weggefährte, der sie besser kannte, als sie es selbst tat. Sein sanftmütiges Lächeln erfüllte sie mit Ehrfurcht. Jenna stand da, keiner von ihnen sprach ein einziges Wort, was auch nicht notwendig war. Der Moment selbst war so bedeutungsvoll, dass Worte überflüssig schienen. Es war, als ob er ihr sagen würde, dass alles in Ordnung käme, dass sie geliebt und verstanden wurde und nicht allein war. Langsam wandte er sich ab, ging an ihr vorbei, verschwand in der Menge und damit aus ihrem Blickfeld, und der Moment war vorbei.

»Hast du das gesehen?« Langsam löste Jenna sich aus ihrer Erstarrung. »Dieser Mann eben hatte eine ganz eigenartige Ausstrahlung.«

»Wer?«, fragte Sherah. »Ich glaube, du siehst Gespenster.«

Natürlich hatte Sherah nichts bemerkt. *Oder konnte sie ihn tatsächlich nicht sehen?* Sherah, die völlig in ihr Thema vertieft mit den Schultern zuckte, redete weiter, als wäre nichts passiert, während sich Jenna noch einmal verblüfft nach dem Fremden umdrehte. Er war weg! Als wäre er vom Erdboden verschluckt worden. Er konnte sich doch nicht in Luft aufgelöst haben, oder? Jennas Herz war noch immer von diesem warmen Leuchten erfüllt, das die strahlenden, goldenen Augen bei ihr hinterlassen hatten. Wer war das? Woher kam dieses Gefühl, ihm schon einmal begegnet zu sein? Nein, sie war ihm definitiv noch nie zuvor über den Weg gelaufen, da war sie sicher! Sie hatte zwar kein ausgeprägtes Namensgedächtnis, aber Gesichter brannten sich tief in ihre Erinnerung ein. Jenna wischte den Gedanken an den Fremden beiseite und konzentrierte sich wieder auf Sherah, die ohne Punkt und Komma über ihren neuen Dozenten und seinen Kleidungsstil herzog.

Die beiden jungen Frauen ließen sich bis zum Strand vom Treiben der Menschenmenge mitziehen. Der Kieselstrand war überschwemmt von jungen Menschen, die paarweise oder in kleinen Gruppen zusammensaßen oder am Wasser entlangspazierten. Es war gerade noch warm genug, um sich auf die Kiesel zu setzen, und so beschlossen sie, ihr gut verpacktes Abendessen hier zu genießen. Sherah entdeckte ein freies Plätzchen etwas abseits von dem regen Fußgängerverkehr und zog Jenna zielstrebig am Ärmel hinter sich her.

Sie setzten sich direkt auf die abgerundeten Kieselsteine und Jenna zog reflexartig ihre Beine in den Schneidersitz, um dann den Taco aus seiner Verpackung zu befreien. Er war nur noch lauwarm, aber das störte sie nicht. Jenna nahm einen großen Bissen und seufzte genüsslich.

»Hmm, ist der lecker!«, schwärmte sie und schloss die Augen einen Moment lang genießerisch und auch Sherah richtete ihren Blick verzückt gen Himmel.

»Also, da kann man sagen, was man will, aber der Taco Twist hat immer noch die besten Tacos der Stadt!« Sherah zog ihr Handy aus der Tasche, legte ihren Arm um Jenna und posierte mit ihr für ein Quatsch-Selfie für ihre Story.

»Das ist die Untertreibung des Jahres! Wie wär's, wenn wir uns ab heute ausschließlich von Tacos ernähren?«, scherzte Jenna ausgelassen.

»Wenn du mein Sponsor bist?!«, Sherah lachte. »Nein, aber im Ernst, wir haben es immer noch nicht geschafft, Tacos selbst zu machen. Das sollten wir unbedingt nachholen. Wetten, am Ende stellst du auch noch den Taco Twist in den Schatten?!« Sherah biss ein weiteres Mal genüsslich in ihren

Taco, als sie plötzlich zwei bekannte Gesichter in der Menge ausmachte. »Schau mal, da vorne laufen Lynn und Ron! Hab ich dir die beiden schon vorgestellt?« Sherah hob ihre Hand und rief nach dem Pärchen, bis sie ihre Aufmerksamkeit erhaschte und sie sich vom Pier her auf Jenna und Sherah zubewegten.

Jenna hatte sie schon ein paar Mal an der Uni gesehen, aber ihre Namen bisher nicht gekannt. Sie schluckte schnell den letzten Bissen ihres Abendessens hinunter, als Lynn und Ron Hand in Hand bei ihnen eintrafen. Die Blicke, die die beiden austauschten, verrieten die tiefe Zuneigung, die sie füreinander empfanden.

Kurz darauf gesellte sich ein weiterer junger Mann mit haselnussbraunen lockigen Haaren, charmanten Grübchen auf den Wangen und schwarzer Lederjacke, dicht gefolgt von einer ausgiebig gestylten jungen Frau mit kinnlangem, blondiertem Haar zu ihnen. Sie stellten sich als Matt und Chloe vor.

»Hi, ich bin Jenna. Schön, euch kennenzulernen.« Ihr Blick wanderte von einem Gesicht zum nächsten, und sie konnte sich ein Lächeln nicht verkneifen. Sie mochte die ausgelassene Stimmung der Gruppe und fühlte sich gleich wohl in der Gesellschaft dieser Runde. Angezogen von der lebhaften Dynamik und den unterschiedlichen Persönlichkeiten, dauerte es nicht lange, bis sie an der einen oder anderen Stelle auch einen lockeren Kommentar einwarf. Die verborgenen trüben Gedanken des Tages, die sie so geübt kaschierte, verblassten langsam und fielen wie Staub von ihr ab.

Sherah erzählte Lynn gerade eine witzige Geschichte aus ihrer Schulzeit.

»Und dann hat Mrs. Miller mit dem außer Kontrolle geratenen Feuerlöscher gekämpft, bis sie von Kopf bis Fuß voller Schaum gewesen war!« Sherah lachte, und Lynn schüttelte den Kopf ebenfalls lachend.

»Das klingt echt, als wäre deine Schulzeit deutlich spektakulärer als meine gewesen«, entgegnete Lynn amüsiert.

Jenna beobachtete, wie Matts Blick bei der Bemerkung zu den beiden Frauen flog, er eine Augenbraue hob und sein Mund sich zu einem kaum sichtbaren Lächeln verzog, bevor er wieder still zu seinem Gesprächspartner sah.

Ron hatte seinen Arm um Lynns Taille gelegt, während er und Chloe eine hitzige Debatte über den besten Song des Jahres führten.

»Ron, ehrlich, ‚Moonshine' ist ein super Song, aber aufs ganze Jahr gesehen? Das ist nicht dein Ernst!« Chloe schüttelte missbilligend den Kopf, während sie auf dem Handy in ihrer Hand in ihrer Playlist scrollte.

»Es ist definitiv der erfolgreichste Song des Jahres!«, beharrte Ron auf seine Sicht der Dinge und zog Lynn näher zu sich.

»Erfolg bedeutet nicht gleich Qualität«, mischte Matt sich als Friedensstifter ein und hob die Hände in einer besänftigenden Geste. »Musikgeschmack ist subjektiv. Was dem einen gefällt, kann für den anderen völlig langweilig sein.«

Jennas Handy klingelte, und sie wühlte in ihrer Tasche, um es herauszuholen.

»Sorry, da muss ich kurz rangehen«, sagte sie an niemanden speziell gerichtet, bemerkte aber, dass sie mit dem Satz Matts Aufmerksamkeit auf sich gezogen hatte, der ihr einen Moment mit seinem Blick folgte und ihr zunickte. Sie stellte sich etwas abseits der Gruppe, um den Anruf ihres Vaters entgegenzunehmen.

»Hi Dad«, begrüßte Jenna ihren Vater, als sie das Gespräch annahm.

»Hey Kleine, wie war dein Tag?«, erklang die vertraute Stimme ihres Vaters, der seinen abendlichen Check-up machte, am anderen Ende.

»Ja, alles in Ordnung hier, wir sind gerade am Pier und lassen es uns gut gehen«, antwortete Jenna und lächelte, obwohl ihr Vater es nicht sehen konnte. »Wie geht's dir?«

»Normaler Alltag, ich wollte nur sicherstellen, dass es dir gut geht. Hast du etwas gegessen?«

»Ja, Dad, alles bestens. Mach dir keine Sorgen.« Seine Fürsorglichkeit brachte Jenna zum Schmunzeln.

Erst jetzt bemerkte sie, dass sie sich beim Telefonieren einige Schritte von der Gruppe entfernt hatte.

Der Pier war voller Leben. Straßenkünstler zogen die Aufmerksamkeit der Passanten auf sich und die Luft war von Musik erfüllt. Es war so viel los, dass Jenna im Getümmel den Betrunkenen nicht bemerkte, der aus einer Seitenstraße kam.

Sie hatte gerade aufgelegt, als der ungepflegte Mann mittleren Alters mit unsicherem Gang und glasigen Augen auf sie zu gestolpert kam. Ehe sie reagieren konnte, streckte er seine Hand nach ihr aus. Sie versuchte, auszuweichen, aber der Fremde rempelte sie mit voller Wucht an, sodass sie das Gleichgewicht verlor. Noch bevor sie fiel, spürte sie den Widerstand eines muskulösen Oberkörpers hinter sich und starke Arme, die nach ihren Oberarmen griffen und ihr halfen, ihre Balance wiederzufinden. Dann erkannte sie Matt, der sich schützend vor sie stellte, und sie mit einem Arm sorgsam hinter sich schob, um den Betrunkenen unmissverständlich in seine Schranken zu weisen.

»Hey, hey, hey! Hände weg! Verschwinde und lass sie in Ruhe! Sonst wirst du deinen Rausch in einer Ausnüchterungszelle ausschlafen, verstanden?«

Jennas Augen weiteten sich erstaunt. Matts Ausstrahlung wirkte eindrucksvoll, nicht nur aufgrund seiner Größe und Muskelkraft, sondern wegen der stoischen Entschlossenheit, die er ausstrahlte.

»S-schon gut! Bin ja s-schon w-weg ...«, lallte der nicht mehr ganz zurechnungsfähige Mann, hob beschwichtigend seine Hände und torkelte davon. Als er weit genug weg war, drehte Matt sich zu ihr um.

»Bist du okay, Jen?«, fragte er mit in Falten gelegter Stirn, seine Lippen zu einem schmalen Strich zusammengepresst, als sein Blick ihren vor Adrenalin weit aufgerissenen Augen begegnete.

Jen? Niemand hatte sie wieder so genannt, seit ... seit ihrer Mum. Ein seltsam vertrautes und gleichzeitig beklemmendes Gefühl breitete sich in ihrer Brust aus.

»Danke« Jennas Herz pochte ihr bis zum Hals, ihre Stimme war kaum mehr als ein Flüstern. Seine Haltung wurde merklich weicher, als er ihr knapp zunickte. Matt fuhr sich mit der Hand durch die Haare, wich ihrem Blick aus und schluckte hörbar, scheinbar bemüht darum, die passenden Worte zu finden.

»Komm, lass uns zu den anderen gehen.« Matt begleitete sie wortlos zur Gruppe zurück, und Jenna bemerkte Sherah, die ihnen sofort entgegenkam.

»Alles okay hier?« Ihr fragender Blick huschte zwischen ihr und Matt hin und her und blieb dann auf Jenna haften.

»Ja, alles in Ordnung.« Jennas Augen wanderten zu Matt, der sich räusperte und Sherah ebenfalls zunickte. Es fiel ihr schwer, Matt einzuordnen. Vorhin in der Gruppe war er so selbstbewusst aufgetreten, hatte einzig mit seiner Ausstrahlung und simplen Argumenten die Diskussion zu einem Ende gebracht. Er hatte den Eindruck erweckt, als ob sein Wort bei den anderen Gewicht habe, und er eine natürliche Autorität ausstrahlte. Jetzt huschte sein Blick kurz zu ihr, dann wieder weg, bis seine Hand nervös über seinen Nacken strich.

Die drei erreichten den Rest der Gruppe.

»Wie sieht's aus, gehen wir ins *Saltdean Oak*?«, schlug Ron vor und erntete allgemeines zustimmendes Murmeln.

Zehn Minuten später erreichte die Gruppe ein altes, charmantes Backsteingebäude, das mit einer für Brighton typischen Mischung aus traditionellem britischem Baustil und modernen Elementen die Aufmerksamkeit auf sich zog. Es herrschte ein reges Treiben in der Straße, überall standen kleinere Grüppchen von Menschen, die sich unterhielten. Auch an der hölzernen Eingangstür des Lokals war ein ständiges Kommen und Gehen. Ein Türsteher regelte freundlich, aber bestimmt das Geschehen. Der beliebte Club befand sich inmitten anderer Lokale und Geschäfte an einer belebten Straße nahe der Küste. Eine Lichterkette umrahmte das schwarzweiße Schild der Bar, das oberhalb der raumhohen Schaufenster angebracht war, welche die Sicht ins Innere des Lokals freigaben. Durch die Fenster fiel ihr Blick auf eine gut besuchte Bar. Ein Barkeeper mixte mit geübten Handgriffen die Zutaten für den gewünschten Cocktail, um ihn dann in einer präzisen Bewegung mit einem Minzblatt oder einer Zitronenscheibe zu garnieren und seinen Gästen mit einem freundlichen Lächeln zu servieren. Nicht weit davon entfernt befand sich die Tanzfläche, auf der sie die Silhouetten der sich im Rhythmus der Musik bewegenden Menschen ausmachte. Gedämpft drangen die Bässe der Musik, die drinnen spielte, an ihr Ohr.

Sie betraten das Innere, und Jenna wurde von einer Welle von lauter Musik und dem Licht der Scheinwerfer empfangen, die stetig ihre Farbe wechselten und funkelnde Muster an Decke und Wände warfen.

Rund um die Tanzfläche befanden sich gemütliche Sitzgelegenheiten, während die umgebenden Wände mit schwarz-weiß Fotografien der Brightoner Küstenregion dekoriert waren. Die Stimmung war ausgelassen, überall unterhielten sich Menschen, und Jenna ließ sich gemeinsam mit den anderen von der Atmosphäre mitreißen. Sie tanzte eine Weile mit Sherah und genoss die Musik, die eine gelungene Mischung aus modernen Hits und alten Klassikern darstellte, wie sie fand.

Die seltsamen Begegnungen, wenige Stunden zuvor, rückten allmählich in den Hintergrund, und sie fühlte sich seit langem wieder lebendig und unbefangen. Einige Zeit später ging Jenna an die Bar und setzte sich auf einen freien Barhocker.

»Einen Shandy bitte«, bestellte sie ihre Radler-Alternative beim Barkeeper.

Erst jetzt bemerkte sie Matt neben sich, sein Handy auf dem Tresen direkt vor ihm. Sie hatte ihn in der vergangenen Stunde gar nicht gesehen, war in Gespräche mit Ron und Lynn vertieft gewesen und hatte die meiste Zeit mit Sherah verbracht. Sein verlegenes Lächeln auf den Lippen wirkte warm und einladend. Jenna fiel auf, dass die Bierflasche vor ihm alkoholfrei war. Sein Handy leuchtete auf, doch anstelle nachzuschauen, schaltete er es aus, steckte es in seine Hosentasche und schenkte ihr seine ungeteilte Aufmerksamkeit.

»Hey.«

»Hey«, gab Jenna zurück. »Danke noch mal für deine Rettungsaktion unten am Pier. Du trinkst bleifrei? Musst du noch weit fahren?«

»Nein, ich wohne direkt gegenüber vom Pier. Du hast eine gute Beobachtungsgabe.« Er grinste frech und legte den Kopf schief. Seine sanfte Stimme und seine aufmerksame Art verliehen ihm eine unverwechselbare, authentische Ausstrahlung.

»Das ist erstaunlich.« Jennas Augen funkelten vor Neugier. Es kam in Studentenkreisen selten vor, dass Typen bewusst auf Alkohol verzichteten. »Was bringt dich dann dazu, an einem Freitagabend in einer Bar ein alkoholfreies Bier zu trinken?«

»Ich habe schon oft genug erlebt, was Drogen aller Art zerstören können und das Leben hat mich Vorsicht gelehrt«, antwortete Matt, seine Worte schienen wohlüberlegt. Jenna meinte, einen kurzen Schatten wahrzunehmen, der Matts freundliches Lächeln verdunkelte.

»Das ist eine gesunde Einstellung, junger Mann!« Sie grinste ihn aufmunternd an, schob ihren eben servierten Shandy beiseite und bestellte sich solidarisch ebenfalls ein alkoholfreies Bier.

»Das musst du nicht …«, lenkte Matt ein, doch Jenna reagierte gar nicht darauf.

»Warte, fällt mein Vorrat an deutscher Schokolade auch darunter?« Ihre Augen blitzten in gespielter Panik auf. »Ich habe neulich erst einen Bericht gelesen, dass Schokolade süchtig macht. Was mach ich nur, wenn ich meinen täglichen Endorphin-Kick nicht mehr bekomme?« Der liebevoll ironische Unterton in ihrer Stimme brachte den bis eben in Gedanken versunken wirkenden Matt zum Lachen.

Matt neigte seinen Kopf von einer Seite zur anderen, als würde er verschiedene Optionen abwägen.

»Verrätst du mir deinen deutschen Schokoladendealer? Ich kann bei ihm ja mal ein gutes Wort für dich einlegen, damit der Versorgungsfluss nicht abreißt«, erwiderte er nach einer kurzen Pause augenzwinkernd.

»Mein Dad hat mir versprochen, mich regelmäßig mit Carepaketen aus Berlin zu versorgen. Ich mag die britische Schokolade nicht so sehr wie meine deutsche.«

Matt sah sie ungläubig an. »Dafür, dass du aus Deutschland kommst, hast du einen ausgeprägten britischen Humor, von deinem Sussex Akzent mal abgesehen. Du bist erst seit diesem Semester in Brighton, nicht wahr? Ich erinnere mich, dich neulich in meiner Literaturvorlesung gesehen zu haben!«

»Touché. So viel zum Thema Beobachtungsgabe. Meine Mutter kommt aus West Sussex und ich bin zweisprachig aufgewachsen.«

Bei 150 Studierenden fand Jenna es erstaunlich, dass Matt sie dort gesehen haben wollte. Ihre gemeinsame Vorliebe für Literatur verlieh ihrem Austausch bald eine spürbare Dynamik.

Es stellte sich heraus, dass er neben *Literatur* auch *Geschichte und Erbe antiker Völker* und *britische Geschichte* studierte, und je mehr gemeinsame Interessen sie entdeckten, umso mehr Tiefgang entwickelte ihre Diskussion.

»Ich habe ein altes Foto von meiner Mutter und meinen Großeltern vor einem wunderschönen Herrenhaus hier in der Nähe, das würde ich mir gerne ansehen. Ich habe nur leider überhaupt keine Ahnung, wo das zu finden sein soll.«, erzählte sie schließlich.

Matts Blick hing wissbegierig an ihren Lippen, als ob ihre simple Feststellung eine unsichtbare Anziehungskraft auf ihn ausübte. »Hey, mein Onkel wohnt auch in solch einem alten Manor! Es gibt wirklich ein paar schöne alte viktorianische Anwesen hier in Sussex, das ist genau meine Materie! Wenn ich dir bei der Recherche helfen kann, gib Bescheid! Ich habe da meine Verbindungen und begleite dich gerne!«, bot er ihr gleich an und strich sich eine widerspenstige Locke aus der Stirn. Das unverkennbare Strahlen in seinen kastanienbraunen Augen ließ keinen Zweifel an seiner Begeisterung.

»Na, ihr zwei Turteltäubchen!«, neckte Lynn, die sich gerade mit einem verschmitzten Grinsen und einem Funkeln in den Augen zu ihnen gesellt hatte. »Hat Matt endlich jemanden gefunden, den er mit seinem Geschichtsquatsch zutexten kann, ohne dass sein Gesprächspartner auf der Stelle die Flucht ergreift?«, stichelte sie augenzwinkernd weiter, als sich Ron zu ihnen gesellte. Die aufgeweckte Lynn zog mit ihrer lebhaften Persönlichkeit mit Leichtigkeit alle Augen auf sich, besonders die von Ron, der kaum seinen Blick von ihr abwenden konnte.

»Lynn, lass uns tanzen«, bat Ron, seine Mimik voller freudiger Erwartung, und schon verschwanden die beiden in Richtung Tanzfläche.

Matt wandte sich ab, um neue Getränke zu bestellen. Dabei streifte sein Arm versehentlich den von Jenna, als er den Barkeeper ansprach. Augenblicklich löste diese unschuldige Berührung eine Gänsehaut bei ihr aus, die sich in Windeseile von ihrem Arm bis zum Nacken ausbreitete.

Was war *das* denn? So elektrisiert hatte sie sich noch nie gefühlt!

Sie war sich nicht sicher, aber einen kurzen Moment dachte sie, auch Matt hätte flüchtig in seiner Bewegung innegehalten. Er drehte sich jedoch nicht zu ihr um. Vermutlich hatte sie sich das nur eingebildet.

Als Matt dem Barkeeper die Drinks abnahm und eine Flasche vor Jenna abstellen wollte, trafen sich ihre Blicke und sie schwiegen sich einen peinlichen Augenblick lang an. Im gleichen Moment schob sich Chloe zwischen sie beide. Sie wirkte in ihren roten Highheels so groß, dass Matt hinter ihr gar nicht mehr zu sehen war. Chloe nahm Matt die Flaschen aus der Hand und stellte sie auf den Tresen direkt neben Jenna, legte ihre Hände um seine Hüfte und zirpte ihm mit ihrem amerikanischen Akzent süßlich entgegen: »Du schuldest deiner Herzdame noch einen Tanz!« Mit diesen Worten, die nach allem anderen als einer Frage klangen, schob sie ihn rücklings, hüftschwingend in Richtung Tanzfläche.

Verdattert räusperte sich Jenna und versuchte vergebens, diesen Kloß hinunterzuschlucken, der sich auf einmal in ihrer Kehle gebildet hatte. Ein Hauch von Enttäuschung hing in der Luft, der nicht zu verleugnen war, so sehr sie das auch versuchte.

Chloe sah unglaublich aus. Sie bewegte sich so elegant wie ein Topmodel auf dem Laufsteg und schien genau zu wissen, wie sie sich in Szene setzen musste, um zu bekommen, was sie wollte. Für Jennas Geschmack hatte sie eine Prise zu viel von allem: zu lange Beine, zu viel Hüftschwung, zu viel Push-up, zu intensives Make-up, ein zu kurzes Kleid und eine zu dominante Art anderen gegenüber. Aber bitte! Wenn das Matts Freundin war – Kerle schienen auf sowas ja zu stehen. Dagegen kam sich Jenna wie eine kleine graue Maus vor. Unwillkürlich warf sie aus dem Augenwinkel heraus einen Seitenblick auf die Tanzfläche und beobachtete Matts unbeholfene Bemühungen, zum Takt der Musik zu tanzen. Das Ganze wirkte so skurril, dass sich ein Schmunzeln auf Jennas Lippen stahl. Offensichtlich fühlte er sich nicht sonderlich wohl in seiner Haut, aber da konnte Jenna ihm leider auch nicht helfen. Sie wischte den Moment mit einer Handbewegung beiseite. Das waren doch genau die Situationen, denen sie sich geschworen hatte aus dem Weg zu gehen, oder?! Sie hatte kein Interesse an einem Freund. Oder an Kummer. Oder an beidem. Nicht, während sie sich auf ihr Studium konzentrierte. Nicht nach allem, was sie durchgemacht hatte! Unaufgefordert drängten sich Erinnerungen an das letzte Jahr von Jennas Studium in Berlin in ihr Bewusstsein und ihr Lächeln gefror. *So schnell würde sie sich von niemandem mehr um den Finger wickeln lassen!* – bekräftigte sie ihre Vorsätze erneut. Für sie waren Typen zurzeit nur in der *Friendzone* willkommen. Basta!

Vor knapp einem Jahr …

Seine geweiteten stahlblauen Augen richteten sich auf sie, als Martin an diesem Abend vor ihrer Tür stand. Langsam musterte er sie von den Füßen aufwärts, spitzte seine Lippen und gab ein anerkennendes Pfeifen von sich. Die beiden waren seit einer Woche zusammen und Jennas Knie wurden vor Glück butterweich. Sie kannte Martin aus der Schulzeit und war insgeheim schon seit einer Weile schrecklich in ihn verliebt. Seine Interessen lagen eher im wirtschaftlichen Bereich, und soweit sie wusste, war er kurz davor, der

Nachfolger seines Vaters in dessen großem Unternehmen zu werden.

Ein paar Stunden zuvor war Jenna wie so oft angespannt und konzentriert mit ihrem Arbeitsmaterial beschäftigt, um sich für die anstehende Klausur am darauffolgenden Montag vorzubereiten, als ihr Handy vibriert hatte. Ihr Herzschlag beschleunigte sich und ein erwartungsvolles Lächeln breitete sich auf ihrem Gesicht aus, als sie den Absender der Nachricht sah. Sie tippte die Nachricht an und ihr Messenger öffnete sich.

MARTIN:

Hey Süße, heute Abend steigt ne mega Party bei Ben. Bist du dabei? ;)

Jenna ließ den Stift in der anderen Hand kreisen. Der Lernstoff für die anstehende Klausur saß noch nicht richtig, aber Martins Andeutungen vor ein paar Tagen, sie sei zu unentspannt und sollte endlich mehr Spaß in ihr Leben lassen, hatten sie verunsichert. Sie nahm das Smartphone in die Hand und überlegte, was sie antworten sollte, während ihre Finger nervös gegen die Seitenränder ihres Smartphones trommelten. Die Aussicht, den Abend in den Armen ihres Schwarms mit den sonnengebleichten blonden Haaren zu verbringen, anstatt ihre Nase in die Bücher zu stecken, siegte über ihre Vernunft, weshalb sie kurzentschlossen all ihre Vorsätze über Bord warf. Doch ihr Gewissen plagte sie jetzt schon.

JENNA:
Das lass ich mir nicht entgehen!
Wann holst du mich ab? ;)

Das war das Lockerste, was ihr in dem Moment einfiel. Easy,
Sis! Du kannst das! Nimm das Leben nicht immer so ernst,
versuchte sie sich selbst Mut zuzusprechen.

Die Zeit, bis Martin sie um 20 Uhr abholte, durchlebte sie
in einem Wechselbad der Gefühle. Stundenlang stand Jenna
vor dem Spiegel und probierte ein Outfit nach dem anderen
an, bis sie sich für das schwarze Minikleid entschied. Es war
sexy ausgeschnitten, gab aber dennoch nicht mehr
Einblicke, als Jenna bereit war, zu zeigen. Die Zeit reichte
gerade noch für ein dezentes Make-up und ihr Lieblings-
parfüm, als es auch schon klingelte und Jenna sich beeilte,
die Tür zu öffnen.

»Was für eine Laus ist dir denn über die Leber gelaufen?«
Sherah legte ihren Arm auf Jennas Schulter und warf ihr
einen fragenden Blick zu.

»Ach nichts. Ich bin nur müde«, wehrte sie mit einem
flüchtigen Lächeln ab. Jenna war eine miserable Lügnerin,
und sie sah an Sherahs skeptischer Miene, dass ihre neue
Freundin ihr die Ausrede nicht abnahm. Gnädigerweise
beließ sie es aber dabei und nickte nur.

Es war Zeit, nach Hause zu gehen.

Matt

– VIER –

Etwas Unausgesprochenes schwang zwischen ihm und Jen, als ob ihre Gedanken einen harmonischen Tanz fanden. Es war nicht allein ihre Nähe, die ihn ergriff, sondern die Art, wie sie ihm Fragen stellte. Jedes Wort, das sie sagte, traf ihn tiefer, als er es je erwartet hätte, und doch war es diese flüchtige Berührung gewesen, die ihn erneut in ungeahnte Spannung versetzte.

Genau dieser Augenblick schien ihm unaufhaltsam durch die Finger zu rinnen, als er mit Chloe auf der Tanzfläche stand. Umgeben von pulsierender Musik und lachenden Gesichtern, versuchte er sich unbeholfen im Takt der Musik zu bewegen, doch war er hier definitiv fehl am Platz. Unbehaglich wischte er sich den Schweiß von der Stirn, konnte aber diese unangenehme Wärme, die in ihm aufstieg, nicht abstreifen. In dem Versuch, Chloes Blick auszuweichen, wanderten seine Augen unstet umher und suchten sich einen Fixpunkt im Raum. Vor ein paar Wochen hatte er, kurz bevor die Bar schloss, eine Wette gegen Chloe verloren, die ihn verpflichtete, seine Schuld einzulösen. Er hatte absolut kein Interesse daran, mit diesem Tanz ein falsches Zeichen für Chloe zu setzen. Der Zeitpunkt hätte nicht ungünstiger sein können, aber er war machtlos in der Situation. Das Letzte, was er riskieren wollte, war Aufsehen wegen der Sache zu erregen und damit Jen in Verlegenheit zu bringen. Sein Blick wanderte verstohlen zu dem Platz an der Bar, an dem er sich noch vor wenigen Minuten mit ihr unterhalten hatte. Seine Finger zuckten leicht, als versuchte er, den Moment noch einmal zu greifen und festzuhalten. Auf dieser blöden Tanzfläche gefangen, sah er stattdessen hilflos zu, wie Sherah der reizenden Brünetten mit den tiefbraunen Augen etwas ins Ohr sagte, woraufhin Jen ihre dünne schwarze Jacke ergriff und hineinschlüpfte. Es kostete Matt unglaubliche Disziplin, dem Drang zu widerstehen, Chloe stehenzulassen, um Jen aufzuhalten und sich damit wie ein Vollidiot aufzuführen. Er ignorierte seinen rasenden Puls, beendete den Tanz mit Chloe und hoffte, dass man ihm seine gedankliche Abwesenheit nicht anmerkte. Immer wieder wanderten seine Blicke zu der Bar und dann durch den Rest vom Raum, doch Sherah und Jen waren verschwunden.

Matt verabschiedete sich kurze Zeit später selbst von seinen Freunden und verließ die Bar, um den grellen Lichtern und dem lauten Beat der Musik zu entfliehen. Er sehnte sich nach Ruhe und Einsamkeit, um wieder einen klaren Kopf zu bekommen. Die Lichter der Strandpromenade schimmerten diffus im Dunkeln, der Wind blies zahm über das stille Meer, als er langsam in Richtung Pier schlenderte und darauf wartete, dass das Rauschen der Wellen seinen Herzschlag verlangsamte. Der Geruch nach frischem Fisch lag schwer in der Luft, vereinzelte Gestalten flanierten am Ufer entlang, und das gleichmäßige Gemurmel der Gäste in den nahe gelegenen Bars drang an sein Ohr. In der Ferne blinkten die Lichter des Piers, deren Reflexionen sich auf dem friedlichen Wasser widerspiegelten.

Als Matt an der Stelle vorbeikam, an der er am frühen Abend Jen begegnet war, und sie kurz darauf aus den Griffen eines Widerlings gerettet hatte, blieb er kurz stehen. Ein älteres Paar schlenderte gemächlich Hand in Hand an ihm vorbei, ihre Silhouetten tanzten im verblassenden Licht der Laterne hinter ihm.

Was war bloß mit ihm los? Wieso hatte sie so eine Wirkung auf ihn?

Hätte er das Gleiche für eine der anderen Frauen in seinem Freundeskreis getan? Absolut! Nein, was ihn irritierte, war, wie heftig sein Körper auf die potentielle Bedrohung reagierte, sobald der Mann Kurs auf Jen genommen hatte. Bis zu dem Zeitpunkt war ihm gar nicht aufgefallen, wie oft sein Blick zu der Neuen gewandert war. Es war alles wie von selbst abgelaufen, als sein beschleunigter Herzschlag in seinen Ohren widerhallte, eine Energiewelle seine Sinne geschärft und seine Muskeln sich gestrafft hatten. Entschlossen war er mit geballten Fäusten Jen zu Hilfe geeilt, das Gewicht der Verantwortung auf seinen Schultern. Grade rechtzeitig, um Schlimmeres zu verhindern, hatte er es an den Ort des Geschehens geschafft. Er hatte ihren Sturz abgefangen, und als sie das Gleichgewicht wiedergefunden hatte und sicher stand, war er kurz davor gewesen, dem Idioten einen rechten Haken zu verpassen. Doch das Prickeln auf seiner Haut, welches die flüchtige und doch folgen- schwere Berührung mit Jen ausgelöst hatte, hatte ihn kurzzeitig gehemmt. Er hatte die Augen geschlossen und die angestaute Luft aus seinen Lungen entweichen lassen. Erst als er die Kontrolle über seine Reflexe wiedergewonnen hatte, war er in der Lage gewesen, den Konflikt mit Worten zu klären.

Dieser Drang, sie vor allem zu bewahren, koste es, was es wolle, war Neuland für ihn. Und dieser Impuls war auch jetzt wieder greifbar. Er bemerkte die Anspannung in seinen Muskeln. Wie konnte er es schaffen, einen klaren Kopf zu behalten und nichts zu überstürzen, wenn er dieses Mädchen näher kennenlernen wollte? Aus irgendeinem Grund strahlte sie die Zerbrechlichkeit eines aufgeschreckten Rehs aus, als ob jeder falsche Schritt sie vertreiben könnte. Als ob er Gefahr lief, mehr zu zerstören, als zu beschützen.

Vor sich hinlächelnd hing er seinen Gedanken nach. Wann hatte er das letzte Mal so intensiv über eine einzelne Person nachgegrübelt?

Matt lief weiter. Das Dröhnen des Verkehrs erfüllte die Nacht, als er nahe beim Brighton-Pier in die Seitengasse einbog, die zu seinem Apartment führte. Er wohnte bei seinem Kumpel Ron. Streng genommen gehörte das zentral gelegene High-End-Apartment Rons Eltern, und er war Anfang des zweiten Semesters bei seinem Roomie eingezogen, schlicht und ergreifend, weil Ron nicht alleine wohnen wollte. Matt bekam sein Zimmer dort zu einem Schnäppchenpreis, erst recht, wenn man die aktuellen regulären Mietpreise in bevorzugter Lage betrachtete.

Zurück in seinem Apartment ließ Matt sich aufs Bett fallen und konnte nicht verhindern, dass seine Gedanken zum hundertsten Mal zu Sherahs neuer Mitbewohnerin abschweiften. Er versuchte, seine Eindrücke zu ordnen, aber alles blieb ein Chaos.

Niemals würde er diesen Moment vergessen, als er den Hörsaal für die Literaturvorlesung betreten und dieses anmutig zarte Wesen mitten in dem geschäftigen Treiben entdeckt hatte.

Sie hatte still da gesessen, vollkommen auf ihr Buch konzentriert und hatte nichts um sich herum wahrgenommen. Matt war in seiner Bewegung erstarrt und hatte die Szene mit hochgezogenen Augenbrauen beobachtet. Er hätte nicht sagen können, was genau ihn so faszinierte. War es die Ruhe, die sie ausgestrahlt hatte, die Fähigkeit, alles um sich herum auszublenden? War es, weil er sich mit ihrer Hingabe zur Literatur identifizieren konnte? Wären nur die Plätze um sie herum nicht bereits besetzt gewesen … aber hätte er es gewagt, sie anzusprechen? Ungläubig hatte er geblinzelt. Sprachlos, mit einem leisen Keuchen, das seinen Lippen entkommen war, hatte er sich gezwungen, weiterzugehen, als die Hemmungen, die er vor Jahren abgelegt zu haben glaubte, ihn zu überwältigen drohten.

Dann war dieser epische Freitagabend gekommen, als seine Clique ungeplant Sherah und ihrer neuen Mitbewohnerin am Strand begegnet war, und Matts Leben sich mit einem Schlag auf den Kopf gestellt hatte. Und Jen? Er hatte den Anflug von Zweifel in ihrem Blick ausgemacht, als ob sie nicht wahrhaben wollte, dass sie sich von der großen Masse abhob.

Matt wälzte sich in seinem Bett und konnte keinen Schlaf finden. Von Selbstzweifeln geplagt, überlegte er, was er jetzt mit seinem so unvorhergesehen aufgetretenen Gefühlschaos anfangen sollte. Alles in ihm wollte mehr über sie erfahren.

Er griff nach seinem Handy, um sich auf andere Gedanken zu bringen, und scrollte mechanisch durch die Storys seiner Freunde. Ein kurzer Stich im Herzen und sein Puls beschleunigte sich, als er Sherahs heutige Story erreichte und dieses Selfie von ihr und Jen sah. Sein Finger pausierte den Feed und seine Miene verzog sich zu einem Grinsen, als er las, was über dem Foto stand:

POV: WENN DER ZUFALL DEINE NEUE BFF INS WG – CASTING SCHICKT ;))

Matt ließ langsam das Handy sinken. Er glaubte nicht an Zufälle. Nicht mehr. Nicht nach allem, was geschehen war. Es war, als ob er eine unsichtbare Last mit sich herumtragen würde, eine Aufgabe, die erledigt werden wollte, unabhängig davon, dass er sich zu Jen hingezogen fühlte. Er hatte in den letzten Jahren die ein oder andere kurze Beziehung gehabt, aber niemals war er so verunsichert und gehemmt gewesen, wie in ihrer Gegenwart. Niemals zuvor hatte die Abwesenheit einer Person eine solche Leere in seinem Herzen hinterlassen, noch schien es das Risiko wert gewesen zu sein, alles zu investieren, echt zu sein und verwundbar. Als ob es genau das war, was es brauchte. Aber war er dieser Verantwortung gewachsen, oder würde er mehr Schaden anrichten als heilen? Was er in ihren Augen sah, war schwer in Worte zu fassen. Sie erzählten stumm eine schmerzhafte Geschichte und strahlten eine unverkennbare Verletzlichkeit aus. Es war fast so, als ob sie sich von der Welt abkapselte, um sich vor weiterem Schaden zu schützen. Umgeben von einem unsichtbaren Schutzpanzer, der sie vor jeglichem Leid bewahren sollte. Er konnte nicht erklären warum, aber Matt erkannte in dem Moment eines ohne jeden Zweifel: Solange er nicht sicher war, was sie so verletzt hatte, musste er sie vor allem vor sich selbst schützen. Ihm blieb nichts anderes übrig, als zuzulassen, dass er wieder ein wenig zu dem zurückhaltenden Matt wurde, der er früher einmal gewesen war. Ein Teil seiner Persönlichkeit, um den er jahrelang gekämpft hatte, ihn abzulegen. So wie es aussah, existierte dieser Teil von ihm noch immer, war nur verborgen und bahnte sich seinen Weg durch die Risse seiner Fassade. Vielleicht war es genau das, was er brauchte.

Matt ahnte zu diesem Zeitpunkt nicht, was alles auf ihn wartete, das ihn auf andere Gedanken bringen würde. Eine Wendung in seinem Leben, auf die er bereitwillig verzichtet hätte und die ihn mit dem Abschnitt seiner Vergangenheit konfrontierte, den er lange Zeit erfolgreich verdrängt hatte.

Matts Gedanken wanderten zu seiner Kindheit.

Er war alles andere als wohlbehütet in einer Kleinstadt aufgewachsen. Vielleicht war er aber auch bloß zum falschen Zeitpunkt mit den falschen Leuten in Berührung gekommen. Jedenfalls hatte es in seinem Elternhaus oft Streit gegeben. Seinen Vater, der häufiger auf Geschäftsreise gewesen und nur am Wochenende überarbeitet nach Hause gekommen war, hatte er meistens missgelaunt und jähzornig erlebt, was er an jedem ausgelassen hatte, der ihm über den Weg gelaufen war. Die Prügel, die Matt als kleiner Junge einstecken musste, wenn er etwas ausgefressen hatte, und die Striemen, die danach wochenlang vom Gürtel auf seinem Gesäß geblieben waren, sorgten dafür, dass Matt oft nicht ruhig sitzen konnte.

Matt erinnerte sich noch daran, als ob es gestern gewesen wäre, wie er in der dritten Klasse im Unterricht unruhig auf seinem harten Stuhl hin und her gerutscht war.

Viele Jahre zuvor ...

Seine Lehrerin warf ihm mahnende Blicke zu, doch er schaffte es einfach nicht, stillzuhalten. Die Augen des verunsicherten Jungen flackerten nervös umher, auf der Suche nach einem Ausweg.

»Matt! Wenn du auf Toilette musst, dann geh!«, wies die Lehrerin schließlich in genervtem Tonfall an, da sie das Gezappel nicht mehr aushielt.

»Verzeihung, Ma'am«, antwortete der kleine Matt mit zittriger Stimme, dankbar, dass seine Lehrerin den Umstand fehlinterpretierte und ihm so ein Alibi lieferte, aufzustehen. Er sprang auf und lief aus dem Klassenzimmer in Richtung Toiletten. Dort angekommen, schloss er die Kabinentür hinter sich und kramte die kleine Salbentube hervor, die seine Mutter ihm mitgegeben hatte. Er zog seine Hose herunter

und begutachtete die Striemen, die der Gürtel seines Vaters hinterlassen hatte. *Die Salbe war Balsam auf seiner wunden Haut und linderte die Schmerzen, die Wunden auf seiner verängstigten Seele konnte sie jedoch nicht heilen.*

Am schwierigsten wurde es jedoch Jahre später, als Matts Dad seinen Job verlor und anfing, zu trinken. Anders als zu erwarten gewesen wäre, wurde er nicht etwa lauter oder gewalttätiger. Nein, seit Matt ein Teenager war, von Statur und Kraft seinem Vater ebenbürtig, hatte das aufgehört. Jetzt saß William immer häufiger apathisch und gleichgültig in seinem Sessel, manchmal tagelang, und starrte an die Decke. Matt konnte nicht sagen, was ihn mehr einschüchterte.

Er kam mal wieder spät von der Schule und pfefferte seinen Schulrucksack gedankenlos in die Ecke. Nach einem kurzen Abstecher in die Küche, wo er sich einen Teller voll Fish & Chips richtete, schlurfte er ins Esszimmer. Erstaunt stellte er fest, dass sein Vater in seinem Ohrensessel saß und vor sich hinstarrte. William hatte sich an diesem Tag nicht die Mühe gemacht, sich zu rasieren, und die Bierfahne, die ihn umgab, brannte in Matts Nase.

»Hey Dad.«

Keine Antwort. Matt fühlte, wie sein Magen sich verkrampfte.

»Dad? Alles okay?«

William hob besorgniserregend seine linke Hand, als Matt sich dem Sessel näherte, um nach seinem Vater zu sehen. Matt interpretierte die Reaktion instinktiv als Drohung, und machte verunsichert eine reflexartige Abwehrbewegung, *doch sein Vater ließ seinen Arm schlaff in den Schoß sinken. Er griff erneut nach der Bierflasche, die auf dem Tischchen neben ihm stand und nahm einen großen Schluck.*

»Was soll das alles noch? Ich hab mein ganzes Leben geschuftet, und wofür? Am Ende ... am Ende bin ich nur ein austauschbares Rädchen im System, ausgestoßen und abgeschrieben. Das ist ... das ist doch alles sinnlos. Matt, du ... ich wette, du wirst genauso wie ich enden, als Versager ohne ... ohne Perspektive ...«, knurrte sein Vater und lud dabei seine Bitterkeit auf ihm ab.

Matt unterdrückte eine Erwiderung auf die verletzenden Worte, als William wieder in seine tristen Gedanken versank und auf keine von Matts' Aufmunterungsversuche reagierte.

Eine unsichtbare Last drückte auf Matts Schultern und er konnte den Kloß in seiner Kehle nicht hinunterschlucken, als er den Raum verließ, sich seine weißen Sneaker anzog und joggen ging.

Sport half ihm, den Kopf freizubekommen, weshalb er seit Wochen intensiv trainierte, was sich langsam an seiner aufrechten Körperhaltung und der zunehmend definierten Bauch- und Beinmuskulatur bemerkbar machte.

An Williams bitterer Grundhaltung hatte sich seit Matts Teenagerzeit kaum etwas verändert.

Matt liebte seinen Dad, trotz allem, was geschehen war, und ihn so depressiv zu sehen, ließ schon damals in seiner Teenagerseele etwas zerbrechen. Um dem Stress und dem Schmerz zuhause aus dem Weg zu gehen, verbrachte er immer mehr Zeit mit Zach, einem Kumpel aus der Schule. Zach war ein gutes Jahr älter als Matt und zu sagen, dass er es mit der Wahrheit nicht so genau nahm, war eine Untertreibung. Er vertickte die unterschiedlichsten Waren auf dem Schulhof und sonst überall in der Kleinstadt. Darunter waren Handys, Smartwatches und andere begehrte Objekte, deren Herkunft er nie preisgab. Er hatte Matt darum gebeten, hin und wieder irgendwelche Päckchen in seinem Spind zu lagern, und Matt, der sich ersparte, den Inhalt zu hinterfragen, gab ihm bereitwillig den Zahlencode seines Spindschlosses. Auch die kleinen weißen Pillen, die regelmäßig die Jackentaschen wechselten, ignorierte Matt. In Wahrheit wollte er weder wissen, was es genau war, noch woher all der andere Krempel kam. Zach war sein Ticket raus aus dem Familiendrama. Zumindest lenkte der extrovertierte Draufgänger ihn von seinen Problemen zuhause ab. Das Leben von Zach schien so zwanglos. Die Vorstellung, alles, was du wolltest, haben zu können, egal, was es kostete, faszinierte Matt. Seine Familie hatte zwar nie viel Geld, und Matt hegte den ein oder anderen Teenagertraum, aber seine eigentlichen Träume waren nicht von materieller Natur. Er wünschte, er hätte wie Zach immer einen lockeren Spruch auf Lager und hätte diesen Charme, bei dem die Mädchen dahinschmolzen. Matt schloss sich als Greenhorn der Gang von Zach an. Sie trafen sich zu nächtlichen Streifzügen durch die Stadt und brachen in verlassene Industriegebäude ein, um dort ihre Graffititags an den Wänden zu hinterlassen. Das Selbstbewusstsein des introvertierten Matt wuchs, und mit der Zeit wurde er mutiger und fast so rebellisch wie Zach. Mit fünfzehn nahm Matt an seinem ersten illegalen Motorradrennen teil. Er saß als Sozius hinter Zach, der ebenfalls *keinen Führerschein besaß. Als dieser seinen Kumpel Mark mit einem unmissverständlichen Zeichen schelmisch überholte, ohne Vorwarnung Gas gab und in rasanter Geschwindigkeit durch die verlassenen nächtlichen Straßen Brightons dröhnte, erlebte er das erste Mal diesen unvergleichlichen Adrenalinrausch. Sein Körper vibrierte in Einklang mit der Maschine unter sich und der Fahrtwind peitschte in sein Gesicht. Auf einmal fühlte er sich frei und lebendiger als je zuvor. Das war es, was er wollte! Lebendig und frei sein! Wenn dieser komische Beigeschmack nicht gewesen wäre. Aber zu dem Zeitpunkt verdrängte Matt die warnende Stimme in seinem Inneren. Es dauerte nicht lange, bis er selbst eines der Motorräder fuhr, die Zach und seine Clique besaßen. Genau genommen verbrachte er Wochen damit, sich sein eigenes Baby aus zwei Unfallrennmaschinen zusammenzuschrauben, die bei dem einen oder anderen Rennen draufgegangen waren. Glücklicherweise gab es bisher immer nur Blechschäden und die beteiligten Fahrer kamen mit einem blauen Auge beziehungsweise leichteren Verletzungen davon. Jetzt hatte Matt, was er wollte! Den Adrenalinkick, die Girls, und dieses Gefühl von Freiheit, nach dem er sich sehnte. Und verdammt, war er gut mit dem, was er tat! Ab dem Zeitpunkt war es Matt, der die Rennen fuhr, und Zach kassierte die Kohle ein für die Wetten, die abgeschlossen wurden. Das Geld war für Matt zweitrangig. Wenn er auf der Straße war, verschmolz das Dröhnen der Motoren um ihn herum zu einer waghalsigen, verbotenen Symphonie, die ihn unaufhaltsam antrieb. Alles, was er brauchte, war das Adrenalin in seinem Blut, die pulsierende*

*Energie des Motors unter sich und den Tanz mit dem Risiko.
Wenn er sich bei irrsinniger Geschwindigkeit in die Kurve
legte und die Dunkelheit der Straße ihn wie einen Mantel
schützend umgab, verschwamm alles andere, was ihn
beschäftigte, im Nebel, den er hinter sich ließ. Der Adrenalinkick wurde sein geheimer Verbündeter, der seine Sinne
schärfte, seine Reflexe optimierte und sein Herz wild in seiner
Brust schlagen ließ. Anderthalb Jahre und Dutzende Rennen
später, an denen Matt auf seinem Baby die Grenze zwischen
Risiko und Euphorie verschmelzen ließ, nahm diese Illusion
ein abruptes und jähes Ende. Ohne Vorankündigung stand
die Polizei da. Mitten auf dem Schulhof. Es gab genügend
Beweise, die Zach des Handels mit Diebesgut und des
Drogenhandels überführten. Zudem ging die Polizei
Hinweisen nach, dass Zach Teile seiner Hehlerware in der
Schule deponierte.*

*Als Matt den Polizeiwagen sah, gab es für ihn keinen
Zweifel daran, dass er tief in der Scheiße steckte. Er betrat
das Schulgebäude und augenblicklich schnürte es ihm die
Kehle zu. Langsam ging er die Treppe hinauf und bog links
Richtung Klassenzimmer ab. Dann sah er den Rektor der
Schule, der ungeduldig in Begleitung eines Polizisten an der
offenen Tür stand und wartete. Was blieb ihm jetzt für eine
Wahl? Er widerstand dem inneren Drang, seine Beine in die
Hand zu nehmen und wegzulaufen. Das wäre wohl das
Dümmste gewesen, was er in solch einer Situation hätte tun
können und einem Schuldgeständnis gleichgekommen.
Wenn er eins gelernt hatte, dann, seine Reflexe und Impulse
unter Kontrolle zu haben. Wer wusste schon, vielleicht wollten*

sie ja gar nichts von ihm? Zach hatte ja schließlich einen Haufen anderer Kumpel an der Schule, zumindest behauptete er das immer. Wobei alle sogenannten Kumpel von Zach, die Matt je kennengelernt hatte, entweder im Laufe der Zeit von der Schule geflogen, oder älter als Zach waren.

Er nahm allen Mut zusammen, ging mit zittrigen Knien auf die Tür zu und vermied Augenkontakt mit dem Rektor. Matt wagte kaum, zu atmen. Er versuchte, die erbarmungslose Welle der Angst, die seinen Körper durchflutete, zu kontrollieren, als er mit gesenktem Blick den Türrahmen erreichte. Doch je mehr er es versuchte, desto mehr entglitt ihm alles. Eine große Hand umfasste seinen Oberarm und zwang ihn freundlich aber unmissverständlich zum Anhalten.

»Wir müssen reden«, war alles, was Matt hörte, als er seine Augen erschrocken aufriss. Auf dem Weg ins Büro des Rektors kamen sie an seinem aufgebrochenen Spind vorbei und Matt lief es eiskalt den Rücken hinunter. In den darauffolgenden stundenlangen Verhören stellte sich heraus, dass in der vorangegangenen Nacht die Drogenspürhunde an seinem Spind angeschlagen hatten. Was sie dort vorgefunden hatten, waren zwar keine Drogen, aber definitiv Hehlerware, die Zach zuzuordnen war. Matt beteuerte immer wieder, dass er an den Geschäften seines Kumpels nicht beteiligt gewesen sei, dieser jedoch jederzeit Zugriff zu seinem Spind gehabt hatte.

Matt konnte seinen Kopf geradeso aus der Schlinge ziehen und kam mit einer Schulverwarnung und 150 Sozialstunden davon, während Zach zu einer Jugendhaftstrafe verurteilt wurde. Zachs Schwester, mit der Matt zu dem

Zeitpunkt zusammen gewesen war, beschuldigte Matt, seinen Kumpel nicht gedeckt zu haben und trennte sich von ihm. Die schweren Vorwürfe trafen Matt tief, auch wenn er sich nichts anmerken ließ. Es dauerte nicht lange, bis die Polizei auch eine Razzia in Zachs Lager durchführte und alles beschlagnahmte, das nicht niet- und nagelfest war, einschließlich Matts Bike. Matt hatte keine Chance. Die Maschine war nicht zugelassen und Matt hatte weder Führerschein noch einen Anspruch auf sein Baby. Ihm blieb keine Wahl. Er musste den Ball flach halten und abtauchen.

Als Zach im Knast war, stieg Matt aus der Clique aus. Ihm war klar geworden, dass er die Grenze überschritten hatte und dass sein Leben einen neuen Kurs brauchte, bevor es zu spät war. Doch er war längst nicht mehr der verklemmte Teenager von damals. Er hatte gelernt, mutig zu sein, aber auch die Konsequenzen seines Handelns zu tragen.

Sherah

Es war Samstagmorgen und Sherah freute sich schon riesig auf ihre geplante Shoppingtour mit Lynn. Außerdem hatte sie sich mit Jenna zu einem Wellnessabend verabredet. Endlich war die Gelegenheit gekommen, diese Handmaske auszuprobieren, die sie neulich im *BOOTS* gekauft hatte, und ihre Nägel waren auch mal wieder fällig. Außerdem hatte sie Jenna versprochen, ihr die Nägel zu lackieren, und freute sich bereits darauf, sich kreativ auszutoben. Ihr Handy vibrierte in der Hosentasche, als Sherah gerade dabei war, für Jenna und sich Kaffee zu kochen. Sherah zog das Handy aus der Gesäßtasche und nahm den Anruf entgegen. Sie ahnte, wer das war.

»Das ging aber schnell«, murmelte sie mit einem Schmunzeln, bevor sie den Anruf entgegennahm.

»Hallo?«

»Hi! Bist du die zauberhafte Merida, die ich gestern beim Taco Twist getroffen habe?«, meldete sich David am anderen Ende der Leitung.

»Ähm, ja, das bin wohl ich. Und du bist?«, antwortete sie betont langgezogen.

»Ah, *ich* bin der unglückliche Sir Harlekin, der von deinem Charme so verzaubert war, dass er beim Gehen fast über seine eigenen Füße gestolpert ist. Ich hab mir gedacht, ich könnte meine Tollpatschigkeit erneut beweisen, indem ich dich kommendes Wochenende zum Tanzen ausführe«, brachte David den Grund seines Anrufs direkt auf den Punkt.

Ein ansteckendes Kichern erfüllte den Raum. »Das klingt nach einem Angebot, das ich nicht ablehnen kann. Wann und wo hattest du denn gedacht?«, entgegnete Sherah.

»Fantastisch! Wie wäre es mit Freitagabend im *Jackies*?«, klang Davids Stimme euphorisch durchs Telefon.

»Aber nur, wenn du mir versprichst, weder zu stolpern noch beim Tanzen auf meine Füße zu treten!«, stichelte Sherah ein wenig, nachdem David ihr eine so hervorragende Vorlage geliefert hatte.

»Ich übe bis dahin nochmal fleißig, um dich nicht zu blamieren, okay?«, versprach David ohne zu zögern.

»Perfekt! Bis Freitag dann. Ich werde vorsichtshalber mein Erste-Hilfe-Täschchen mitbringen, nur für den Fall.« Sherah strahlte vor Heiterkeit.

Sie legte auf, drückte das Handy verträumt gegen ihre Brust und schmunzelte zufrieden. Davids Humor und seine offene Art taten Sherah extrem gut. Vor allem gefiel ihr, dass er über sich selbst lachen konnte. Nicht so, wie viele Menschen, die das Leben prinzipiell zu ernst nahmen.

Dass ihr Herz seit dem Anruf ein bisschen schneller schlug, ignorierte Sherah. David war süß, ja! Sie würde sicher jede Menge Spaß mit ihm haben. Die Betonung lag hierbei auf

Spaß. Für langweilige Beziehungsfragen war das Studenten-leben zu aufregend.

Sherah spielte gedankenverloren mit ihrem Handy und bemerkte dabei überhaupt nicht, wie die Zeit verging. Zum Glück fuhren um diese Uhrzeit die Busse in kurzen Abständen.

Die beiden Frauen hatten den Brighton-Pier als Startpunkt für ihre Shoppingtour vereinbart und Sherah war spät dran, als sie endlich den Pier erreichte. Es war ein bewölkter Samstag-vormittag, aber bisher sah es nicht nach Regen aus, stellte sie dankbar fest. Die salzige Luft vermischte sich mit dem Duft nach gebrannten Mandeln, der ihr von den Ständen entlang der Strandpromenade in die Nase stieg. Sherah knurrte begierig der Magen.

»Da bist du ja endlich!« Lynn winkte Sherah ausgelassen zu und kam ihr in ihrem farbenfrohen geblümten Kleid entgegengelaufen. »Ich hab schon befürchtet, du hast mich versetzt.«

»So etwas würde mir nicht im Traum einfallen! Gibt es etwas Besseres als einen Shopping-Tag mit dir? Das lass ich mir doch nicht entgehen, meine Liebe!« Die beiden lachten und fielen sich in die Arme.

»Ich habe nur um Haaresbreite meinen Bus verpasst. Stell dir vor, David hat vorhin angerufen. Du weißt schon, der Typ, den ich neulich kennengelernt habe«, erzählte Sherah freudestrahlend.

»Du lernst doch ständig neue Typen kennen, ich verliere da langsam den Überblick«, konterte Lynn mit einem Kopfschütteln und amüsierten Lächeln auf den Lippen.

Die beiden machten sich auf den Weg in die Lanes, die verwinkelte Shoppingmeile Brightons. Zielstrebig liefen sie an Antiquitätenläden und Blumengeschäften vorbei, bis sie die ersten Modegeschäfte erreichten.

»Apropos Typen. Wie läuft's denn so zwischen dir und Ron zurzeit?«, lenkte Sherah den Fokus auf Lynns Liebesleben.

»Echt toll! Er kommt seit einiger Zeit mit in die Church und spielt jetzt sogar in unserem Worship-Team mit.« Sherah wusste, dass Lynn ihr Glaube sehr wichtig war. Allein der Fakt, dass sie diese Gemeinsamkeit mit Ron teilte, ließ sie aufstrahlen.

»Oh, ich hatte keine Ahnung! Was für ein Instrument spielt er denn?«, fragte Sherah überrascht. Sie war nie auf die Idee gekommen, dass Ron sich für Kirche interessierte oder an Gott glaubte.

»E-Gitarre. Er ist richtig gut! Komm doch mal mit und hör ihn dir an«, lud Lynn Sherah ein.

»Ich weiß nicht, ich überleg's mir mal, okay?« Sherah hatte für solche Themen eigentlich nicht so viel übrig, aber das hatte sie vor kurzem auch von ihrem Kumpel Ron gedacht.

Die gepflasterten Gassen waren übersät mit kleinen Geschäften und Cafés. Das geschäftige Treiben der Menschen, die für einen Wochenendeinkauf hierhergekommen waren oder einfach nur die Atmosphäre auf sich wirken ließen, belebte die engen, verwinkelten Gässlein und Sherah spürte ein wohliges Kribbeln in sich aufsteigen.

Sie drehte sich zu Lynn um, ihre Augen funkelten vor Aufregung. »Ich sag's dir, ich spüre es in meinen Knochen, dass wir heute die mega Schnäppchen abstauben! Ich schwör' dir, wenn's nicht so ist, fress ich freiwillig einen Besenstiel!« Sherah unterbrach ihren Redeschwall, als ihr Handy klingelte. »Sekunde ich checke das kurz …«

Abgelenkt von der Nachricht auf ihrem Bildschirm, achtete sie, im Gedränge der vielen Menschen um sie herum, nicht auf ihre Schritte. Dabei übersah sie den zusammengekauerten Schatten zwischen den endlosen Reihen eilender Passanten und stolperte über einen Obdachlosen, der, mit einem beschriebenen Pappkartonschild auf dem Schoß liegend, am Rand des Bürgersteigs saß. Ein alter verbeulter Metallbecher vor ihm, in dem ein paar Münzen lagen, zeugte von seinen Absichten. Sein ehemals weißes T-Shirt war graubraun verfärbt und mit Löchern übersät und die Jeans, die er trug, hing in Fetzen von seinen Beinen und entblößte seine knochigen Knie. Seine mit einer dicken Staubschicht bedeckten, halblangen, blonden Haare verbargen in verfilzten Strähnen sein stoppeliges Gesicht, das ebenfalls rußig verschmiert war und ihn älter wirken ließ, als er war. Sein strenger Körpergeruch erreichte ihre empfindliche Nase, und sie konnte nichts dagegen tun, dass es ihr kurzzeitig den Magen umdrehte, bis sie spürte, wie sich ein saurer Geschmack in ihrem Mund ausbreitete. Sie wandte ihren Blick ab, teils aus Scham, teils aus Ekel.

Verärgert über ihre eigene Tollpatschigkeit, drehte sie sich noch einmal um und murmelte »Entschuldigung.« Sie spürte, wie ihre Ohren heiß wurden, als er ihr mit abgestumpftem, leerem Blick zunickte, als ob er es schon lange gewohnt war, unsichtbar zu sein. Sie wünschte sich nichts sehnlicher, als dieser unangenehmen Situation zu entkommen, und war gerade dabei, sich erneut abzuwenden, um weiterzugehen, als Lynn sie am Arm packte.

»Sollen wir ihm nicht irgendwie helfen?«

»Ich weiß nicht, die meisten kaufen sich von dem Geld doch eh nur Alkohol«, zögerte Sherah, während Lynn hörbar weiterüberlegte: »Vielleicht können wir ihm anders helfen.« Mit diesen Worten drehte sie sich zu dem Mann um und lief geradewegs auf ihn zu.

»Hast du Hunger?«, fragte sie freundlich. Der Typ sah sie perplex an und nickte langsam. Lynn wandte sich wieder an Sherah. »Komm, wir holen ihm was zu essen.« Mit den Worten griff Lynn nach ihrer Hand und zog Sherah hinter sich her. Beim nächsten Bäcker hielt sie an und kaufte, ohne zu zögern, ein belegtes Brötchen und eine Cola, drehte sich zielstrebig um und brachte sie ihm. Als er realisierte, was geschehen war, grinste er Lynn dankbar an und entblößte dabei seine ungepflegten Zähne.

Verblüfft sah Sherah mit an, dass ihre Freundin absolut keine Berührungsängste hatte.

»Darf ich?«, fragte sie warmherzig und setzte sich nach einem zustimmenden Nicken zu ihm auf den Boden. Erstaunt beobachtete Sherah das Geschehen und lehnte sich mit ein wenig Abstand an einen Laternenpfahl.

Seine abgemagerten Hände griffen eilig nach dem eingepackten Brötchen und packten es zitternd aus.

»Ich bin Lynn, und wie heißt du?« Es war offensichtlich, dass Lynn authentisches Interesse an dem Wohl des Mannes hatte, der hastig das belegte Brötchen in seiner Hand verschlang.

»Zachariah«, antwortete dieser umständlich mit vollem Mund.

»Das ist ein schöner Name«, griff Lynn geschickt den Gesprächsfaden auf und Sherah fragte sich, worauf ihre Freundin hinauswollte. »Hey, in der Bibel gibt es auch einen Zachariah. Kennst du die Geschichte?«

»Nein, nicht wirklich. Worum geht es da?«, antwortete er, seine müden Augen richteten sich auf seine Gesprächspartnerin. Die Haut um seine Augenpartie herum wirkte eingefallen, als hätte er seit Wochen keinen Schlaf bekommen, und die Lippen waren trocken und aufgesprungen.

»Er war ein Mann, der lange Zeit das Gefühl hatte, vom Leben enttäuscht worden zu sein. Er und seine Frau wollten viele Jahre lang ein Baby, doch ihr Kinderwunsch blieb unerfüllt. Ich glaube, irgendwann hörte Zachariah auf, dafür zu beten, dass sich an seiner misslichen Lage etwas verändern würde. Aber dann, als er schon fast die Hoffnung aufgegeben hatte, erschien ihm ein Engel und sagte ihm, dass seine jahrelangen Gebete erhört wurden. Er und seine Frau bekamen einen Sohn, der später als Johannes der Täufer bekannt wurde.«

»Und was hat das mit mir zu tun?«, fragte Zachariah ungläubig.

Lynn betrachtete die verlebt wirkenden Gesichtszüge ihres Gegenübers und lächelte. »Zachariahs Geschichte zeigt, dass es genau in den Momenten, in denen wir am Tiefpunkt angelangt sind, Hoffnung gibt. Auch wenn es im Moment dunkel aussieht, bedeutet das nicht, dass es so bleiben muss. Für Zachariah und seine Frau kam das Wunder, als sie es am wenigsten erwartet hatten. Nur, weil du es noch nicht sehen kannst, heißt das nicht, dass Gott dich nicht sieht.«

»Schau mich doch nur an! Meinst du im Ernst, dass es für mich noch Hoffnung gibt?«

»Davon bin ich überzeugt. Manchmal braucht es nur ein klein wenig Glauben, um den nächsten Schritt zu machen. Lass dich nicht von der Dunkelheit überwältigen, denn wer weiß, was hinter der nächsten Ecke auf dich wartet. Meine Kirche bietet einmal in der Woche ein Essen für Obdachlose an. Wir haben dort auch eine Dusche und einen kleinen Secondhandladen, da kannst du dir beim ersten Besuch ein Outfit zusammenstellen. Ich würde mich freuen, dich dort zu sehen.«

Lynn zog eine kleine Visitenkarte ihrer Kirche aus der Tasche und reichte sie ihm zum Abschied.»Gott segne dich«, hörte Sherah Lynn noch sagen, erstaunt über das barmherzige Herz ihrer Freundin.

»Danke, du bist ein Engel«, erwiderte Zachariah und verbeugte sich, so weit er konnte, vor Lynn.

»Mach's gut!«, Lynn zog mit Sherah weiter, als ob nichts gewesen wäre, und sie setzten ihre Shoppingtour fort.

Berührt von Lynns Verhalten, sagte Sherah beim Weitergehen:»Die wenigsten Leute beachten so einen Typen überhaupt. Und wer hilft denn heutzutage schon einem Fremden?« Sherah ließ die Begegnung von eben nicht so ganz los.

»Weißt du, ich glaube, dass es das wäre, was Jesus getan hätte, und ich bin überzeugt davon, dass es die kleinen, simplen Gesten sind, die einen Unterschied in dieser kaputten Welt machen können. Und wenn es so etwas Kleines ist und Gott mich darauf aufmerksam macht, wie könnte ich dann meine Augen davor verschließen?«

»Auch wenn ich mit deinem Glauben nicht so viel anfangen kann, finde ich es toll, dass du so fest darin verankert bist und das so unkompliziert auslebst, als wäre es das Normalste auf der Welt.« Sherah bewunderte ihren Mut. Ihre Freundin machte sich damit verletzlich und angreifbar und es zeugte von viel Vertrauen in der Zeit, in der sie lebten, so offen darüber zu reden. Die meisten Menschen belächelten solche Ansichten, hätten sie bestenfalls als naiv bezeichnet oder ihr sogar feindselig gegenübergestanden.

Sherah dachte noch einen Moment über Lynns Worte nach. Sie konnte den Eindruck nicht abstreifen, dass ihr in einer Welt, in der ihr alles zunehmend fake vorkam, in der sich Illusionen besser verkauften als Nahrungsmittel, selten jemand so Authentisches begegnet war wie Lynn.

Sie erreichten einen Vintageladen, und Sherah betrachtete die Kleidungsstücke im Schaufenster.

»Hier will ich auf jeden Fall rein!«, rief sie voller Begeisterung und wendete sich daraufhin der Eingangstür zu.

Sie betraten den kleinen Laden und während Sherah anfing, die Kleiderständer zu durchstöbern, fuhr Lynn damit fort, von Ron zu erzählen.

»Ron ist im Moment total verbissen in die Frage, welches der Song des Jahres ist und diskutiert ständig mit irgendwem darüber. Du weißt ja, wie stur er sein kann. Aber genau das liebe ich an ihm.«

»Tja, wo die Liebe hinfällt«, witzelte Sherah mit einem Augenzwinkern und brachte damit auch Lynn zum Lachen.

Die Boutique war ein Paradies für Nostalgiker. Polaroid-Fotos und alte Schallplatten schmückten die Wände und die Regale und Kleiderstangen waren gefüllt mit gewagten Kleidern im Stil der einzelnen Modeepochen des vergangenen Jahrhunderts. All diese Stile hatten in den letzten Jahrzehnten auf die ein oder andere Weise ein Vintage Revival erlebt, wurden über und über neu interpretiert, an die moderne Ästhetik angepasst und weiterentwickelt. Sherah mochte den Hippie-Trend mit Fransen, übergroßen Sonnenbrillen, Schlaghosen und Plateauschuhen, konnte sich aber auch für Streetwear mit psychedelischen Mustern und Miniröcken, kombiniert mit kniehohen Stiefeln im 60er Mod-Look begeistern. Lynn hatte allem Anschein nach eine Vorliebe für florale bodenlange Boho-Style Kleider und die Petticoats der 50er und griff neugierig nach einem bodenlangen Kleid mit kurzen Ärmeln. Das Kleid bestand aus einem leichten, fließenden Stoff und hatte ein buntes, verschnörkeltes Muster in warmen Rot- und Brauntönen mit Anklängen von Paisley-Designs. Ein tiefer V-Ausschnitt und eine betonte Taille, die durch einen gesmokten Einsatz besonders hervorgehoben wurde, rundeten das Design ab.

»Das muss ich unbedingt anprobieren!« Lynn war nicht mehr zu halten. Die beiden Frauen verschwanden in die Umkleidekabinen und probierten sich durch ihre zuvor zusammengestellte Auswahl an Kleidungsstücken.

»Glaubst du, das könnte Ron an mir gefallen?«, fragte Lynn etwas unsicher, als sie aus der Umkleidekabine trat. Das Boho-Kleid verlieh Lynn durch seine auffälligen Muster und Farben eine elegante und zugleich unbeschwerte Ausstrahlung. Es hatte eine mehrstufige, leicht ausgestellte Rockpartie, die für zusätzliche Bewegung und Leichtigkeit sorgte und war ein perfekter Blickfang für sommerliche Tage.

»Ron? Ich bin mir sicher, du könntest sogar in einem Mehlsack bekleidet vor ihm stehen und er würde deinen Style vergöttern und dich auf Händen tragen. Das Einzige, womit er sich auskennt, sind doch Fußball und Musik. Aber wenn du mich fragst, siehst du einfach umwerfend darin aus! Warte, ich mach ein kurzes Video von dir!«

Sherah zog ihr Smartphone heraus und sah, dass David ihr eine Nachricht geschickt hatte.

DAVID:

Freu mich auf dich!

Sie schickte ihm schnell ein GIF mit einer Tangotänzerin als Antwort und öffnete dann ihre Kamera App, um Lynn zu filmen.

Lynn lachte laut auf.»Vielleicht hast du recht, er kann von Glück reden, dass ich ihn immer auf seinen eigenen Shoppingtouren begleite.«

Sherah zwinkerte Lynn zu, tippte dann auf Aufnahme, filmte zunächst Lynn und aktivierte dann den Selfiemodus. Sie griff mit der freien Hand nach einer riesigen Sonnenbrille, die nach einem Überbleibsel aus den 70ern aussah und ihr momentanes Outfit perfekt in Szene setzte.

»Und? Was sagst du?« Sherah drehte sich um die eigene Achse und warf ihrem digitalen Publikum Kusshände zu. »Ich glaube, das könnte heute ein Shoppingmarathon werden, Sherah. Dein Enthusiasmus ist ansteckend. Warte, bist du etwa live?«

»Na klar!«, antwortete Sherah mit einem Augenzwinkern, während sie Lynn einen ausgefallenen Hut reichte. »Lynn, der ist genau das, was du brauchst.« Lynn streckte Sherah ausgelassen die Zunge raus und posierte dann für die Kamera, bevor sich Sherah kichernd und verbeugend von ihrem Publikum verabschiedete und sie ihre Shoppingtour offline fortsetzten.

Nachdem sie sich für ein paar weitere Stücke entschieden hatten, verließen sie das Geschäft und schlenderten die lebhaften Gassen des Einkaufsviertels entlang.

Sie passierten Straßenmusiker, die fröhliche Melodien spielten und Sherah beobachtete, wie sich vereinzelte Sonnenstrahlen den Weg durch die Wolkendecke bahnten.

»Wie geht's deiner neuen Mitbewohnerin?«, fragte Lynn, als sie das kleine Café am Ende der Gasse betraten und sich an den runden Tisch am Fenster setzten. »Jenna, richtig? Ich fand es am Freitag total nett, sie kennenzulernen. Sie wirkt echt sympathisch. Wie läuft's denn so in der neuen Konstellation?«

»Sie ist toll! Manchmal etwas zurückhaltend, aber das kommt schon noch. Es macht viel Spaß, mit ihr zusammen zu kochen, und sie ist echt witzig«, erwiderte Sherah.

»Wo kommt sie denn her?«, Lynn beugte sich vor, um Sherah bei den lauten Umgebungsgeräuschen besser verstehen zu können.

»Aus Deutschland. Sie ist erst zum Semesterbeginn hierher gezogen«, erklärte Sherah.

»Was, echt? Sie hat überhaupt keinen deutschen Akzent!« Lynn zog überrascht die Augenbrauen hoch.

Ein wissendes Lächeln umspielte Sherahs Lippen. »Ich weiß, krass, nicht wahr? Ich glaube, das liegt daran, dass ihre Mum hier aus Sussex stammt.« Sherah machte sich eine mentale Notiz, dass sie von Jenna unbedingt mehr darüber erfahren wollte.

»Hey Lynn, was hältst du davon, wenn wir mal etwas zu dritt unternehmen, dann kannst du sie besser kennenlernen?«

»Das ist eine mega Idee! Meinst du, Jenna hat Lust dazu?«, Lynn versuchte gar nicht erst, ihre Begeisterung zu verbergen.

»Denke schon! Wir könnten ja zusammen ins Kino gehen oder so.« Sherah klatschte begeistert in die Hände.

»Ja gern. Gib mir Bescheid, wann es passt.«

Der Tag verging wie im Flug und bald begaben sich die beiden Freundinnen zurück zum Pier, um sich zu verabschieden. Die Sonne, die letztlich doch die Wolkendecke vertrieben hatte, stand bereits tief und tauchte die Stadt in ein warmes, goldenes Licht.

»Das war ein wundervoller Tag«, fand Sherah, als sie sich zum Abschied umarmten.

»Definitiv«, stimmte Lynn zu. »Lass uns das bald wiederholen.«

Abends nahmen Jenna und Sherah sich wie verabredet Zeit für die Maniküre. Im Hintergrund lief der Fernseher mit irgendeiner Serie und die zwei unterhielten sich.

»Was hast du außer der Uni heute eigentlich sonst so gemacht?«, fragte Sherah, die ihren Blick konzentriert auf den Nagellackpinsel gerichtet hielt, akribisch darauf bedacht, dass der Strich absolut akkurat wurde.

»Nichts Weltbewegendes, ich habe Musik gehört, ein paar Lebensmittel eingekauft und versucht, herauszufinden, wo meine Mum aufgewachsen ist. Leider ohne Erfolg«, erzählte Jenna.

Sherah bemerkte, dass sich Jennas Stimmung bei der Erinnerung daran trübte und beschloss, sie auf andere Gedanken zu bringen.

»Du wirst nicht glauben, wer mich heute Morgen angerufen hat!«, begann sie, ihre Stimme schrill vor Euphorie.

»Nein! Wirklich?« Jennas Augen funkelten vor Freude für Sherah. »Und, was hat er gesagt?«

Sherah erzählte Jenna jedes Detail des Telefongesprächs, während sie ihren Wellnessabend fortsetzten.

Matt

— SECHS —

Am folgenden Montag nahm Matt sich vor, Jen möglichst bald anzusprechen und nicht darauf zu warten, dass sie sich zufällig begegneten. Wäre es unverfänglich genug, wenn er das alte Manor, das sie erwähnt hatte, als Grund vorschieben würde und sein Hilfsangebot bei der Recherche erneut betonte? Er war fest entschlossen, mehr über diese junge Frau zu erfahren, die ihn so faszinierte. Matt entdeckte Jen in einem der Studentencafés und begab sich auf den Weg in ihre Richtung. Ihm fiel sofort ihre angespannte Körperhaltung auf, erst dann erkannte er Chloe, die mit missbilligendem Blick wild gestikulierend auf sie einredete.

Matt respektierte Rons allürenhafte Halbschwester. Zweifelsohne hatte sie es in ihrem Leben nicht immer leicht gehabt und versteckte tiefe Wunden hinter einer Maske aus Make-up und frechen Sprüchen. Aber das gab ihr nicht das Recht für die Arroganz, die sie notorisch anderen gegenüber an den Tag legte. Sie hatte sich früh von ihrer Familie abgekapselt und hielt nur zu Ron selbst Kontakt, hauptsächlich, wenn sie Geld brauchte oder feiern wollte. Sie schleppte ständig neue Kerle an und hatte es schon diverse Male versucht, bei Matt zu landen, was er mit freundlich reserviertem Abstand quittiert hatte. Ihre Haltlosigkeit tat ihm leid, aber er war nicht der Mensch, der ihr geben konnte, was sie suchte. Ein wenig erinnerte Chloe ihn an seine Ex, Zachs Schwester Rachel. Ihre Persönlichkeiten ähnelten sich etwas. Und mit dieser Art Leben von damals identifizierte er sich längst nicht mehr. Diese Zeiten waren endgültig vorbei. Matt war sich nicht sicher, wohin sein Leben ihn führen würde, aber er war sich sicher, was er nicht mehr wollte und hatte mittlerweile eine Ahnung davon, wonach er suchte.

Auf dem Weg zu Jen und Chloe wanderten seine Gedanken zu seinen dunkelsten Stunden zurück.

Circa sieben Jahre zuvor …

Die Vorkommnisse waren im Schulalltag relativ schnell in den Hintergrund gerückt, doch Matt belasteten die Erlebnisse weiter schwer. Die Geschehnisse der letzten Wochen und die Trennung von seiner Freundin Rachel, stürzten ihn zusätzlich in Selbstzweifel. Er hinterfragte seine Entscheidungen, seine Perspektiven und grübelte über Sinn und Unsinn seines Lebens nach. Nächtelang lag er wach und zermarterte sich seinen Kopf darüber, was er falsch gemacht hatte. Das führte dazu, dass er sich in der Schule nicht mehr konzentrierte, was sich wiederum zunehmend bei den Noten zeigte. Die dunklen Schatten zogen ihren Griff eng um ihn und umklammerten seine Seele, bis er sich in einer regnerischen Novembernacht auf dem Geländer dieser Brücke, mitten im Nirgendwo sitzend, wiederfand. Er hatte keine Ahnung, wie er dorthin gekommen war. Alles, woran er sich erinnerte, war, dass seine Seele sich in diesem Moment so dunkel anfühlte, wie die Schatten, die seit Monaten um ihn rangen, als ob er in einem bodenlosen Abgrund versinken würde. Alles andere lag verschwommen hinter ihm. Eine bleierne Müdigkeit hatte von ihm Besitz ergriffen. Er war müde davon, die Oberhand zu behalten. Müde davon, zu kämpfen. Etwas in ihm drängte ihn, sich von dieser Tortur zu erlösen. Er würde endlich für immer schlafen, nicht mehr erschöpft Nacht für Nacht diese Dunkelheit bekämpfen, bis bloß ein Schatten seiner selbst übrig blieb. Nur ein Schritt und er wäre diese Folter los. Nur ein Schritt und er wäre frei.

Eine sanfte, warme Hand legte sich auf Matts Schulter. Sofort wichen die dunklen Schatten, die ihn im Griff gehalten hatten, zurück, und er hörte eine behutsame Stimme hinter sich sagen:»Matt, folge mir!«

»Wer bist du?«, fragte Matt, traute sich aber nicht, sich umzudrehen.

»Ich bin der Weg. Habe Vertrauen. Durch mich findest du das Leben, das du suchst. Ich lasse dich nicht fallen.«

Tränen begannen über sein Gesicht zu fließen, als ihn das erste Mal in seinem Leben dieses tiefe Gefühl von Sicherheit und Geborgenheit durchströmte. Matt drehte zögernd seinen Kopf und sah über seine rechte Schulter. Er nahm die Silhouette einer Gestalt wahr, die sich im Scheinwerferlicht eines geparkten Polizeiautos mit Blaulicht langsam entfernte. Der sanfte Händedruck war dem einer kräftigen männlichen Hand gewichen – deutlich stärker als zuvor. Eine tiefe

Bassstimme sagte eindringlich:»Sir, ich bin hier, um Ihnen zu helfen. Kommen Sie, bitte!« Der kernige Griff des Polizisten, den er jetzt an seiner Seite erspähte, signalisierte, dass er keine Widerrede duldete. Bereitwillig drehte Matt sich um. Zeitgleich war es, als ob alle Ketten, die sich zuvor um sein Herz gelegt hatten, von ihm abfielen. Matt schwang seine Beine über das Geländer, ließ sich zu Boden gleiten und setzte sich auf den nassen Bordstein.

»Wir haben einen anonymen Anruf erhalten, mit dem Hinweis, dass sich hier jemand in Gefahr befindet. Was ist passiert? Sind Sie okay?«

»Ich bin hundemüde und kann seit Tagen nicht schlafen. Ich will nach Hause.«

Als der ältere Polizist wahrnahm, wie jung Matt war, half er ihm auf, legte seine Hand fest auf Matts Schulter und erwiderte freundlich:»Komm mein Junge, das hier ist nicht der richtige Ort zum Schlafen. Ich fahr dich nach Hause und morgen reden wir!«

Der Klang des Regens auf dem Dach des Polizeiwagens wirkte beruhigend, und Matt schlief sicher und geborgen auf dem Rücksitz ein.

Am darauffolgenden Tag wachte Matt gegen Mittag erholt und ausgeschlafen in seinem eigenen Bett auf. Aus der Küche drangen vertraute Stimmen an sein Ohr, die er seit Jahren nicht mehr gehört hatte. Rasch zog er sich an und folgte dem Stimmengewirr. Zu seiner Überraschung befanden sich seine Mutter, sein Onkel Richard und dessen Frau sowie der Polizist von letzter Nacht, an dem winzigen Küchentisch. Sie waren so ins Gespräch vertieft, dass zunächst niemand bemerkte, als Matt sich mit einer Tasse Kaffee zu ihnen gesellt hatte. Richard war der Erste, der Matt entdeckte. Er stand auf und begrüßte ihn, seine Umarmung fühlte sich echt und liebevoll an. »Junge, bist du groß geworden! Wie schnell die Zeit vergeht! Es ist so schön, dich zu sehen!«

Vier Jahre war es her, seit Matt seinem Onkel das letzte Mal begegnet war, und er freute sich ehrlich, ihn wiederzusehen. Richard und seine Frau Judith waren nach ihrer Hochzeit fünf Jahre zuvor relativ bald nach Tansania gezogen, um dort eine Schule aufzubauen. Matt hatte ihre Arbeit immer bewundert, aber durch ihre Abwesenheit in den letzten Jahren waren sie langsam bei ihm in Vergessenheit geraten. Auch Judith stand auf und umarmte Matt mit einer Wärme, die tief berührte. Matts Blick wurde von dem Polizisten angezogen, der am Küchentisch seines Elternhauses saß, und schlagartig wurden ihm die Vorkommnisse der letzten Nacht in Erinnerung gerufen. Matt stand da, die Hände tief in den Taschen vergraben, und überlegte schuldbewusst, was der Polizist seiner Mutter, Judith und Richard erzählt hatte. Der Polizist lächelte Matt nur an und fragte: »Na, gut geschlafen, junger Mann? Es war gar nicht so leicht, dich aus dem Auto zu bekommen. Du hast wie ein Stein geschlafen.«

Matt antwortete wahrheitsgemäß, dass es ihm deutlich besser ging. Er hatte seit Ewigkeiten nicht mehr so erholsam geschlafen!

»Das freut mich zu hören, dein Onkel hat mir versprochen, dass er auf dich achtgibt, dann endet hier mein Zuständigkeitsbereich.« Der Polizist stand auf und begab sich zur Tür. Als er an Matt vorüberging, hielt er inne und sagte nur für ihn hörbar: »Einen Rat möchte ich dir geben: Nur eine Art von Licht vertreibt die Schatten von letzter Nacht. Aber ich bin erfreut zu sehen, dass du in ausgezeichneter Gesellschaft bist, um diese Dinge zu lernen. Dein Onkel ist ein weiser Mann, lerne von ihm. Pass auf dich auf, Matt.«

Seither ging es Matt von Woche zu Woche besser. Er fand wieder ausreichend Schlaf und seine düsteren Gedanken und Selbstzweifel verschwanden völlig. Auch in der Schule ging es wieder bergauf. Sein Vater war zu dem Zeitpunkt wegen seiner Depressionen zur medikamentösen Einstellung stationär in einer Klinik aufgenommen, und Richard und Judith luden Matt und seine Mutter regelmäßig am Wochenende zu sich ein. Die beiden waren in den vergangenen Wochen an ihren alten Wohnort zurückgekehrt und hatten wieder die Schulleitung von Maplehurst Manor übernommen. Während sich die Frauen anderen Aufgaben widmeten, verbrachte Richard viel Zeit mit Matt in den Ställen, die zu dem alten Herrenhaus gehörten. Hier war einiges an Renovierungsarbeit notwendig, wenn Richard seinen Traum verwirklichen wollte, die Ställe eines Tages wieder mit Pferden zu beleben. Matt bewies handwerkliches Geschick und war Richard eine tatkräftige Unterstützung. Im Gegenzug nahm sich Richard ausgiebig Zeit für Matt. Er zeigte authentisches Interesse daran, wie es ihm ging und ob er mit all dem zurechtkam, womit Matt in seinem jungen Leben konfrontiert worden war. Langsam schöpfte Matt

Vertrauen und öffnete sich seinem Patenonkel. Er erzählte Richard von Zachs Festnahme und der Razzia, von der Alkoholsucht seines Vaters und seiner eigenen Perspektivlosigkeit.

»Ich weiß manchmal absolut nicht, wie es weitergehen soll. Es fühlt sich an, als würde ich immer wieder gegen eine Wand rennen. Mir fehlt irgendwie die Perspektive, welches Ziel mein Leben hat.« Matt rührte gedankenverloren in seinem Tee. »Glaubst du ernsthaft, dass es da draußen jemanden gibt, der auf uns aufpasst und unserem Leben einen Sinn gibt?«, fragte er Richard, als er kurz darauf aufstand, um ihm den Hammer zu reichen.

»Es ist genau diese Überzeugung und die Hoffnung darin, die Judith und mir seit Jahren den Trost und die Zuversicht spenden, um schwierige Phasen durchzustehen. Dieser Glaube ist unser Anker in stürmischen Zeiten, der uns festhält und uns daran erinnert, dass wir nicht allein sind. Auch wenn ich manchmal nicht verstehe, warum Dinge passieren, vertraue ich darauf, dass Gott einen Plan für mich hat und dass er meinem Leben einen Sinn gibt.« Richard sah ihn mit einem Blick voller Fürsorge an.

Matt rieb sich langsam das Kinn und runzelte die Stirn. »Aber wie kann ich an einen Gott glauben, wenn ich so viel Leid und Ungerechtigkeit erlebe, wenn alles um mich herum so düster erscheint? Wie kann da Gottes Plan für mich zu erkennen sein?« Er blinzelte mehrfach, als ob er dadurch klarer sehen konnte.

»Zweifel daran sind verständlich, vor allem, wenn du mit so viel Negativität konfrontiert wirst. Aber denk' daran, dass

Gott uns Menschen einen freien Willen gegeben hat. Wir Menschen haben diese Freiheit schon so oft missbraucht, aber das ändert nichts an Gottes Liebe und seinem Plan für uns. Alles, was Gott sich wünscht, ist, in Beziehung mit uns zu leben, und er hat alles dafür getan, damit das möglich ist.« Richard wandte sich bedächtig wieder seiner Arbeit zu und lächelte zufrieden.

In Richard hatte Matt das erste Mal in seinem Leben jemanden gefunden, mit dem er offen und ehrlich über seine Gedanken und Gefühle sprechen konnte, ohne bewertet zu werden. Er hatte immer ein offenes Ohr für ihn und schenkte ihm seine ungeteilte Aufmerksamkeit.

»Ich wünschte, ich könnte solch einen Glauben wie du haben und diese Hoffnung spüren, aber es ist schwer, wenn ich mich so verloren fühle«, gestand er mit herabhängenden Schultern.

»In der Bibel vergleicht Jesus den Glauben mit einem Senfkorn und sagt, dass dieser Glaube Berge versetzen kann. Glaube und Hoffnung sind wie Samen, die in unserem Herzen gepflanzt werden. Es braucht Zeit, Pflege und Geduld, bis sie wachsen und belastungsfähig werden. Aber wenn du dich an Gott wendest und bereit bist, dich ihm anzuvertrauen, wirst du sehen, wie sich dein Leben verändert. Du wirst sehen, wie die Hoffnung in dir wächst, bis du selbst in dunkelsten Momenten sicher weißt, dass du Gott vertrauen kannst und er dich niemals aufgibt. Du kannst Gott darum bitten, dir zu zeigen, was er mit deinem Leben vorhat. Wenn du deine Pläne seinen Zielen unterstellst, kann etwas Außergewöhnliches entstehen. Es ist alles eine Frage des Vertrauens.«

Matts Augen weiteten sich erstaunt. Richards Worte beschäftigten ihn noch lange.

Bei einer anderen Gelegenheit erzählte Matt seinem Onkel von der Nacht, als er sich auf der Brücke wiederfand, von der Person, die dort gewesen sein musste und den Worten, die er dort hinter sich gehört hatte. Er rang nach Worten, als er versuchte zu erklären, dass die Stimme überhaupt nicht zu der rauen Stimme des älteren Polizisten gepasst hatte, der ihn später heimgebracht hatte. Das Erlebnis kam ihm wie ein Traum vor, der dennoch zum Greifen nah geblieben war. Er konnte sich an die Silhouette des Mannes erinnern, als ob es erst gestern gewesen wäre.

Richards Augen leuchteten förmlich auf und ein breites Grinsen erhellte sein Gesicht.

»Ich kenne nur einen, an den mich diese Worte erinnern. Ihn zu kennen, ist definitiv lebensrettend: Jesus Christus.

Jesus selbst lehrte, dass er unsere einzige Rettung ist. Er sagte: ‚Ich bin der Weg und die Wahrheit und das Leben; niemand kommt zum Vater außer durch mich.‘

Das bedeutet, dass nur durch ihn die Schuld vergeben werden kann, die auf uns lastet, und wir so ewiges Leben finden.« Richard holte ein in dunkelbraunes Leder gebundenes Buch aus seinem Rucksack, der an der Leiter zum Heulager lehnte, und Matt trat erstaunt näher heran. War das etwa eine Bibel? Der Besitz von Bibeln war in England seit Jahren eher belächelt bis verpönt gewesen, und es gab nur wenige Druckexemplare in Privatbesitz, da die meiste Literatur ausschließlich digital zur Verfügung stand. Matt war sich dessen bewusst, dass es ein großer Vertrauensbeweis seines Onkels war, einen solch kostbaren Schatz zu offenbaren.

»Was immer in der Nacht auf der Brücke mit dir geschehen ist, ist etwas Besonderes! Gott möchte dir begegnen. Lies selbst und sieh, was dann passiert«, fügte Richard nach einer Weile hinzu und gab ihm das schwere Buch. Matt zögerte zunächst, nahm dann aber mit einem stillen Lächeln die kostbare Leihgabe entgegen.

In den darauffolgenden Monaten suchte Matt sich einen Ferienjob, um seinen Führerschein zu finanzieren. Danach dauerte es nur wenige Wochen, bis er endlich offiziell sowohl Motorrad als auch Auto fahren durfte. Jedes Mal, wenn er bei seinem Onkel zu Besuch war, las er in diesem seltsamen Buch, das ihm sein Onkel so ans Herz gelegt hatte, und versuchte, zu verstehen, was Richard ihm erklärt hatte. Er entschied sich dafür, nach dem Schulabschluss für eine Weile ehrenamtlich gegen Kost und Logis, auf dem Campus zu helfen. Die Ruhe und Gelassenheit, die er in Maplehurst erlebte, waren genau das, was er suchte. Es wäre eine willkommene Gelegenheit, um seinem Onkel mit den Stallplänen unter die Arme zu greifen, aber auch, um für sich selbst Klarheit zu bekommen, was er erreichen wollte und wie sein Leben weitergehen sollte.

Matt wurde abrupt aus seinen Gedanken gerissen, als Chloe in ihrem engen Top und figurbetonter Jeans hüftschwingend direkt vor ihm anhielt.

Chloes empörter, unaufhaltsamer Redeschwall kam unerwartet und hätte jeden Bären aus dem Winterschlaf geweckt.

»Hey Matt, nicht schlecht, wie du die kleine Jenna neulich komplett um den Finger gewickelt hast. War das Taktik, oder was läuft da zwischen euch?« Chloes Stimme klang kalt wie Eis.

»Jen? Nichts, wir verstehen uns einfach gut. Warum interessiert dich das denn so brennend?«, Matt stieß einen genervten Seufzer aus.

»Ich will sicherstellen, dass du weißt, was du an mir hast!« Chloes Stimme bekam plötzlich diesen rauen Unterton, während sie mit ihrem Wimpernschlag versuchte, die Aufmerksamkeit auf sich zu lenken. »Falls es dir nicht aufgefallen ist, bin ich nicht so ein unscheinbares Mauerblümchen wie sie.«

Matts Augen weiteten sich, während ihm die Worte in den Ohren nachhallten. Das ging wirklich zu weit! Er richtete seine ganze Aufmerksamkeit auf die junge Frau vor sich, sah sie direkt an, seine Mimik unlesbar. Es war Zeit, die Dinge ein für alle Mal zweifelsfrei klarzustellen.

»Oh, ich verstehe. Weißt du Chloe, echte Schönheit hat es nicht nötig, sich ins Rampenlicht zu drängen.« Matts Blick wanderte flüchtig zu Jen.

»Pah, ich wollte nur sicherstellen, dass du deine Prioritäten angemessen setzt«, raspelte sie betont süßlich.

Ihre herablassende Art hing Matt allmählich zum Hals heraus. Er richtete sich merklich auf, sah Chloe direkt an und wählte seine Worte mit Bedacht:

»Tut mir leid, ich bin nicht interessiert. Wir können gerne Freunde sein, aber mehr wird da nicht laufen. Ich hoffe, ich habe mich klar ausgedrückt.« Mit diesen Worten wandte er seinen Blick von ihr ab und ließ Chloe ohne Vorwarnung stehen.

»Wenn du deine Meinung änderst, weißt du ja, wo du mich findest«, rief Chloe ihm leicht gekränkt hinterher, drehte sich auf ihren High Heels um, und stolzierte davon.

Matt verdrehte die Augen und lief weiter in Richtung Jen. Als er sie erreichte, war Jen völlig in ihrer Lektüre versunken, genauso wie das erste Mal, als sie ihm im Hörsaal aufgefallen war. Überall in dem offenen Café saßen Studierende an ihren Laptops, oder in ein Handy oder Tablet vertieft, nur Jen saß mit einem gebundenen Buch da. Er setzte sich mit etwas Abstand zu ihr auf die lange, gepolsterte Bank im Außenbereich des Cafés. Zunächst von ihr unbemerkt, studierte er ihre Gesichtszüge und beobachtete, wie sich ihre Lippen bei manchen, vielleicht schwierigeren Passagen des Buches lautlos mitbewegten. Matts Augen weiteten sich in stummer Bewunderung. Ihr glänzendes, kastanienbraunes Haar fiel sanft über ihre Schultern, während einzelne Haarsträhnen ihr Kinn umspielten, und ihr Gesicht auf natürliche Weise einrahmten, oder sich von der sanften Brise, die aufkam, mitreißen ließen. Im krassen Gegensatz zu Chloe trug Jen kaum Make-up. Das war auch gar nicht nötig, fand er, denn sie umgab von Natur aus eine anmutige, elegante Anziehungskraft, die Matt unheimlich reizte. Ein Hauch von Mascara betonte ihre lebhaften, großen Augen, und um ihre zarten, pastellroten, vollen Lippen spielte ein sanftes Lächeln, das ihre Freundlichkeit und Warmherzigkeit widerspiegelte.

Matt fragte sich, was sich hinter diesem fragilen Lächeln verbarg, was sie beschäftigte und welche Erfahrungen diese zarte Persönlichkeit bisher auf ihrem Lebensweg geprägt hatten. War sie wohlbehütet in einem reichen Elternhaus aufgewachsen, oder hatte sie schon viele Schicksalsschläge erlebt? Ihre Augen, so fand Matt, schienen eine ganze Geschichte zu erzählen, wie Fenster zu einer Seele, die unendliche Tiefen barg. Ein schmerzverzerrtes Leuchten ging von ihnen aus, das von unzähligen Tränen zeugte, die vergossen wurden. In ihrem Dunkel spiegelte sich Trauer wider, tief und unergründlich, wie ein Ozean.

Erst nachdem Jen ihn einige Minuten lang nicht bemerkte, und das Piepen von Matts Handy ihn aus seinen Gedanken riss, entschied er sich, sie endlich anzusprechen. Er widerstand dem Drang, das Handy aus der Hosentasche zu ziehen, und blieb stattdessen mit seiner ungeteilten Aufmerksamkeit bei ihr.

»Hey Jen.«

Als sie aufblickte, blitzten ihn ihre großen Augen an, und ein vertrautes Lächeln umspielte ihre Lippen, das er so nicht erwartet hatte und welches die ganze aufgestaute Anspannung, wie ein unvermittelt aufziehender Wind, verfliegen ließ.

Jenna

— SIEBEN —

Am Montag nach ihrer ersten Begegnung mit Matt verbrachte Jenna ihre Mittagspause in einem der Studenten-cafés auf dem Campus, um zu lesen. Sie hatte es sich gerade gemütlich gemacht und blätterte durch ihre Lektüre, um die richtige Seite zu finden, als Chloe, die aufgestylte Blondine vom Freitagabend, entschlossenen Schrittes auf sie zustolziert kam. Chloe setzte sich mit ihrem glitzernden Smartphone in der Hand ihr gegenüber an den Tisch und überschlug ihre langen Beine.

»Na, na, na, wen haben wir denn hier? Jenna, meine Liebe, was machst du hier so alleine?« Chloe musterte Jenna mit einem breiten aufgesetzten Lächeln und übertrieben begeistertem Tonfall.

Jenna sah überrascht von ihrem Buch auf. »Oh, hey Chloe. Ich wollte gerade ein wenig lesen.«

Chloe richtete sich auf, stemmte ihre beiden Arme in die Hüfte und fixierte Jenna eindringlich. »Nun gut, ein perfekter Zeitpunkt um ein paar Dinge bezüglich Matt klarzustellen. Du hast am Freitagabend ja viel Spaß dabei gehabt, mit ihm zu flirten.« Chloe zwinkerte ihr fröhlich zu, doch dann entgleiste ihre Miene und ihr Blick wurde bohrend.

Jenna ließ verdattert ihr Buch sinken. »Ich habe nicht mit ihm geflirtet. Wir haben uns nur kurz unterhalten.«

Chloe lachte spöttisch auf. »Oh bitte, Jenna! Für wie blöd hältst du mich? Ich habe doch gesehen, wie du ihn anhimmelst! Aber keine Sorge, ich bekomme immer, was ich will. Deine Chancen gehen eh gleich null, so unscheinbar, wie du bist. Betrachte es als Willkommensgeschenk, dass ich dich vorwarne, bevor du dich vor allen lächerlich machst.« Chloe tippte mit ihren langen Fingernägeln gegen den Bildschirm des Handys in ihrer Hand, als ob sie damit ihre Aussage unterstreichen wollte.

In Jennas Hals bildete sich ein dicker Knoten. »Chloe, das ist lächerlich. Ich habe überhaupt kein Interesse an ihm.«

Chloes Blick bohrte sich in Jennas, als sie weitersprach. »Ich hoffe wirklich, du verstehst mich. Er ist mein Mann, klar? Also bleib gefälligst weg von ihm.« Chloe sah an Jenna vorbei und ihr befehlsartiger Tonfall änderte sich abrupt. Mit einer theatralischen Handbewegung in Richtung Campus und einer stark überspitzten Stimme fügte sie hinzu: »Wenn man vom Teufel spricht ... da kommt er ja, direkt auf uns zu.«

Mit diesen Worten beendete Chloe das Gespräch, stand auf, und stolzierte mit einem überheblichen Grinsen, und ohne Jenna eines weiteren Blickes zu würdigen, Matt entgegen.

Jennas Herz pochte schmerzhaft in ihrer Brust. Die Ungerechtigkeit und Respektlosigkeit, mit der sie eben behandelt worden war, weckten tief begrabene Ängste, denen sie nicht bereit war, sich zu stellen. Jenna schüttelte den Kopf und versuchte erneut, ihre Aufmerksamkeit auf ihr

Buch zu lenken, sah aber ein letztes Mal auf und erhaschte ein gutes Stück entfernt einen kurzen Blick auf Matt und Chloe, die miteinander redeten. Jenna versuchte, die Szene zu ignorieren und konzentrierte sich wieder auf ihr Buch.

Nach einer Weile wurde sie erneut aus ihrer Lektüre gerissen, als ein Handy neben ihr piepte und ihr bewusst wurde, dass sie nicht allein auf der Bank saß.

»Hey, Jen.« Matts tiefe, warme Stimme ließ sie von ihrem Buch aufblicken, direkt in sein forschendes Gesicht. Ihre Augen blinzelten ungläubig, doch ihre Lippen verzogen sich unbewusst zu einem Lächeln. Sie hatte ihn gar nicht bemerkt.

»Oh, hey Matt.«

»Das ist faszinierend! Wenn du liest, bist du in einer anderen Welt, oder?«, fragte er, sein Lächeln brachte dabei seine Wangengrübchen zum Tanzen.

»Möglich?!«, entgegnete sie und biss sich nervös auf die Unterlippe.

»Was liest du denn so Spannendes?« Matts Augen ruhten wissbegierig auf dem Buch.

Jenna reichte es ihm wortlos. Matt studierte zuerst das Cover, und dann den Klappentext auf dem Buchrücken und nickte anerkennend. Es handelte sich um eine gebundene Ausgabe von ‚Pride and Prejudice' von Jane Austen, ein Klassiker der britischen Literaturgeschichte.

»Wow. Das ist als Printausgabe schwer zu bekommen, ich habe es nur noch als E-Book gefunden. Wo hast du es denn her?«, fragte Matt mit interessiertem Blick.

»Mein Vater hat es mir geschenkt. Ich glaube, er hat es in einem Antiquitätenladen gefunden. Ich mag es immer noch lieber, ein echtes Buch zu lesen, als meinen E-Reader zu benutzen.«

»Geht mir genauso«, erwiderte Matt und lehnte sich, auf das Buch konzentriert, zurück. Einen Moment lang herrschte Stille zwischen ihnen.

Anstelle weiter auf das Buch einzugehen, sah er sie mit zusammengezogenen Augenbrauen forschend an und fragte: »Wollte Chloe vorhin etwas Bestimmtes von dir? Ich frage nur, weil ich weiß, dass Rons Schwester echt grenzüberschreitend sein kann.«

»Ähm, sagen wir einfach, sie hatte das Bedürfnis, ihr Revier zu markieren«, antwortete Jenna wahrheitsgemäß mit einem Schulterzucken, vermied dabei absichtlich, weitere Details zu erwähnen, und warf stattdessen einen Blick auf die Uhr ihres Handys. »Mist, ich muss los! Meine Vorlesung beginnt gleich!« Jenna sprang auf und wandte sich ab, um zu gehen, doch Matt hielt sie zurück.

»Jen, vergiss dein Buch nicht! Kann ich es mir ausleihen, wenn du fertig damit bist?«

»Ja klar.« Das dürfte nicht zu lange dauern, dachte sie, während sich ein Schmunzeln in ihr Gesicht stahl. Sie hätte niemals damit gerechnet, dass Matt sich für klassische Liebesromane interessieren würde.

»Ach, und was Chloe angeht: Glaub nicht alles, was sie sagt, und lass dir vor allem von niemandem vorschreiben, wer du bist oder was du zu tun hast.« Mit diesen Worten gab Matt ihr das Buch zurück. Jenna drehte sich halb um und überlegte, ob sie noch etwas erwidern sollte, nickte dann nur, und eilte in das Unigebäude.

Als Jenna an diesem Abend zu Hause war, kam ihr das Foto, das sie vor Tagen Matt gegenüber erwähnt hatte, wieder in den Sinn. Sie bewahrte es seit vielen Jahren im Einband ihres Tagebuchs auf. Es lag tief unter einem Stapel geliehener Bibliothekslektüre begraben. Sie zog es heraus, klappte den Einband auf und eine alte Fotoaufnahme kam zum Vorschein. Jenna erinnerte sich nur zu gut an den Abend, an dem ihre Mum ihr das Foto geschenkt hatte.

Vor vielen Jahren ...
Jenna war acht Jahre alt. Ihre Mum setzte sich eines Abends zu ihr ans Bett, in der Absicht, ihr eine Gutenacht-geschichte zu erzählen. Doch stattdessen bombardierte die kleine Jenna sie mit vielen Fragen, die sie beschäftigten. Geduldig beantwortete ihre Mum jede Einzelne. Also fragte Jenna schließlich:
»Mum, wo bist du aufgewachsen? Hast du auch in einer großen Stadt wie Berlin gewohnt?«
»Warte mein Schatz, ich will dir etwas zeigen.« Sie stand auf, ging in ihr Arbeitszimmer und kehrte kurze Zeit später mit einem Foto in ihrer Hand zurück.
»Weißt du, Liebling, ich bin in einem riesigen Haus aufgewachsen, mit vielen, riesigen Zimmern, fast, wie ein Märchenschloss. Und Mama und Papa waren wie König und

Königin. Ich hatte das abenteuerlichste Zuhause, das ich mir hätte wünschen können. Schau mal!«

Sie zeigte Jenna das Bild mit dem riesigen Backsteingebäude.

»Wow! Und wo war dein Zimmer?«, fragte Jenna neugierig.

»Da drüben.« Kate deutete mit ihrem Finger auf ein Fenster im ersten Obergeschoss.

»Deine Großeltern waren die besten Eltern, die ich mir hätte wünschen können. Sie sorgten gut für mich.«

»Und wo sind sie jetzt?«, wollte Jenna wissen. »Im Himmel, mein Schatz«, hatte Jenna als Antwort bekommen. »Erzähl mir mehr, Mum!«, hatte Jenna gedrängt. »Wenn du älter bist, Liebes«, hatte ihre Mum sie vertröstet und die Ringe unter ihren Augen hatten noch ein wenig tiefer als sonst gewirkt. Dazu war es dann aber nie gekommen.

Zum ersten Mal betrachtete sie das Foto, das ihre Mutter und Jennas Großeltern zeigte. Kates Eltern, mit deutlich sichtbaren grauen Strähnen in ihren Haaren, umarmten liebevoll ihre Teenagertochter, die sich vertrauensvoll an sie lehnte. Im Hintergrund erhob sich das alte englische Herrenhaus im behaglichen Licht der herbstlichen Nachmittagssonne. Das Laub der dicken Bäume, die einen malerischen Rahmen um die Szene bildeten, leuchtete in allen denkbaren Schattierungen von Orange und Rottönen, bis hin zu Braun. Es unterstrich zusätzlich die Atmosphäre von Geborgenheit und Zusammenhalt, die das Foto ausstrahlte.

Jenna konzentrierte ihre Aufmerksamkeit auf die ehrwürdige Architektur und die spitzen Türme des roten Backsteingebäudes, das einst das Elternhaus ihrer Mutter gewesen war. Wer wohl heute darin wohnte? Oder existierte es vielleicht gar nicht mehr? Das Herrenhaus wirkte deutlich zu groß, um von einer einzelnen Familie bewohnt zu werden. Mehrere Erker, mit imposanten, weiß eingefassten Fenstern, schmückten die Vorderseite des Gebäudes, und auf dem Dach ragten neun hohe Backsteinkamine empor. Die Größe ließ darauf schließen, dass das umliegende Grundstück ebenso weitläufig war und möglicherweise sogar noch weitere Gebäude wie Stallungen und Scheunen dazugehörten. Allerdings konnte Jenna sich beim besten Willen nicht vorstellen, wie Mum und ihre Großeltern dort gelebt hatten. *Warum hatte ihre Mum nie mehr von ihrer Vergangenheit erzählt?* Sie wusste eigentlich nur, dass ihre Großeltern bereits einige Jahre vor Jennas Geburt verstorben waren, und sie sie deshalb nie kennenlernen konnte. Jenna erinnerte sich auch daran, dass ihre Mum ihr vom lebendigen Brighton vorgeschwärmt hatte. Sie nannte es oft *London by the Sea* oder *Brighty*, erzählte ihr von der beeindruckenden Küstenlandschaft mit den markanten Kreidefelsen, dem weiten Himmelspanorama und der Meeresbrise, die dieser Gegend eine friedliche, aber zugleich energiegeladene Atmosphäre verliehen. Jenna meinte, sich vage daran erinnern zu können, sie hätte auch erwähnt, wie ihre Großeltern hießen. Doch es war bereits so lange her, dass sie es nicht mehr sicher sagen konnte. War der Name ihres Opas Ian oder Isaac oder so ähnlich? Bei ihrer Oma konnte Jenna sich gar nicht mehr erinnern.

Was hatte sie dazu gebracht, so viele Details zu verschweigen?, fragte Jenna sich zum wiederholten Male und hoffte, irgendwann Antworten zu finden.

Jenna drehte das Foto um und las den Vermerk, der in einer geschwungenen Handschrift darauf stand:

»Ich kannte dich, ehe denn ich dich im Mutterleibe bereitete, und sonderte dich aus, ehe denn du von der Mutter geboren wurdest, und stellte dich zum Propheten unter die Völker.«
Jeremia 1,5

Ein seltsames Ziehen breitete sich in Jennas Brust aus. Es sah für sie aus, als ob das ein Zitat aus der Bibel sein konnte. Mit Glauben hatte sie nicht viel am Hut, erinnerte sich nur verschwommen an die abendlichen Gebete, als Teil ihres Mutter-Tochter-Rituals. Sie glaubte daran, dass es ein höheres Wesen gab, einen Schöpfer, der alles erschaffen hatte, aber mit ihrem Alltag hatte das nichts zu tun. Sie konnte und wollte nicht glauben, dass dieser Gott es gut mit ihr meinte, so wie ihre Mum es ihr als Kind erklärt hatte. Nicht nach all dem, was geschehen war.

Aber das Haus auf dem Foto faszinierte sie. Sie drehte das Foto wieder um und beschloss, nicht mehr allzu lange damit zu warten, sich das Anwesen vor Ort anzusehen. Es musste doch einen Weg geben, herauszufinden, wo es sich befand. Jenna nahm sich vor, mit ihrer Recherche in der Bücherei zu beginnen. An der Brightoner Unibibliothek sollte es ein Antiquariat geben. Hoffentlich würde sie dort fündig werden.

Ihre Mutter war als junge Frau nach Berlin gekommen, um Jura zu studieren, hatte dort Markus kennen und lieben gelernt. Sie hatte nie geplant, in Deutschland zu bleiben, aber es sollte wohl so sein. Weshalb sie um ihre Vergangenheit und Herkunft so ein Geheimnis gemacht hatte, verstand Jenna bis heute nicht. Selbst ihr Dad wusste nichts Näheres. Dieses Herrenhaus musste der Schlüssel sein. Sie hatte dieses unbestimmte Gefühl, als könnte sie dort Antworten zu ihrer Mutter finden. Auch wenn das absurd klang und heute dort alles anders war – irgendetwas zog sie zu diesem alten Gebäude. Als ob ihr Schicksal mit diesem Haus verwoben war.

Jenna schüttelte den Kopf und musste über ihre eigenen Gedanken schmunzeln.

Sie legte das Bild wieder zurück in ihr Tagebuch und schlurfte hinüber in die Küche. Dort angelangt, wollte sich Jenna gerade eine Tasse aus dem Schrank nehmen, als sie bemerkte, dass der Boden unter ihren Füßen spürbar vibrierte. Die Tassen im Schrank klirrten aneinander, als ob ein LKW direkt an ihrem Haus vorbeifuhr. Jenna sah zu der Spüle hinüber und bemerkte, dass auch die Teller im Abtropfgestell von der Vibration leise klapperten, bis die Erschütterungen hörbar stärker wurden. Erschrocken fuhr sie zusammen, als es außerhalb der Küche einen Schlag gab und sie hörte, wie Glas zerbrach. Kurz darauf ließ das Beben merklich nach.

»Sherah? Alles okay?«, rief sie schnell.

»Ja, hier ist nur ein Bilderrahmen von der Wand gefallen«, hörte Jenna sie antworten. »Sag mal, war das ein Erdbeben?«, fragte Sherah, die gerade zu ihr in die Küche geeilt kam, um den Kehrbesen zu holen.

»Ich glaube schon, ein leichtes jedenfalls.« Jenna sah sich um, lief zum Fenster und inspizierte auch die Gebäude auf der anderen Straßenseite. »Anscheinend war's das schon«, meinte sie beruhigt.

»Ja, vor fünf Monaten kam das schon einmal vor«, erzählte Sherah. »Eigentlich ungewöhnlich für die Gegend hier.«

Es begann damit, dass Matt, als er Anfang Oktober bei seiner Familie zu Besuch war, eine Platzwunde am Hinterkopf seines Vaters entdeckte, die dieser mit seiner Schiebermütze etwas unbeholfen versucht hatte zu kaschieren. Bei näherem Betrachten fiel Matt auf, dass die Verletzung nicht professionell behandelt, sondern bloß von seinem Dad selbst mit Klammerpflastern versorgt worden war. Sein Vater wich der Frage nach dem Ursprung der Verletzung zunächst aus. Nach einem guten Glas schottischem Whiskey gestand er dann, dass er beim wöchentlichen Einkauf im Laden kurzzeitig das Bewusstsein verloren und sich dabei den Kopf an einem Ladenregal gestoßen hatte. Niemand hatte den Vorfall mitbekommen, da William bevorzugt einkaufen ging, wenn nicht viel los war. Und so war er ohne seinen Einkauf an der unbesetzten Kasse aus dem Laden getaumelt. Matts Vater konnte sich seine Witze darüber, dass er den Coup seines Lebens verpasst hatte, da der Kassierer innerhalb der halben Stunde, in der er in dem Laden war, ständig zum Rauchen zur Hintertür verschwand, nicht verkneifen.

»Wäre es mir in dem Moment nicht so übel gegangen, wäre ich mit dem vollen Einkaufswagen hinausspaziert und keiner hätte etwas gemerkt!« Er ließ seine Worte mit einem säuerlichen Grinsen im Raum stehen.

Sein Vater schob den Kreislaufzusammenbruch auf die schwülen Temperaturen an dem Tag, was Matt kurz skeptisch eine Augenbraue heben ließ. In den Tagen, bevor er nach Haywards Heath kam, herrschten angenehm kühle Temperaturen um die fünfzehn Grad vor und auch sonst war dieser Sommer eher mild verlaufen. Matt wollte wissen, was der Arzt gesagt hatte, doch William winkte missbilligend ab und meinte nur, dass er diesen Halsabschneidern sein hartverdientes Geld nicht in den Schlund werfen würde.

»Mein Junge, ein Indianer kennt keinen Schmerz. Außerdem habe ich genug Arbeit hier. Oder meinst du etwa, die erledigt sich von allein?« Sein Vater schenkte ihm ein grimmiges Lächeln und hob die tagesaktuelle Ausgabe von *The Times,* die zuvor in seinem Schoß geschlummert hatte, demonstrativ auf Brillenrahmenhöhe zwischen sie, womit das Gespräch beendet war. Matt wollte etwas erwidern, aber seine Mutter, die mit dem Abendessen aus der Küche gekommen war, legte ihre zierliche Hand auf seine Schulter und bedeutete ihm, zu schweigen.

»Lass gut sein, Matt! Du weißt, das bringt nichts. Wenn wir uns nicht beeilen, wird nur das Essen kalt.«

Matt war wieder zurück nach Brighton gegangen, doch eine gute Woche später rief seine Mutter wieder an und berichtete ihm, dass William immer häufiger Wortfindungsstörungen hatte. Er brach unvollständige Sätze ab oder sprach verwaschen und war zunehmend müde und abgeschlagen.

Sie erzählte Matt, dass sie ihn gedrängt hatte, zum Arzt zu gehen. Doch er wurde daraufhin so zornig, dass er sein Whiskeyglas gegen die Wand warf und schrie, dass keine zehn Pferde ihn zum Arzt bringen würden.

Matts Mutter war den Tränen nahe gewesen, als sie ihm ihr Leid klagte und so beschloss Matt, sich direkt auf den Weg zu Richard zu machen, um ihn um Rat zu bitten. Richard war Williams jüngerer Bruder. Matt schätzte ihn als weisen Mann und Vorbild in vielerlei Hinsicht. Er kannte William am besten und kannte auch Matt besser, als sein Vater es je getan hatte.

Als Matt aufgelegt hatte, wanderten seine Gedanken zu seinem alten Kumpel Zach, den er drei Jahre zuvor das letzte Mal im Brightoner Krankenhaus gesehen hatte. Die Erinnerungen an die Ereignisse, die dazu geführt hatten, erwachten in Matt zu greifbar lebendigen Bildern. Jeder Moment schien vor seinem inneren Auge aufzuleben, als wäre es gestern gewesen. Jede Emotion, jeder Geruch, jeder Klang war so klar und präsent, dass es ihm schien, als würde er die Vergangenheit noch einmal durchleben.

Vor circa sechs Jahren …

Am Tag von Matts Schulabschluss überraschten Matts Mum, Judith und Richard ihn mit einer kleinen Feier und luden ihn zum Grillen nach Maplehurst ein. Matts Vater hatte in der Zwischenzeit einen neuen Job gefunden und war mal wieder auf Geschäftsreise, was auch immer das bedeutete. Sein Vater sprach nicht viel über seinen Job.

Matt parkte den schwarzen Mini Cooper seiner Mutter auf dem Parkplatz vor dem alten Herrenhaus. Richard und Judith hatten bereits alles vorbereitet und so genossen sie an diesem wunderbaren Sommertag ein herrliches Barbecue. Matt bemerkte schon früh, dass Judith und Richard ganz aufgedreht waren. Er mochte es, die beiden so glücklich und gelöst zu sehen, aber fragte sich, was der Grund dafür war. Waren sie über seinen Schulabschluss so erfreut? Oder gab es da etwas anderes, das sie bewegte? Nach dem Essen hielten Richard und Judith es nicht länger aus. Matt sah ihnen an, dass sie vor Vorfreude schier platzten.

»Matt, da gibt es noch etwas, das wir dir zeigen möchten«, unterbrach Richard plötzlich mit einem gekünstelten, ernsten Gesichtsausdruck die ausgelassene Stimmung im Garten. Irritiert wanderte Matts Blick zunächst zu Richard, dann zu Judith und dann sah er seine Mutter Sophia an. Matt kannte seine Mum gut genug, um hinter der ernsten Miene das unterdrückte Schmunzeln auszumachen, und atmete erleichtert auf.

»Was gibt es denn?«, fragte er, neugierig geworden, und Richard bedeutete ihm zu folgen. Die Sonne tauchte den Himmel in ein warmes, goldenes Licht, als Matt seinem Onkel bis zum Parkplatz vor dem Anwesen folgte. Der Patenonkel, ein stolzes Lächeln auf den Lippen, trat auf ein mit einem Tuch verhülltes Objekt zu, das am Bordsteinrand des Parkplatzes stand. »Für dich, mein Junge«, sagte er mit einer Spur von Emotion in seiner Stimme, während er das Tuch *wegzog und ein glänzendes Motorrad zum Vorschein kam. Als das Tuch den Blick auf die Maschine freigab, traute Matt seinen Augen kaum. Er erkannte sie sofort.*

Matt erstarrte für einen Moment, seine Augen weiteten sich vor Überraschung, bevor ein breites Grinsen sein Gesicht erhellte. Vor ihm stand nicht irgendein Motorrad! Nein, es war genau die Kawasaki, die er in wochenlanger Detailarbeit mit eigenen Händen zusammengebaut hatte! Seine Hände zitterten vor Aufregung, als er das Motorrad betrachtete, von dem er dachte, dass er es niemals wiedersehen würde. Aber wie war das möglich? Sein Onkel hatte nichts von dem Bike gewusst, so viel war klar. Er hatte niemals jemandem aus seiner Familie von seinem Baby erzählt. Aus Angst davor, im Nachhinein doch noch Ärger zu bekommen, hatte er entschieden, die Vergangenheit ruhen zu lassen und Zach und alles, was im Zusammenhang mit seiner Gang stand, komplett aus seinem Leben zu streichen.

»Das ist ... das ist unglaublich«, brachte er hervor, seine Stimme voller Dankbarkeit und Freude.

Tränen glänzten in den Augen seiner Mutter, als sie ihn stolz umarmte. Matt blinzelte mehrmals, um sicherzugehen, dass das hier wirklich real war, als er das Motorrad vorsichtig berührte.

»Wo habt ihr die her?«, fragte Matt ungläubig.

»Haywards Heath veranstaltet jährlich eine Auktion für beschlagnahmte und in kommunalen Besitz übergegangene Güter. Der Bürgermeister und seine Frau hatten uns wie jedes Jahr zu der Auktion eingeladen. Dieses Jahr waren einige Motorräder angeboten. Als ich an dieser hier vorbei-

lief, rief sie förmlich nach dir, und ich musste sie einfach für dich ersteigern!«, gab Richard zur Antwort, ohne zu wissen, was er damit sagte.

»Ja, er rief plötzlich: Judith, schau mal, da steht Matts Motorrad!«, ergänzte seine Tante mit einem breiten Grinsen.

»Du hast ja keine Ahnung, wie recht du damit hattest …«, flüsterte Matt. Seine Augen betrachteten jedes Detail der Maschine und weiteten sich dabei fassungslos.

Mit vor freudiger Erwartung zitternden Fingern, nahm er den Schlüssel von Richard entgegen. Er setzte sich auf das Motorrad, drehte ihn im Schloss und drückte den Starter-knopf. Der kraftvolle Motor vibrierte unter ihm und der Klang des Motors durchdrang sein Innerstes, als die Maschine zum Leben erwachte. Genau jetzt fühlte er sich frei und sein Herz pochte vor Energie und unaufhaltsamer Stärke. Bereit, die Welt auf neuen Wegen zu erobern.

Und das Beste daran war: völlig legal mit Führerschein und Papieren. Na ja, fast legal. Nur Matt kannte den verborgenen Anschluss für die NOS-Einspritzanlage, der sich unter der linken Abdeckung befand. Zum Glück war alles abgebaut gewesen, als die Polizei die Motorräder beschlag-nahmte. Allein der Fakt, dass die Maschine in null Komma nichts mit einem Tuning Kit ausgestattet werden konnte, sorgte dafür, das sich Matts Nackenhaare in gespannter Erwartung aufstellten, und sandte einen Schauder über seine Wirbelsäule. Matt hatte die Einspritzanlage bisher nur bei einem einzigen Rennen eingesetzt, und er erinnerte sich noch lebhaft daran, wie er damals mit seinem Motorrad zu einer Einheit verschmolzen war, erfüllt von der Kraft eines unaufhaltsamen Tornados. Aber selbst ohne diesen Kit hatte die Kawasaki genug Pferde unter der Abdeckung. Er musste zugeben: Dies war seine Droge! Er brauchte nichts anderes, um high zu sein.

Vorsichtig ließ Matt die Kupplung kommen und drehte seine erste Runde auf dem Parkplatz. Er entdeckte seinen Helm im Kofferraum des Minis seiner Mutter, den sie eben geöffnet hatte, fuhr hin und setzte ihn auf. Jetzt gab es absolut kein Halten mehr! Matt straffte seine Schultern, hob das Kinn und ließ seine Familie hinter sich.

Mit dem vertrauten Röhren im Ohr gab er Gas. Er genoss die Weite der ländlichen Kulisse, die sich vor ihm auftat, als er aus der Allee auf die offene Straße bog. Matt beschleunigte auf der Geraden, genoss das Adrenalin in seinen Adern und die Präzision, mit der seine Maschine in den Kurven auf jede seiner Bewegungen reagierte, während der leistungsfähige Motor ihn vorwärtstrieb. Eins mit seinem Bike genoss er die Freiheit und sog die erdige Landluft in seine Lungen ein. Als er schließlich wieder auf dem Parkplatz vor Maplehurst Manor angekommen war und den Helm absetzte, strahlte er, als hätte er in purem Glück gebadet.

Sherah

— NEUN —

Es war ein gewöhnlicher Mittwochnachmittag, als Sherah gut gelaunt das Starbucks in der Nähe des Campus betrat, das wie immer gut besucht war. Die beiden Frauen trafen sich mindestens dreimal in der Woche nach der Uni hier, doch heute war das erste Mal, dass Sherah Jenna dazu eingeladen hatte. Sie fand, es wurde langsam Zeit, dass sie und Lynn sich besser kennenlernten. Die Luft war erfüllt vom herrlichen Aroma des frisch gemahlenen Kaffees, und Sherah beäugte als erstes das leckere Gebäck, das verlockend in der Vitrine ausgestellt war. Der perfekte Ort, um nach einem langen Uni-Tag die Seele baumeln zu lassen. In der Ecke, an ihrem gewohnten Platz, fand sie Lynn, die bereits vertieft in ihr Tablet war, das sie in der Hand hielt. Ihr aschblondes Haar fiel ihr über die Schulter, und sie hatte wie immer diesen konzentrierten Ausdruck auf dem Gesicht, der Sherah ein wenig an eine nachdenkliche Eule erinnerte. Lynn studierte Sozialwissenschaften und verbrachte auch privat viel Zeit mit sozialen Projekten.

Sherah kam näher und setzte sich auf den freien Sitz neben Lynn, die den Blick hob und lächelte. »Hey, da bist du ja.«

»Hast du schon bestellt?« Sherah ließ die schwere Tasche von ihrer Schulter gleiten und seufzte erleichtert.

»Noch nicht. Kommt Jenna auch?« Lynn schaltete ihr Tablet aus und legte es beiseite, während Sherah den Kopf in den Nacken legte und sich entspannt zurücklehnte.

»Ich denke ja, sie müsste jeden Moment hier sein.« Sherah hatte Jenna, ihre neue Mitbewohnerin, erst vor kurzem nach einer Vorlesung eingeladen, mit ihnen Kaffee zu trinken.

Gerade, als sie diese Worte ausgesprochen hatte, öffnete sich die Tür, und Jenna betrat das Café. Ihre kastanienbraunen Haare waren zu einem lockeren Zopf geflochten, und sie trug ein schlichtes, aber stilvolles Outfit, das ihren schlanken, sportlichen Körper betonte. Etwas verunsichert wirkend, suchte sie mit ihren Augen den Raum nach den beiden ab, doch als sie Sherah und Lynn erblickte, breitete sich ein Lächeln auf ihrem Gesicht aus.

»Hey, da seid ihr ja!« Jenna winkte ihnen und kam auf den Tisch zu. »Sorry, dass ich zu spät bin. Die letzte Vorlesung hat sich gezogen.«

»Kein Problem, wir haben gerade erst angefangen.« Sherah zog ihr einen weiteren Stuhl hinzu, und Jenna ließ sich dankbar nieder.

»Soll ich was für uns bestellen?«, fragte Lynn und erhob sich. »Was möchtet ihr?«

Die beiden anderen gaben ihre Bestellungen auf, und Lynn schlenderte zur Theke, während Sherah sich wieder Jenna zuwandte. »Wie war dein Tag?«, fragte sie, während sie Jennas Gesicht musterte, das von den leichten Schatten unter ihren Augen zeugte.

Jenna seufzte leise. »Lang. Ich bin echt froh, dass ich jetzt hier bin.« Sie ließ ihren Blick durch das Café schweifen und schien sich sichtlich zu entspannen.

»Das ist der Spirit, den ich hören will.« Sherah grinste und lehnte sich, ihre Ellbogen auf den Tisch abstützend, vor. »Hast du Lust, am Samstag mit uns ins Kino zu gehen? Lynn und ich haben das schon seit einer Weile geplant, und ich dachte, das wäre eine gute Gelegenheit für uns, etwas mehr Zeit zusammen zu verbringen.«

Jenna blickte überrascht auf, ihre braunen Augen weiteten sich leicht. »Kino? Das klingt super! In welchen Film wollt ihr rein?«

»Noch keine Ahnung«, gestand Sherah lachend. »Wir können später mal schauen, was läuft.«

Lynn kehrte mit den dampfenden Kaffeebechern zurück und stellte sie vor Sherah und Jenna ab. »So, da wären wir. Was habe ich verpasst?«

»Sherah hat mich gerade gefragt, ob ich am Samstag mit euch ins Kino gehe«, erklärte Jenna und ihre Lippen verzogen sich voller Freude. »Und ich habe zugesagt.«

Lynn setzte sich wieder und strahlte die beiden an. »Das wird bestimmt ein Spaß! Ich bin gespannt, welchen Film wir auswählen.«

Sherah zog gewohnheitsmäßig das Handy heraus und machte ein Foto von ihren drei Getränken für ihre Story, entschied sich dann aber, das Bild erst später zu posten und den Moment bewusst ohne digitale Ablenkung zu genießen. Sie schaltete ihr Handy aus, entspannte sich und wendete sich an Jenna.

»Bist du eigentlich mit der Suche nach diesem alten Herrenhaus weitergekommen?«

»Nein, leider nicht. Ich habe so viel für die Uni zu tun, dass ich bisher keine Zeit dazu gefunden habe, mehr als das Antiquariat der Bibliothek zu durchsuchen. Mit einem Bild und der vagen Aussage, das Mum aus West Sussex stammte, habe ich leider auch nicht allzu viele aussagekräftige Infos«, antwortete Jenna ein wenig missmutig.

Sherah kam eine Idee: »Hast du es schon mal mit einer Fotosuche probiert? Ich benutze die ständig, wenn mir der Name von irgendwas nicht einfällt!«

»Oh stimmt, auf die Idee bin ich noch gar nicht gekommen. Danke Sherah!« Jennas Gesicht erhellte sich unweigerlich, als ihr Mund sich zu einem breiten Grinsen verzog.

Der Rest des Nachmittags war gefüllt mit vertrautem Plaudern. Die drei Frauen tauschten Geschichten über ihre Vorlesungen und ihre Dozenten aus, lachten amüsiert über ihre Anekdoten und machten Pläne für den Kinoabend. Lynn erzählte, wie sie und Ron letzte Woche versehentlich in einer romantischen Komödie gelandet waren, und Sherah und Jenna konnten nicht anders, als bei der Vorstellung lauthals loszuprusten.

»Und er hat wirklich den ganzen Film durchgehalten?«, fragte Sherah. Ihre Augen funkelten vor Belustigung.

»Kaum zu glauben, aber ja«, bestätigte Lynn mit einem schiefen Grinsen. »Am Ende meinte er sogar, dass der Film gar nicht so schlecht gewesen sei. Ich glaube, er wollte nur nicht zugeben, dass er ihn genossen hat.«

»Männer«, sagte Jenna und rollte unbekümmert mit den Augen, was Sherah ein belustigtes Nicken entlockte.

Als sie schließlich den letzten Schluck ihres Kaffees getrunken hatten und die Sonne sich langsam dem Horizont zuneigte, verabschiedeten sie sich voneinander.

»Samstag, dann?«, fragte Lynn, während sie sich ihre Tasche über die Schulter schwang.

»Samstag!«, bestätigten Sherah und Jenna im Chor, bevor sie sich alle herzlich umarmten und auf den Heimweg machten.

Begleitet von einem durchdringenden Quietschen der alten Scharniere zog Sherah die schwere Glastür auf und betrat mit einem Mix aus Anspannung und Neugierde den Club. Eine Symphonie lebhafter Farben der rhythmisch aufblitzenden Lichtanlage, vereint mit der dezenten Vanillenote eines Parfüms und dem Limettenaroma der Cocktails, bestimmte die Atmosphäre des schummrig beleuchteten Raums. Der tief dröhnende Bass der Musik, versetzte die Luft in Schwingung, während gleichzeitig gedämpftes Stimmengewirr an ihr Ohr drang.

Sie hielt einen Moment inne und ließ ihren Blick durch den Raum gleiten. Sherah hatte sich, so wie sonst auch, vorgenommen, das Date mit David locker anzugehen, einfach nur Spaß zu haben und den Abend ganz ohne Erwartungen zu genießen. Doch ihr beschleunigter Herzschlag und ihre aufflammende Nervosität, als sie ihn lässig an der Bar lehnend entdeckte, belehrten sie eines Besseren.

Da war etwas in seinem Lächeln, das seine Lippen umspielte, und in seiner Körperhaltung, was ihn im Zwielicht der Bar beinahe ruhelos wirken ließ. Etwas, das sie plötzlich aus ihrer Sicherheit riss, dieser Abend würde so unverbindlich verlaufen, wie sie es geplant hatte. *Hatte er Bedenken, dass sie ihn versetzen würde?* Die Art, wie er seine Jacke lässig über die Schulter gehängt hatte und wie sein Blick sie fand, als hätte er schon lange auf sie gewartet, ließ ihre Knie weich werden.

David hob seine Hand zur Begrüßung und berührte dabei mit erhobenem Zeigefinger seine in dezenten Grautönen gehaltene, nicht zu tief ins Gesicht gezogene Flat Cap im Stil der 20er Jahre. Die andere Hand hatte er entspannt in die Tasche seiner dunkelgrauen Hose gesteckt, die mit gleichfarbigen Hosenträgern auf einem weißen Hemd kombiniert waren, welche die Vintage-Note seines Outfits perfekt ergänzten. Langsam setzte Sherah auf dem abgenutzten Parkettboden einen Fuß vor den anderen, und als ihre Blicke sich erneut trafen, erfüllte sie ein erwartungsvolles Kribbeln.

»Du siehst fantastisch aus«, begrüßte David sie, seine Stimme von einer Wärme durchdrungen, die ihre Wangen sofort glühen ließ.

»Danke«, erwiderte sie und bemühte sich darum, ihn gelassen anzusehen, während sie innerlich mit sich rang, ihre sonst so locker sitzenden Sprüche abzurufen. Sie nahm auf dem Barhocker neben ihm Platz, versuchte, ihre innere Unruhe zu verbergen. Bemüht darum, sich keine weiteren

Gedanken darüber zu machen, dass David es mit einer bedenklichen Leichtigkeit zu schaffen schien, alle ihre Pläne zu durchkreuzen und die sorgfältig errichteten Schutzmauern einzureißen. Es war doch nur ein Date, nur ein einziger Abend.

Er ließ seinen Blick vergnügt über die Tanzfläche gleiten, auf der sich bereits eine Reihe von Paaren im Takt der Musik bewegten und wandte sich dann wieder Sherah zu.

»Bist du bereit für ein bisschen Spaß?«

Sie nickte, auch wenn sie sich dabei etwas unbehaglich fühlte. Das war doch der Grund, warum sie hier waren, oder? Doch der mitreißende Beat, das Klirren der Gläser, die Lichtreflexe und lachenden Stimmen um sie herum, schnürten ihr plötzlich die Kehle zu. Was, wenn heute der Tag war, an dem es darauf ankam, völlig sie selbst zu sein, und sie ihre Masken fallen lassen sollte? Wie von selbst glitt Davids Hand in ihre und er zog sie sanft mit sich, bis die Tanzfläche direkt vor ihnen lag.

Sherah fühlte, wie ihr Herz schneller schlug.

»Ich weiß gar nicht, ob ich tanzen will«, murmelte sie, mehr zu sich selbst als zu David. Sie hatte erwartet, dass ihn die Tanzfläche nervöser machen würde, sie hatte erwartet, dass sie definitiv weit aus weniger nervös sein würde. Sie hätten sich einen Drink holen und dann reden können, und so das Eis brechen. Was sie nicht erwartet hatte, war, dass er wie ein Wüstensturm in ihr Leben kommen und es nach dem ersten Blickkontakt kein Eis mehr geben würde. Ihre Hände fühlten sich schwitzig an, und sie wusste, dass es nicht nur von der Wärme in der Bar kam.

»Warum nicht?«, reagierte David mit einem siegesgewissen Grinsen, das Sherah fast den Atem raubte, auf ihre laut ausgesprochenen Gedanken. »Ich dachte, du willst Spaß haben?« Hatte er sie jetzt schon durchschaut?

Ihre Gedanken überschlugen sich, aber sie brachte keine anständige Erklärung zustande, die einen plötzlichen Rückzug rechtfertigen würde.

»Du tanzt doch, oder?«, fragte David mit einem Augenzwinkern, als er erneut ihre Hände nahm und sie in die Mitte der Tanzfläche führte. Sherah lachte nervös, wollte noch etwas erwidern, doch die Worte blieben unausgesprochen, als er sie leicht zur Seite drehte und damit in Position brachte. Ehe ihr bewusst wurde, wie ihr geschah, bewegte sich ihr Körper, geführt von Davids sicherem Griff, im Einklang mit der Musik, während er förmlich mit ihr zu verschmelzen schien. Die Welt um sie herum verschwamm, und es fühlte sich an, als wären sie schon seit Jahren aufeinander abgestimmte Tanzpartner. David führte sie auf eine geschickte, aber nicht dominante Art über das Parkett und brachte mit jeder Bewegung ihr Blut in Vibration.

Nach einer halben Ewigkeit auf der Tanzfläche, die sich in Davids Armen wie wenige Minuten angefühlt hatten, begegneten sich erneut ihre Blicke. Der aktuelle Song näherte sich dem Ende, als David sie mit einem Funkeln in den Augen ansah und sie dann in eine elegante Drehung führte. Einen Moment hielten beide den Atem an, bis Sherah inmitten des lauten Stimmengewirrs die Stille zwischen ihnen durchbrach.

»Du bist unglaublich«, stieß sie hervor, während sie nach Atem rang.

»Hast du wirklich gedacht, ich wäre ein tollpatschiger Anfänger?«, lachte er freundlich, während er sie mit einer Hand auf ihrem Rücken von der Tanzfläche führte.

»Ich weiß nicht. Vielleicht?«, gab Sherah elektrisiert durch seine anhaltende Berührung zu. Sie konnte nicht anders, als glücklich lächeln, und genoss den Augenblick weitaus mehr, als sie bereit war, sich einzugestehen.

»Verrätst du mir, woher du so irre tanzen kannst? Und sag bitte nicht, dass du die letzte Woche jeden Tag vor dem Spiegel geübt hast!« Sherah hob eine skeptische Augenbraue, während sie sich an die Bar setzten. Ihr Puls war immer noch leicht erhöht, aber es war eine angenehme Spannung, die in ihr nachklang.

David grinste. »Ein paar Jährchen Tanzschule und jede Menge Praxis in sämtlichen Clubs der Umgebung, kommt ungefähr hin.« Sein Ton war locker, aber das belustigte Funkeln in seinen Augen ließ Sherah klar werden, dass er sich über ihre Reaktion amüsierte.

»Oh, das erklärt einiges«, murmelte Sherah über alle Maßen beeindruckt. »Eine Vorwarnung wäre trotzdem hilfreich gewesen«, brachte sie mit vor Erstaunen geweiteten Augen hervor und nickte anerkennend. Die leicht provozierende Art, wie er sie daraufhin ansah, ließ sie kurz die Fassung verlieren, und das ärgerte sie, auch wenn es gleichzeitig unglaublich aufregend war.

David lehnte sich ein wenig näher zu ihr herüber, sein Gesicht plötzlich ernster, seine Augen suchten ihre.

»Ich wollte dich überraschen«, gestand er leise, als sein Blick auf ihrem ruhte. »Ich dachte, du könntest etwas ... Unvorhersehbarkeit vertragen.«

»Na das ist dir gelungen. Es ist schon lange her, dass mich das letzte Mal jemand sprachlos gemacht hat.«

Sherah wollte noch etwas hinzufügen, aber bevor sie die richtigen Worte finden konnte, spürte sie Davids Hand an ihrem Gesicht, als er sanft eine Locke hinter ihr Ohr strich.

»Das nehme ich als Kompliment und Herausforderung.« Davids Mundwinkel zuckten amüsiert. Sein Gesicht war ganz nah vor ihrem. Als seine Lippen ihre berührten, schien die Welt erneut stillzustehen und für einen Moment war alles perfekt.

Wiederholungstäter!, dachte Sherah und ließ ihm seinen Triumph. Das zweite Mal innerhalb von kürzester Zeit brachte er sie allein durch seine Präsenz zum Schweigen.

Ein ungeduldiges Räuspern holte die beiden Turteltäubchen zurück in die Realität. Der Barkeeper stand vor ihnen und warf ihnen einen strengen Blick zu. »Wollt ihr Kinder was bestellen, dann los. Die Bar schließt in fünfzehn Minuten.«

Mit einem schuldbewussten Lächeln bestellten sie ihre Getränke, prusteten dann aber beide los und amüsierten sich köstlich. Sherah spürte, wie die Anspannung von ihr abfiel, und genoss heimlich dieses leise Nachklingen des Kusses, das den Abend in eine neue Richtung gelenkt hatte.

»Es war ein wunderschöner Abend«, gestand Sherah lächelnd, als sie vor der Bar standen und die kühle Nachtluft ihre erhitzten Wangen umspielte. Sie sah zu David auf, ihre

Augen glänzten noch immer vom Tanz und von der Intensität, mit der es zwischen ihnen gefunkt hatte.

David bestand darauf, sie nach Hause zu begleiten. Vor der Haustür angekommen, verabschiedeten sie sich.

»Ich finde, wir sollten dieses Date so bald wie möglich wiederholen.« In seiner Stimme schwang ein Hauch von Versprechen mit.

Sherah nickte. »Auf jeden Fall.«

Der Samstagabend brachte eine kühle, klare Luft mit sich, und damit die ersten Boten des beginnenden Herbstes. Sherah, Lynn und Jenna hatten sich vor einem kleinen Brightoner Kino verabredet. Die hellen Lichter der Stadt reflektierten auf den regennassen Pflastersteinen, während Menschen, eingehüllt in Schals und Mäntel, die belebten Straßen entlang strömten. Brightons typische Wochenendhektik lag in der Luft, aber in der kleinen Frauengruppe herrschte eine entspannte, fast festliche Stimmung.

»Das Kino hier ist mein absoluter Lieblingsort in der Stadt«, schwärmte Sherah, während sie in Richtung des Eingangs deutete. »Es hat diesen klassischen Charme, wisst ihr?«

Lynn nickte zustimmend, während sie Jenna ansah. »Bist du oft im Kino, Jenna?«

Jenna lächelte leicht und schüttelte den Kopf. »Nicht wirklich, aber ich freue mich darauf. Es ist eine nette Abwechslung.«

»Abwechslung klingt gut«, bemerkte Sherah mit einem breiten Grinsen und hakte sich bei ihren beiden Freundinnen ein, als sie zusammen hineingingen.

Drinnen war es angenehm warm, und der Geruch von frischem Popcorn lag in der Luft. Die Wände waren mit alten Filmplakaten dekoriert, und das weiche Licht der Deckenlampen schuf eine intime, gemütliche Atmosphäre. Während sie auf ihre Plätze zugingen, spürte Sherah eine leise Aufregung in sich aufsteigen. Es war etwas Wunderbares, diesen Abend mit zwei ihr so wichtig gewordenen Menschen zu verbringen.

Die drei jungen Frauen setzten sich in die weichen Kinosessel und unterhielten sich noch eine Weile leicht und ungezwungen, bis der Film losging. Sherah genoss die Gesellschaft ihrer Freundinnen in vollen Zügen. Jenna schien sich langsam zu öffnen, lachte über Lynns Witze und erzählte sogar ein wenig über ihre Heimatstadt in Deutschland.

Als der Film schließlich startete, lehnte sich Sherah zurück und warf einen Blick zu ihren beiden Begleiterinnen. Ein wohliges Gefühl von Zugehörigkeit und Freundschaft breitete sich in ihr aus. Sie hoffte, dass dies erst der Anfang vieler gemeinsamer Unternehmungen war.

Als der Film endete und sie hinaus in die kühle Nacht traten, verabschiedeten sie sich herzlich voneinander. »Das müssen wir unbedingt bald wiederholen«, sagte Lynn, während sie Jenna zum Abschied umarmte.

»Auf jeden Fall«, stimmte Sherah zu und zwinkerte Jenna zu, die etwas verlegen, aber glücklich wirkte.

Jenna
— ZEHN —

Seit gut sieben Wochen wohnte Jenna bereits in Brighton. Sie hatte sich in ihrer neuen Umgebung eingelebt, und ein gemütliches Zuhause geschaffen. Sherah war von einer bloßen Mitbewohnerin innerhalb kürzester Zeit zu einer Freundin geworden, und sie verstand es wie niemand sonst, sie immer wieder aus der Reserve zu locken. Dank ihr fand Jenna sich in Brighton und auf dem Unigelände zurecht und hatte neue Leute kennengelernt. Es war Mitte Oktober und das Studium forderte ihre volle Aufmerksamkeit. Insgeheim war sie froh, dass Sherah einen neuen Freund hatte, der ihren ausgeprägten Hunger nach Freizeitaktivitäten sättigte. Jede freie Minute steckte Jenna ihren Kopf in ihre Bücher, saß an ihrem Schreibtisch oder auf ihrer Fensterbank, um zu lesen oder zu lernen. An den Wochenenden überredete Sherah sie, wenigstens an einem Abend mit ihr und Lynn auszugehen, wofür sie letzten Endes dankbar war, weil sie sonst auch diese Zeit mit Lernen verbracht hätte.

Abends nahm Jenna sich trotzdem die Zeit zum Kochen. Oft gab es simple Gerichte, die sie von zu Hause aus kannte. Hin und wieder suchte sie sich aber ein spezielles Rezept aus, um etwas Neues auszuprobieren. Sherah war begeistert. Sie schien zwar zwei linke Hände zu haben, was das Kochen anging, bemühte sich aber, zu helfen, wo sie konnte. Mit der Zeit wurden sie ein eingespieltes Team und das Wichtigste dabei: Sie hatten zusammen jede Menge Spaß!

Am liebsten drehten sie die Musik voll auf, tanzten und sangen frei und unbeschwert beim Kochen oder Küche putzen zur Musik mit.

Auch der Tipp mit der Fotosuche, der heute zum Erfolg geführt hatte, kam von Sherah. Jenna notierte sich die Adresse, die sie im Internet herausgefunden hatte, und suchte sich, einem spontanen Impuls folgend, eine passende Busverbindung heraus. Ihr war klar, dass sie es bald in Angriff nehmen musste, sonst würde sie vor den Weihnachtsferien, an denen sie plante, nach Deutschland zu fliegen, keine Zeit mehr dazu finden, da der nächste Klausurenmarathon kurz bevorstand. Also warum nicht heute? Sie hatte keine großen Erwartungen, wen oder was sie dort vorfinden würde. In erster Linie ging es ihr darum, mit eigenen Augen zu sehen, dass dieses alte Haus, dieser Hinweis aus der Vergangenheit ihrer Mutter, tatsächlich noch existierte. Die Welt, in der sie lebte, war in vielerlei Hinsicht surreal geworden. Im Zeitalter der künstlichen Intelligenz war es ein Leichtes, per Deepfake und virtueller Realität alles Mögliche zu generieren und den Betrachter in dem Glauben zu lassen, dass es real war. Kam daher Jennas Vorliebe für Bücher aus Papier und das Interesse an klassischer Literatur und Literaturgeschichte? Eine Sehnsucht nach einer Zeit, die anders geprägt war, eine Zeit, an die sie sich dunkel als Kind erinnerte. Ihre Mutter hatte ihr als kleines Kind jeden Abend vorgelesen, bis sie das Lesen für sich selbst entdeckt und ein Buch nach dem anderen verschlungen hatte.

Es hatte den ganzen Vormittag über geregnet, und sie war dankbar dafür, dass der Regen endlich nachließ. Es war in den letzten Tagen morgens empfindlich kalt geworden, und an diesem Morgen hatte Jenna auf dem Dach, das ihrem Zimmerfenster gegenüberlag, sogar den ersten Raureif entdeckt.

Jenna hinterließ Sherah auf dem Whiteboard am Kühlschrank eine Nachricht, griff nach ihrem Parka und entschied sich spontan dazu, auch ihren langen Schal mitzunehmen. Sie schlüpfte in ihre gefütterten Herbststiefel und verließ gegen Mittag das Apartment, um den Bus in Richtung Cuckfield zu erwischen.

Jenna saß seit einigen Minuten in ihren langen Strickschal eingemummelt, mit dem Reißverschluss ihres gefütterten Parkas bis zum Hals hochgezogen, in dem fast leeren Bus, der sie von Brighton nach Cuckfield bringen sollte. Sie atmete tief durch, ließ das Handy unbeachtet in ihrer Jackentasche und hing ihren Gedanken nach. Draußen brachte der kalte Oktoberwind die herunterfallenden Blätter zum Tanzen, und ließ keinen Zweifel daran, dass der Herbst endgültig Einzug gehalten hatte. Jenna verschränkte unbehaglich ihre Arme vor der Brust, was nicht nur an der kaputten Heizung im Bus lag. Der Gedanke, ganz allein der Vergangenheit ihrer Familie auf den Grund zu gehen, löste irgendwie auch ein mulmiges Gefühl in ihr aus. Sie hatte den Impuls verworfen, Matt auf seinen Vorschlag, sie bei den Nachforschungen zu unterstützen und gegebenenfalls zu begleiten, anzusprechen. Im Moment fühlte sie sich jedoch von ihrer eigenen Courage überrannt und wünschte, sie wäre nicht allein.

Jenna blickte aus dem Busfenster und sah auf den Feldern entlang der Straße weidende Schafe und Kühe vorbeiziehen. So sehr sie sich abzulenken versuchte, ihre Gedanken gingen immer wieder zu Matt. In den letzten zwei Wochen war sie ihm insgeheim aus dem Weg gegangen. War erst spät zu ihren Vorlesungen erschienen und hatte sich in die hinteren Reihen gesetzt, um am Ende möglichst als Erste den Hörsaal verlassen zu können. Sie hielt an ihrem Vorsatz fest, vorerst alle Ablenkungen auszublenden und um alles, was nach Drama roch, einen großen Bogen zu machen. Davon hatte sie in Berlin wahrlich genug erlebt. Der Schmerz saß zu tief. Unaufhaltsam kamen die ungebetenen Erinnerungen an den Abend mit Martin hoch. Jenna bemerkte es zu spät und konnte sie nicht mehr unterdrücken. Bilder von Martins arrogantem Gesichtsausdruck und seinem gleichgültigen Abgang tauchten wie Blitzlichtgewitter vor ihren Augen auf. Wie sie ihn abgrundtief verabscheute! Das würde sie ihm nicht verzeihen. Niemals! Ihr Herz pochte empört in ihrer Brust, ihre Atmung ging schnell und flach, der Boden unter ihren Füßen schien nachzugeben, und sie schaffte es nicht, die Bilder in ihrem Kopf zu verdrängen.

Ein knappes Jahr zuvor ...

An jenem Abend, als Martin vor ihrer Tür stand, um sie abzuholen, war ihr nicht entgangen, dass sein Blick einen Moment zu lange an ihrem Ausschnitt haften blieb. Sie zog die Tür hinter sich zu, nahm seine ausgestreckte Hand und folgte ihm zu seinem Auto. Martin hatte seit zwei Wochen seinen Führerschein, und seine Augen leuchteten voller Stolz, als er ihr seinen schnittigen schwarzen BMW präsentierte. Jenna wollte gar nicht wissen, was Martins Eltern dafür hingeblättert hatten. Geldsorgen kannte die Familie Winzer jedenfalls nicht, das stand fest.

Die Party bei Ben als extravagant zu bezeichnen, wäre mehr als nur eine Untertreibung gewesen. Bens Eltern waren auf Geschäftsreise, und das Penthouse hatte jeden Luxus zu bieten, den man sich vorstellen konnte. An Alkohol mangelte es nicht und Martin war auffallend darum bemüht, dass Jennas Glas nicht leer blieb.

»Ist dir bewusst, wie sehr du mir den Kopf verdreht hast?« Martin ließ seine stahlblauen Augen nicht von ihr ab, sein Lächeln fesselte sie, als er sanft mit seiner Hand über ihre Wange strich und sie küsste. Jenna erinnerte sich dunkel an ein Meer von Komplimenten, jede Menge Alkohol und Küsse, die an Intensität zunahmen und fordernder wurden, während Martin sie in eines der Penthouseschlafzimmer entführte. Sie schmolz wie Wachs in seinen Händen, und irgendwie gab es in dem Moment keinen Grund für sie, die Notbremse zu ziehen. Warum auch? Sie waren zusammen, zwar noch nicht so lange, aber war das wichtig?! War sie es nicht leid, übervorsichtig zu sein? Sie mochte ihn – sehr sogar – und offensichtlich erwiderte er ihre Gefühle. Also warum nicht? Das erste Mal seit langer Zeit gab Jenna die Kontrolle ab und ließ sich fallen.

Am nächsten Morgen erwachte sie in einem Albtraum, als Martin gerade dabei war, sich hastig anzuziehen.

»Shit, Shit, Shit! Ich muss los!«, fluchte Martin vor sich hin, als er umständlich in seine Hosenbeine stieg.

»Was ist los, wo willst du hin?«, Jenna schüttelte den Kopf, setzte sich im Bett des Penthousegästezimmers auf, und sah ihn irritiert an.

»Zum Flughafen, Tina landet gleich!«, entgegnete er knapp.

»Wer ist Tina?«, fragte Jenna verwirrt. Die Antwort dämmerte ihr in der Sekunde, als Martin sich ihr mit einem überheblichen Grinsen zuwandte. Ihre Hände verkrampften sich schmerzhaft um die Bettdecke und seine Stimme triefte vor Selbstgefälligkeit.

»Dummerchen, meine Freundin! Hör zu, letzte Nacht war toll, aber du hast doch nicht etwa geglaubt, dass das was Ernstes ist!« Er zögerte nicht mal, zog sich sein T-Shirt über den Kopf und verschwand aus dem Raum – und aus Jennas Leben. Jenna fing an, am ganzen Körper zu zittern, zog ihre Beine an die Brust, schlang die Arme darum und versuchte krampfhaft, die aufsteigenden Tränen zu unterdrücken. Sie fühlte sich so jämmerlich und schutzlos, als ob ihr Leben erneut wie ein Kartenhaus in sich zusammenstürzen würde.

Beschämt und mit dem Gefühl, schmutzig, ungewollt und ungeliebt zu sein, zog sich Jenna an und verließ mit Tränen in den Augen unbemerkt das fremde Apartment. Wie sie nach Hause kam, hatte sie vergessen, konnte sich nur daran erinnern, dass sie dankbar war, ihrem Dad nicht über den Weg zu laufen und niemandem Rede und Antwort stehen zu müssen.

Jenna verschwand im Badezimmer, schloss die Tür hinter sich, streifte mit zittrigen Händen ihr schwarzes Kleid ab und drehte den Wasserhahn der Dusche voll auf. Der heiße Wasserstrahl prasselte auf ihre Haut, doch sie nahm es kaum wahr. Der dumpfe Schmerz in ihrem Herzen erstickte ihre Sinne, während das Wasser ihre Tränen mit sich nahm. So sehr sie sich auch wünschte, das heiße Wasser würde dieses Gefühl von Unzulänglichkeit und Ablehnung mit abwaschen, blieb doch dieser stechende Schmerz an ihrem ohnehin verletzten Herzen wie Teer haften. Ein dumpfes Schluchzen bahnte sich seinen Weg, als ihr Körper vor unterdrückter Wut und dem Gefühl unerträglicher Erniedrigung erbebte. Ihr Herz glich einem zerbrochenen Spiegel, dessen Scherben sich nicht mehr zusammenfügen ließen.

Als sie lange Minuten später wieder in die Küche kam und ihr Handy aufblinken sah, dämmerte ihr, dass ihr Vater sich vermutlich große Sorgen um sie machte. Es zeigte zehn verpasste Anrufe an. Ihre Finger umklammerten das Handy, unfähig, zurückzurufen. Ihr hätte klar sein müssen, dass ihr Papa eine schlaflose Nacht wegen ihr haben würde, wenn er *sie nicht erreichen konnte. Das Letzte, was Jenna jetzt wollte, war, ihm einen hörbaren Grund zur Annahme zu liefern, dass seine Sorgen berechtigt waren. Nein, sie konnte definitiv gerade nicht telefonieren! Jenna entschied sich, ihrem Dad eine kurze Nachricht zu schicken. Sie war erwachsen, auch wenn sie noch bei ihrem Vater wohnte, und es war okay, erst in den Morgenstunden nach einer Party nach Hause zu kommen.*

JENNA:
*Hey Dad, sorry, dass ich mich
jetzt erst melde,
hab mein Handy nicht gehört.
Es war eine lange Nacht.
Bin zu Hause. Hab dich lieb!*

Sie tippte die Worte mit zittrigen Händen. In der Hoffnung, dass dies glaubwürdig genug klang, um nicht das Misstrauen ihres Vaters zu erwecken, sendete sie die Nachricht ab. Es dauerte nicht lange, bis sie eine Antwort erhielt.

DAD:
*Ich habe mir Sorgen
gemacht, gib doch bitte
Bescheid, wenn du über
Nacht wegbleibst. Hab
dich lieb, Papa*

Direkt unter dem Bild ihres Dads im Messenger sprang Martins Profilbild ihr entgegen. Sein dämliches Grinsen schnürte ihr die Kehle zu und ließ ihren Magen krampfen. Wellen der Wut und Enttäuschung überrollten sie, während Tränen ungehindert über ihre Wangen liefen. Mit zitterndem Finger tippte sie auf sein Bild und löschte den Kontakt. Es fühlte sich an, als würde sie mit einem Klick die Illusion einer Liebe auslöschen. Sie hatte mehr als nur ihren Fake-Freund verloren – es war, als hätte er einen Teil von ihr im Strudel seiner Lügen mitgerissen.

Jenna durchlebte all diese Gefühle in ihrer Erinnerung, als ob es erst gestern gewesen wäre. Warum war sie nur so dumm und naiv gewesen und auf Martin, diesen Arsch, reingefallen? Sie hatte ihre Lektion auf die harte Tour gelernt und seither ihr verletzliches Herz mit schützenden Mauern umgeben.

Der Bus bremste ab, und Jenna öffnete rechtzeitig ihre Augen, um das Schild von ihrer Zielhaltestelle zu erkennen. Taumelnd schreckte sie hoch, griff nach ihrem Rucksack und hastete zur Tür.

Sie stieg aus, der Bus fuhr davon, und plötzlich stand sie mitten im Nirgendwo. War sie hier richtig?

Ein kleines Laubwäldchen, das in den schönsten Herbstfarben erstrahlte, grenzte an eine Weide, die von allen Seiten mit uralten Steinwällen eingefasst war. Hier und dort standen auf der Grasfläche einsame Eichen, wie jahrhundertealte Zeitzeugen, bodenständig und unbeugsam. Auf der gegenüberliegenden Seite erblickte Jenna eine schmale Straße, deren Rand von Ahornbäumen und Birken gesäumt war. Versteckt vor einem der ersten Bäume der Allee, entdeckte sie das Straßenschild, dem ihre Haltestelle den Namen verdankte: Staplefield Road.

Jenna atmete tief durch und setzte einen Fuß vor den anderen, bis sie die Straße, die im Moment wie ausgestorben wirkte, überquert hatte. Was machte sie hier eigentlich? Was erwartete sie, hier vorzufinden? Antworten auf die Frage, warum ihre Mutter nicht mehr da war? Antworten auf die Frage, was ihre Mum zu verbergen versucht hatte? Jenna konnte sich gut an den schmerzhaft verzerrten Gesichtsausdruck erinnern, den ihre Mum nicht unterdrücken konnte, als Jenna sie als Kind einmal auf ihre Familie angesprochen hatte. Es war nur ein Moment gewesen, bis sie ihre Fassung wiedererlangt hatte. Aber dieser Ausdruck hatte sich in Jennas Seele eingebrannt. Er zeugte von einem Schmerz, den sie nun selbst genau kannte – seitdem Mum nicht mehr da war. Was war nur geschehen?

Sie würde es herausfinden – koste es, was es wolle!

Jenna bog in die einsame Allee ein, steckte sich ihre Bluetooth-Kopfhörer in die Ohren und schlug sich den überlangen Schal ein weiteres Mal um den Hals. Sie atmete den Duft von feuchtem Laub und frischer Erde ein und ließ ihren Blick über den in ein zartes Grau verhüllten Himmel wandern. Langsam bewegte sie sich vorwärts, und genoss die Symphonie der Sinne, die sie mit ihrer Anmut und Melancholie gleichermaßen einhüllte. Ihre Playlist spielte gerade *Wake me up, when September ends* von Green Day, als ein Teil der Wolkendecke aufriss. Jenna liebte den Herbst. Sie beobachtete, wie die goldenen Sonnenstrahlen auf den herabfallenden Blättern reflektierten, die von der leichten, kühlen Brise aufgewirbelt wurden. Die Natur bäumte sich zu einem Farbspiel aus warmen Rottönen, leuchtendem Orange und tiefen Brauntönen auf, bevor sie sich langsam endgültig für den Winter zur Ruhe begeben würde.

Jenna

— ELF —

Das eiserne Hoftor, das einladend offen stand, gewährte Jenna Einblick in einen großzügigen gepflasterten Innenhof, der eindeutig als Parkplatz diente. Alles wirkte gepflegt und gar nicht verlassen.

Das daran anschließende eindrucksvolle Herrenhaus bestand aus vier Flügeln, die um den zentralen Innenhof angeordnet waren. Jeder Flügel bezauberte mit individuellen Details und Verzierungen, die dem Gebäude seinen klassischen, viktorianischen Charakter verliehen. Am meisten faszinierten Jenna an dem roten Backsteingebäude die großen, teilweise fast raumhohen weißen Schiebefenster, die jede Menge natürliches Licht in die Räume strömen ließen. Die neun Schornsteine, welche sie bereits viele Male auf dem Foto betrachtet hatte, wirkten hier, umgeben von dieser malerischen Herbstlandschaft, ehrfurchtgebietender als auf dem Bild. Sie zog ihr Handy heraus, ignorierte die Nachrichten und schoss ein paar Fotos von dem Herrenhaus und der Umgebung.

Jenna konnte nicht umhin, sich einzugestehen, dass sie sich alles etwas anders vorgestellt hatte. Hatte sie etwa ein verlassenes Spukhaus mit eingeschlagenen Fenstern, von der Decke hängenden Fledermäusen und Spinnweben erwartet? Was sie vorfand, war alles andere als das! Hier sprudelte das Leben! Auf dem Parkplatz waren mehrere PKWs und ein Kleinbus abgestellt. Jenna blinzelte ungläubig und konnte das Gefühl nicht abschütteln, sie hätte anrufen und sich anmelden sollen. Sie schaltete das Handy stumm und steckte es zurück in ihre Tasche. Kurz darauf öffnete sich die Haupteingangstür des roten Backsteingebäudes, und zwei junge Frauen in Jennas Alter erschienen lachend auf der Bildfläche. Sie liefen zu einem Nebengebäude rechts vom Parkplatz hinüber. Die Größere von beiden warf Jenna einen flüchtigen Blick zu und lächelte sie kurz an, lief dann zielstrebig weiter zu dem einstöckigen Backsteingebäude. Was war das hier? Eine Schule? Ein Internat? Jenna straffte ihre Schultern, blickte auf die Eingangstür und beschloss, die unsichtbare Grenze des offenstehenden Hoftors zu überqueren. Sie zog die Kopfhörer aus den Ohren, hielt inne und lauschte zunächst auf die Geräusche, die sie umgaben. Dann verwahrte sie die Kopfhörer sicher in der Brusttasche ihres Parkas.

Ihre Schritte waren zögerlich und bedacht, sie blickte ein letztes Mal über die Schulter zurück, als sie sich der Eingangstür näherte und den Treppenabsatz des Empfangs-bereichs erreichte. Musik drang aus dem Raum rechts neben ihr und zog Jennas Aufmerksamkeit auf sich. Anstelle die Treppenstufen zu nehmen, schlich sie zu dem Fenster und warf einen scheuen Blick hinein. Dort stand ein Mann mit einer Gitarre, der einen Song spielte, seine Mimik wirkte weich und entspannt. Neben ihm stand eine Frau, die mit einer samtigen Stimme dazu sang. Ihre Augen waren geschlossen und sie strahlte einen Frieden aus, den Jenna bisher selten so wahrgenommen hatte. Sie erkannte den Song nicht, aber der Stil und der Text erinnerte sie an Musik, die ihre Mum gern im Auto gehört hatte. Jenna spürte eine sanfte Wärme in ihrem Herzen, welche sie das erste Mal nach langer Zeit wieder innere Ruhe erleben ließ. Sie befürchtete, die Bandprobe mit ihrer Neugier empfindlich zu stören, und wich deshalb hastig zurück, als die Frau ihre zuvor geschlossenen Augen öffnete und zum Fenster hinübersah. Ihr Blick gebannt von dem Anblick, der sich ihr bot, tastete sie sich mit ihren Füßen rückwärts, um aus dem Sichtfeld des Fensters zu kommen. Jenna ließ ihre Augen über das imposante Anwesen wandern und vergaß dabei, auf den Boden unter ihren Füßen zu achten. Der Absatz ihres Stiefels blieb an der Beetbegrenzung hängen, sie verlor das Gleichgewicht und landete mit einem dumpfen Aufprall rücklings auf dem Schotter.

»Aua! So ein Fu…!« Ihr Fluch wurde abrupt von dem wiehernden Lachen einer Baritonstimme im Keim erstickt, und Jennas Kopf wirbelte herum.

»Na, na, na, wer ist denn da so neugierig?!« Die tiefe, freundliche Stimme gehörte zu einem Mann, der die Weisheit und Lebenserfahrung eines Fünfzigjährigen mit der charmanten Fülle und Heiterkeit eines Genießers zu kombinieren schien. Sein Bart wirkte wie ein meisterhaft gestutztes Kunstwerk und unterstrich seine Persönlichkeit. Der lichter werdende Bereich auf seinem Kopf verlieh ihm eine gewisse Würde und ließ ihn umso interessanter wirken. Gleichzeitig strahlte er eine natürliche Autorität aus, ohne dabei dominant zu sein. Das Leben schien ihn vieles gelehrt zu haben. Doch hatte er seinen Sinn für Humor nicht verloren und sein Lächeln besaß eine Herzlichkeit, die Jennas Unbehagen im Keim erstickte.

Jenna war jedoch kaum in der Lage, auf den Mann zu reagieren, denn da bemerkte sie eine andere vertraute Gestalt neben ihm. Matt! Der einzige Mensch, den sie seit Wochen auf Abstand hielt, weil ihr Herz jedes Mal einen Schlag aussetzte, sobald sie an ihn dachte – etwas, das sie zu vermeiden versuchte. Matt, der neben dem Mann stand, wirkte ebenso amüsiert wie überrascht, als er sie erkannte. Sein Gesicht erhellte sich und seine haselnussbraunen, leicht lockigen Haare wurden vom Wind in seine Stirn geweht. Das breite Grinsen, das in dem Moment so unbeschwert und voller Leben wirkte, löste etwas in ihr aus, dem sie sich nicht entziehen konnte. Der zurückhaltende junge Mann, den sie am Pier kennengelernt hatte, schien hier in dieser Umgebung wie ausgewechselt.

Matt, der sich deutlich um einen ernsten Ausdruck bemühte, trat rasch an ihre Seite, um ihr aufzuhelfen.

»Hey Jen!« Seine Augen strahlten. »Wie schön, dich zu sehen.«

»Matt?« Eine Mischung aus Überraschung und Nervosität überkam sie. Hatte er bemerkt, dass sie ihm bewusst aus dem Weg gegangen war? »Was machst du denn hier?«

Matts Grinsen wurde wieder breiter, als er in die Hocke ging und ihr die Hand reichte.

»Könnte ich dich auch fragen!« Er zwinkerte ihr zu, zeigte offen seine Freude und wirkte dabei vollkommen unbefangen, aber seine Augen verrieten, dass er genau durchschaute, warum sie ihn gemieden hatte. Jenna sah zögernd auf seine ausgestreckte Hand, nicht sicher, ob sie sich über die Schadenfreude der beiden Männer ärgern sollte. Aber dann huschte ihr Blick wieder zu dem Fremden, der sich den Bauch vor Lachen hielt, und konnte nicht anders, als mitzulachen. Sie nahm Matts ausgestreckte Hand an, der sie mühelos zurück auf die Füße zog. Die Wärme seiner Hand legte sich langsam wie eine Decke auf ihre und vermittelte ihr ein Gefühl der Sicherheit und Geborgenheit. Für einen Moment vergaß Jenna, weshalb sie hier war, und ihre Sorgen wirkten weit weg. Matt hielt sie etwas länger als nötig fest. Sein Blick suchte ihren, dann drückte er noch einmal sanft ihre ausgekühlte zarte Hand, schenkte ihr ein Lächeln, das seine Augen erreichte, und ließ sie dann langsam los. Der Verlust der wohltuenden Wärme riss Jenna aus ihrer Tagträumerei.

»Hatte ich dir nicht von dem alten Herrenhaus erzählt, nach dem ich auf der Suche war? Offenbar ist es das hier.« Ihr Blick wanderte kurz zu dem alten Anwesen, dann zu dem älteren Mann, der sie aufmerksam musterte und wieder zurück zu Matt. »Aber wie kommst du hierher?«

Matts Mimik blieb unergründlich, als er sich zu dem anderen Mann umdrehte.

»Das ist mein Onkel Richard«, erklärte er, wieder an Jenna gerichtet. »Er leitet den Campus hier.«

Jenna blinzelte aufmerksam, als sich die Puzzleteile langsam ineinanderfügten.

Die verwandtschaftliche Verbindung erklärte Matts Anwesenheit und auch ein wenig die familiäre Atmosphäre, die sie hier wahrnahm.

»Ein Campus? Ich hab schon vermutet, es könnte eine alte Schule oder so sein.« Ihr Staunen war nicht zu übersehen, als sie neugierig fragte:»Was für ein Campus?«

Richard, der sich wieder beruhigt hatte, kam lächelnd zu ihnen.»Freut mich, dich kennenzulernen, Jen. Wir sind ein kleines, privates theologisches Institut, das sich auf besondere Lehrmethoden spezialisiert hat. Aber dieses Manor hat noch weitaus mehr zu bieten, als Vorlesungssäle. Wir haben einen Ort geschaffen, in dem wir leben, was wir lehren, und jungen Menschen aus aller Welt, die sich mit ihrem Glauben auseinandersetzen wollen, die Gelegenheit geben, das Gleiche zu tun. Komm doch mit rein, ich führe dich gerne herum, wenn du möchtest, und eine traditionelle Tasse Earl Grey dazu kann nicht schaden.«

Jennas Neugier wuchs. Das war ihre Chance, mehr über diesen Ort und seine Geheimnisse zu erfahren. Unabhängig davon genoss sie die unerwartete Gesellschaft.

Kaum hatten sie die schwere Eichentür hinter sich geschlossen, empfing sie eine unablässige Melodie aus heitererem Lachen und eiligen Schritten auf den alten knarrenden Holzdielen. Richard führte sie durch das Foyer unter einem riesigen Kristallkronleuchter hindurch zu einer majestätischen hölzernen Treppe.

Sie passierten geräumige Gemeinschaftsbereiche mit hohen Decken und stilvollen viktorianischen Verzierungen. Viele der Zimmer waren mit antiken Möbeln und Dekorationen ausgestattet. Auf den rustikalen Kommoden und Tischen lagen Notizen verstreut und Laptopkabel hingen wie moderne Efeuranken von den Möbeln. Andere dagegen waren mit modernem Equipment versehen, die auf größere Veranstaltungen hindeuteten. Die Räume waren erfüllt von ausgelassenen Gesprächen und lebhaften Diskussionen, die Jenna mit ihrer Lebensfreude ansteckten. Sie erreichten die Treppe und beim Hinaufsteigen vermischte sich die moderne Musik, die aus den Lautsprechern in einem der Räume an ihr Ohr drang, mit dem typischen Knarren der alten ausgetretenen Treppenstufen. Sie liefen an den brusthohen Wandvertäfelungen aus Mahagoni vorbei, und Jenna ließ ehrfürchtig ihre Hände daran entlangstreifen.

»Die Räume hier haben alle ihre eigenen Geschichten«, fuhr der Hausherr fort, »und sie tragen Namen, die diese Geschichten bewahren.«

Richard öffnete ihnen die schwere Tür zu einem Raum, dessen Wände vollständig mit dunkelbraunem Leder verkleidet waren. Massive Ledersofas, deren Polster so tief und weich waren, dass sie den Anschein erweckten, man könnte für immer in ihnen versinken, standen überall im Raum verteilt.

»Willkommen im Leather-Room«, erklärte Matt mit einer einladenden Handbewegung, als sie eintraten.

Jen hob eine Augenbraue und grinste, ihre Stimme leicht ironisch, als sie antwortete: »Wie passend.« Richard zog sich ohne ein weiteres Wort zurück, um den versprochenen Tee zu holen, und ließ Jenna mit Matt allein. Die schwere Tür fiel ins Schloss und augenblicklich erfüllte eine fast greifbare Stille den Raum. Jenna betrachtete staunend das beeindruckende Ambiente, bis ihr Blick auf Matt landete.

Er hatte sie seit dem Betreten des Zimmers nicht aus den Augen gelassen.

Sein Blick studierte sie eindringlich, doch er löste bei ihr kein Unbehagen aus, es lag eine Sanftmut und Zuneigung darin.

»Jen«, begann Matt nahezu flüsternd, »es ist unglaublich schade, dass wir uns in der Uni so selten über den Weg laufen.«

Ertappt! Sie versuchte, ihre Befangenheit mit einem Lächeln zu überspielen, doch in ihrem Inneren tobten widersprüchliche Gefühle, die sich kaum kontrollieren ließen. So locker, wie möglich, antwortete sie: »Ja, ist eine Weile her«, und setzte sich auf das breite Ledersofa. Kaum hatte sie Platz genommen, versank sie tief in den weichen Polstern, als würde sie von dem Möbelstück verschluckt werden.

»Es tut gut, dich wiederzusehen, Jen.« Seine Stimme klang sanft und beruhigend.

Jenna wich seinen ernsthaften, beharrlichen Augen jetzt nicht mehr aus, und am Ende huschte ein ehrliches Lächeln über ihre Lippen.

Matt ließ die Spannung seiner Worte zwischen ihnen im Raum hängen und nahm neben ihr auf dem Sofa Platz, was Jenna wieder auf eine annehmliche Sitzhöhe katapultierte. Er setzte sich lässig mit ausgestellten Beinen hin, berührte sie zwar nicht, aber sie spürte seine Körperwärme neben sich. Und wieder war da dieses Gefühl von Sicherheit und Geborgenheit, das Jenna umgab. Wie sollte sie ihm erklären, warum sie in den letzten Wochen an der Uni so gut wie unsichtbar gewesen war? Sie hoffte inständig, dass er diese Frage nicht stellen würde. Fieberhaft überlegte sie, was sie sagen könnte, um das Thema von der Uni abzulenken, und begann mit dem Naheliegenden.

»Ich hätte nicht gedacht, dass du in dem Herrenhaus, das ich gesucht habe, regelmäßig ein und aus gehst.« Jennas Worte klangen verwundert.

»Wir hatten leider nicht die Gelegenheit, über den Namen des Manors, das du suchst, zu reden.«

»Oh. Den kannte ich nicht«, erklärte sie eilig. *Mist. Das mit dem Themenwechsel ging wohl daneben!*

»Du warst im Café so schnell verschwunden ... und seitdem ...«. Matt wurde durch die knarrende Türschwelle und die klirrenden Tassen unterbrochen. Richard betrat, gefolgt von der Frau, die Jenna zuvor beim Singen beobachtet hatte, den Raum. Er stellte ein großes Tablett mit einer Teekanne, einem Kännchen mit Milch und vier bauchigen Tassen auf den Couchtisch vor ihnen ab, und sie setzten sich ihnen gegenüber.

Judith, Richards Frau, strahlte eine mütterliche Ruhe aus, ihre Bewegungen waren achtsam und umsichtig und spiegelten ihren Charakter wider. Ein liebevolles Lächeln spielte stets um ihre Lippen, während sie anderen mit Aufmerksamkeit begegnete.

»Wie schön, dass wir deine Freundin kennenlernen dürfen. Was machst du so, Jenna?«, fragte Judith. Jenna bemerkte, wie Matt bei der Aussage flüchtig zusammenzuckte.

»Oh, wir sind nicht zusammen, wir kennen uns nur aus der Uni. Ich studiere Journalismus und, so wie Matt, Literatur«, beeilte sie sich, das Missverständnis klarzustellen.

Jenna bemerkte Richards väterliche Art Matt gegenüber, der ihn mit einer deutlichen Wertschätzung ansah, und ihr fiel auf, dass Matt sich wieder entspannte. Die beiden Männer schienen eine tiefe Verbindung zueinander zu haben.

»Richard, Sie ...«

»Jenna, bitte, mach' mich nicht älter, als ich bin.« Richard lachte. »Matts Freunde sind unsere Freunde. Bitte lass uns beim Du bleiben.«

»Äh, okay, Richard.« Jenna räusperte sich und musste dann lachen. »Du hast vorhin erwähnt, dass Maplehurst ein theologisches Institut ist. Seit wann ist das so?« Jenna fragte sich augenblicklich, ob bereits ihre Familie in diesem Institut gelebt hatte.

»Oh, seit fünfundzwanzig Jahren«, antwortete ihr Gesprächspartner unmittelbar. »Wir hatten erst in diesem Sommer unsere Jubiläumsfeier.«

»Und was für Studiengänge gibt es hier?« Es waren nicht mehr ausschließlich die Nachforschungen über ihre Familiengeschichte, die Jenna hier beschäftigten. Die ganze Umgebung strahlte etwas aus, das sie nicht benennen konnte, und Jenna würde nicht eher ruhen, bis sie herausgefunden hatte, was es war.

»Alles Mögliche. Wir sind keine klassische Uni. Viele junge Menschen aus aller Welt kommen seit Jahren hier her, um eine Art Sabbatjahr zu machen. Das kann sehr verschieden aussehen. Manche möchten ihr Bibelstudium vertiefen. Dafür bieten wir unterschiedliche Intensivkurse an. Einige bereiten sich auf Auslandsaufenthalte in anderen Ländern vor und besuchen einen unserer Sprach- und Vorbereitungskurse. Wir bieten aber auch Kreativkurse, wie Design, Handwerk oder im musikalischen Bereich an. Alle unsere Studenten verbindet, dass sie Gott tiefgehend kennenlernen, mit anderen gemeinsam ihren Glauben teilen und durch ihr Leben einen Unterschied in dieser Welt machen wollen.«

»Hm, ich nehme an, ich bin dem Glauben eher nicht so nah, aber das hört sich nach einem spannenden Konzept an.« Jenna überlegte kurz. »Kann man hier auch eine Art Abschluss machen?«

»Natürlich. Die theologischen Kurse und Sprachkurse sind weltweit anerkannt«, erwiderte Richard.

»Ich könnte hier also auch meine Griechischkenntnisse ausbauen?«, sprach Jenna einen flüchtigen Gedanken laut aus.

Richard grinste und nickte zufrieden. »Ich biete auch einen Griechischkurs an.«

Die vier setzten ihr Gespräch in angenehm lockerer Atmosphäre fort. Jenna erzählte ihnen, was sie bewegt hatte, an diesen Ort zu kommen. Sie fühlte sich wohl bei diesen Menschen hier. Fast wie Zuhause. Nicht *ihr* Zuhause, aber doch *ein* Zuhause. Ein Ort, an dem sie einfach sie selbst sein konnte – ein Ort, der ihr Sicherheit gab. Judith und Richard boten Jenna an, sie bei ihren Nachforschungen zu unterstützen. Richard erinnerte sich sogar daran, dass eines der noch nicht renovierten Cottages auf dem Grundstück als Lager für gut erhaltene Möbel, Bücher und Unterlagen genutzt wurde, deren Wert noch ermittelt werden sollte. Jenna erfuhr, dass das verlassene alte Herrenhaus vor fünfundzwanzig Jahren mitsamt Inventar bei einer städtischen Auktion aufgekauft wurde. Es hieß, die Besitzer seien verstorben und die Suche nach den rechtmäßigen Erben sei fünf Jahre lang erfolglos geblieben. Eine komplizierte Verstrickung aus Schulden und Nachlasssteuern habe dann dafür gesorgt, dass das Anwesen der Stadt zufiel, welche es in besagter Auktion zu einem Spottpreis an gemeinnützige Institute zur Versteigerung anbot. Auf diese Weise war das Anwesen in den Besitz von Richard und Judith gekommen, die daraufhin den Campus gründeten. Richard stand auf und verließ erneut den Raum.

Die Besitzer waren verstorben und keine Erben auffindbar? All diese unverhofften Informationen warfen im Moment mindestens so viele Fragen auf, wie sie beantworteten. Wie war es soweit gekommen? Waren ihre Großeltern die Vorbesitzer und wäre ihre Mum die rechtmäßige Erbin gewesen?

Innerhalb kürzester Zeit kehrte Richard, mit einem dicken Buch in einem dunkelbraunen Softcover-Ledereinband unter dem Arm, wieder zurück und unterbrach damit ihre Überlegungen. Er setzte sich und schlug das Buch auf. Auf der ersten Seite befand sich eine kleine Broschüre über Maplehurst Manor.

Es handelte sich um einen Flyer zum Jubiläum des Campus' im vergangenen Sommer, in dem einige historische Eckdaten des Anwesens und Veränderungen der letzten fünfundzwanzig Jahre erläutert wurden. Jenna bat darum, den Flyer mit ihrem Handy abfotografieren zu dürfen, und Richard willigte ein. Die Fotoqualität litt unter dem Zwielicht, das mittlerweile trotz der großen Fenster den Raum nur noch unzureichend erhellte, und Jenna sah auf die Uhr. Mist! Es war schon halb sieben!

»Ich glaube, ich habe meinen Bus verpasst«, realisierte sie erschrocken.

Die Busse hier in der Umgebung fuhren leider nur im Stundentakt, und der Letzte war vor genau zehn Minuten abgefahren.

»Ich nehme dich nach dem Abendessen mit nach Brighton«, antwortete Matt, ohne zu zögern, in einem entschlossenen Ton, der selbst Richard und Judith zu verblüffen schien. Die beiden erhoben sich daraufhin aus ihren Sesseln und warfen einander fragende Blicke zu. Matts Entscheidung, heute Abend zurück nach Brighton zu fahren, überraschte die beiden Gastgeber offensichtlich, und Jenna fragte sich, ob Matt oft hier zu Gast war, oder ob es einen konkreten Anlass gab.

»Jenna, du bist nach diesem anstrengenden Tag sicher hungrig. Willst du mich in den Speisesaal begleiten? Dann können wir uns ein wenig unterhalten und die beiden Männer können ein paar Kleinigkeiten klären, bevor ihr nach Brighton fahrt«, schlug Judith vor. Jenna nahm die Einladung dankbar an. Sie hatte seit dem Morgen nichts gegessen, und bei dem

Gedanken an ein warmes Gericht lief ihr das Wasser im Mund zusammen. Jenna erhob sich von dem riesigen Sofa und gesellte sich an Judiths Seite. Ihr entging dabei nicht, dass Richards forschender Blick auf Matt ruhte, der ihm nach einer Weile unbeirrt zunickte. Er lehnte sich weiterhin relaxt gegen die Seitenlehne des braunen Ledersofas und machte keine Anstalten aufzustehen. Etwas Ungreifbares in Matts Mimik beunruhigte Jenna. Doch ehe sie weiter darüber nachdenken konnte, hakte sich Richards Frau bei ihr ein und schob Jenna sanft aus der Tür, die hinter ihnen behäbig ins Schloss fiel und die beiden Männer allein zurückließ.

»Wir haben komfortable Gästezimmer. Ich würde mich freuen, dich bald wieder als Gast bei uns willkommen zu heißen. Unser Haus steht dir jederzeit offen!«, bot Judith an, während sie mit Jenna in Richtung Speisesaal schlenderte. »Bei Tageslicht ist es einfacher, das Cottage nach Hinweisen zu der Vergangenheit deiner Familie zu durchforsten. Und manche Dinge benötigen einfach den richtigen Zeitpunkt und viel Gebet. Alles hat seine Zeit. Ich bin froh, dass du heute hierhergekommen bist und wir uns begegnet sind, Liebes!«

Perplex von den klugen Worten dieser so warmherzigen und offenbar tiefgläubigen Frau stimmte Jenna zu. Sie würde so bald es ging wiederkommen. Jedoch würde das noch ein paar Wochen warten müssen. Heute war ihr letzter freier Tag vor einem sechswöchigen Lernmarathon, an dessen Ende sie acht Klausuren erwarteten. Ihr Ziel war es, das Anwesen in seiner vollen Pracht gesehen zu haben und sich davon zu überzeugen, dass es diesen Hinweis auf die Vergangenheit ihrer Mum tatsächlich gab. Heute so weit zu kommen, hatte sie nicht zu träumen gewagt. Zufrieden atmete sie tief ein und bemerkte dabei das verschmitzte Lächeln, das kurz auf Judiths Lippen tanzte, bis sich auf ihren Wangen kleine Grübchen bildeten.

Sie erreichten den Speisesaal, der mit circa 30 jungen Menschen zur Hälfte gefüllt war, die alle aßen und in Gespräche vertieft waren. Ein allgemeines, entspanntes Gemurmel und Stimmengewirr erfüllte den Raum. Es wurde gelacht und herumgekaspert, und dieser Ort hatte sofort etwas Heimeliges. Jenna tauchte direkt in die Umgebung ein, als ob sie dazugehören würde. Sie reihte sich gemeinsam mit Judith in der Schlange der Essensausgabe ein und bekam einen Teller Spaghetti Bolognese in die Hand gedrückt. Dankbar für das warme Essen folgte sie Judith an einen Tisch am Ende des Saals, der vor einem halbrunden Erker mit Buntglasfenstern stand. Sobald sie saßen, griff Jenna zum Besteck und wollte schon die erste gefüllte Gabel in den Mund schieben, als ihr auffiel, dass Judith die Augen geschlossen hatte. Es gab einen Moment der Stille, in dem Jenna nicht wagte, sich zu rühren und wie erstarrt auf halbem Weg innehielt. Judith sprach ein Tischgebet, das sich eher wie ein Dank an eine vertraute Person anhörte, was Jenna irgendwie an ihre Kindheit erinnerte. Judith öffnete ihre blauen Augen und lächelte Jenna an.

»Sorry, ich wusste nicht ...«, entschuldigte sich Jenna, doch Judith fiel ihr ins Wort.

»Ist schon gut Liebes, das passiert mir ständig. Mir ist nur wichtig, Gott für die scheinbar selbstverständlichen Dinge dankbar zu sein. Denn wer weiß schon, was morgen kommt?

Leben wir nicht alle aus der Gnade des Einen, der alles in der Hand hält?«

Diese Worte hallten wie ein Echo in Jennas Gedanken nach. Sie fragte sich, ob sie selbst je wieder den Mut finden würde, zu beten. Aber die selbstverständliche Art, wie ihre Begleiterin ihren Glauben lebte, brachte tief in ihrem Herzen eine Saite zum Schwingen. Nach einer Weile entdeckte sie Richard und Matt an der Essensausgabe und bemerkte, wie Judith ihnen ein Zeichen gab, sich zu ihnen zu gesellen.

Eine gute dreiviertel Stunde später begaben sich Matt und Jenna satt und müde in einem schwarzen Mini auf den Heimweg.

Matt

Als die schwere Tür des Leather-Rooms ins Schloss fiel, setzte sich Richard erst einmal neben seinen Neffen auf das Sofa und nahm ihn tröstend in den Arm. Matts Schultern sanken nach unten, als er spürte, wie ein Teil der Anspannung seinen Körper verließ. Er hatte mit Richard bereits über den Grund seines Besuchs gesprochen, wertvollen Rat und die Zusicherung der Unterstützung seines Onkels erhalten. Er machte sich große Sorgen um seinen Vater, dessen Gesundheitszustand sich seit Wochen immer mehr verschlechterte. Mittlerweile hatten die beiden einen Plan, wie sie William zum Arzt bringen wollten.

Da war noch etwas, das Matt beschäftigte, und Richard war der Einzige, dem er genug vertraute, um diese Frage zu thematisieren.

Die Zeit, die er hier in Maplehurst verbrachte, hatte ihn ins Nachdenken gebracht. Aber über eine Sache war er immer wieder gestolpert und konnte sie nicht richtig fassen. Wer war dieser Jesus, über den die Bibel, die Richard ihm zu Lesen gab, berichtete, wirklich? Und konnte es sein, dass er es war, der ihm in dieser düsteren Nacht das Leben gerettet hatte?

Er wählte seine Worte mit Bedacht, wollte sich mit seinen Fragen nicht blamieren. Umso mehr verblüffte und faszinierte ihn daraufhin Richards Reaktion.

»Davon bin ich überzeugt«, begann Richard, während er es sich auf dem breiten Ledersofa bequem machte. »Jesus ist Gott selbst, der als Mensch zu uns kam und uns die einzige Hoffnung auf Rettung schenkte, denn die Bibel lehrt uns genau das. Gott wurde Mensch, weil wir ihn in seiner ganzen Größe und Herrlichkeit sonst überhaupt nicht fassen könnten. Deshalb glaube ich auch, dass es Jesus war, der dir in dieser Nacht begegnet ist.«

»Was macht dich da so sicher?«

»Weil Jesus selbst sagte, dass er der einzige Weg für unsere Rettung sei. Er sagte: ‚Ich bin der Weg und die Wahrheit und das Leben; niemand kommt zum Vater außer durch mich.‘

Durch seinen stellvertretenden Tod am Kreuz tat er das, wozu wir selbst nicht in der Lage sind. Er bezahlte den Preis für unsere Sünden und durch seine Auferstehung hat er die Macht des Todes über uns besiegt und uns den Weg zum ewigen Leben gezeigt.«

Der Weg ... da waren sie wieder. Diese Worte, die er damals in der Dunkelheit gehört hatte, und die dafür sorgten, dass die Schatten, die ihn vorher fest in ihren Klauen gehalten hatten, von ihm gewichen waren.

»Aber was macht dich da so sicher?«, bohrte Matt weiter. Er hatte schon viele innere Kämpfe in seinem Leben ausgefochten, aber dieser – der Kampf gegen seine eigenen Zweifel – war der schwerste.

»Jesus erfüllte die Prophezeiungen des Alten Testaments, die den Retter ankündigten. Seine Geburt, Leben, Tod und Auferstehung wurden von den Propheten vorhergesagt und von ihm erfüllt. Wusstest du, dass über dreihundert Prophezeiungen im Alten Testament durch Jesus eingetreten sind? Die Wahrscheinlichkeit, dass eine einzige Person alle diese prophetischen Worte erfüllt, ist mathematisch gesehen praktisch unmöglich! Das stärkt meinen Glauben daran, dass Jesus Gott ist.« Richard lächelte ruhig und ließ den Moment wirken, als ob er genau auf diese Fragen gewartet hätte. Richard hatte sein Leben der Aufgabe gewidmet, den Mysterien der Bibel auf den Grund zu gehen und diese verständlich zu erklären. Das war auch der Grund, warum Matt das Gespräch mit seinem Onkel so wichtig war.

»Also glaubst du, dass Jesus die einzige Hoffnung für die Menschheit ist?« Matts Geist war von Fragen durchdrungen.

»Ja, genau. Die Bibel sagt, dass Gott die Welt so sehr geliebt hat, dass er seinen eingeborenen Sohn gab, damit jeder, der an ihn glaubt, nicht verlorengeht, sondern ewiges Leben hat. Man könnte auch sagen: seinen einzigartigen, besonderen Sohn – den Einzigen, der Gott, den Vater, so gut kennt und repräsentiert, dass er uns greifbar zeigen kann, wie groß seine Liebe zu uns ist. Durch seinen stellvertretenden Opfertod am Kreuz hat er den Preis für die Sünde bezahlt, die uns von Gott trennt und seine Auferstehung hat die Macht des Todes über uns besiegt. Durch Jesus haben wir die Möglichkeit, gerettet zu werden und ewiges Leben in Gottes Gegenwart zu finden.«

»Das klingt alles sehr überzeugend. Aber was ist mit denen, die an andere Religionen oder Glaubensrichtungen glauben?«

»Jeder hat die Freiheit, zu glauben, was er will, aber als Christ glaube ich fest daran, dass Jesus die einzige Hoffnung auf Rettung ist. Seine Liebe und sein Opfer sind für jeden da, und jeder, der an ihn glaubt, kann Vergebung und ewiges Leben finden. Du weißt schon so viel Matt. Lass es von deinem Verstand in dein Herz sinken und warte mit deiner Entscheidung nicht zu lange. Die Zeit ist reif. Er wird wiederkommen, wenn wir es am wenigsten erwarten.«

Matt rieb sich langsam das Kinn und runzelte die Stirn. All das musste er erst einmal sacken lassen.

»Ich fühle mich ein wenig wie in einer Nebelwolke. Als ob der Weg zu Gott mit Nebel verschleiert ist«, versuchte Matt, seine Gefühle in Worte zu fassen.

»Vielleicht führt der Weg durch den Nebel zu etwas Wundervollem, mein Junge …«, erwiderte sein Onkel mit einem Lächeln.

Die beiden Männer beendeten ihr Gespräch fürs Erste und schlossen sich den beiden vorausgegangenen Frauen im Speisesaal an.

Vor circa sechs Jahren ...

Nach seinem Schulabschluss wohnte Matt den Sommer über an dem Campus in Maplehurst Manor und ging seinem Onkel rund um das Anwesen zur Hand. Ein Sommer, der ihm Zeit gab, darüber nachzudenken, was er im Leben erreichen wollte. Eine Zeit, die sein Leben unvorstellbar auf den Kopf stellte. Ein Leben, das ungeplant ein Reset bekam.

Matt brachte sich auf dem Campus ein, packte an, wo Hilfe gebraucht wurde, und verbrachte einige Zeit an der Seite seines Onkels.

Hautnah mitzuerleben, welchen unerschütterlichen Glauben sein Onkel und seine Tante hatten, und die Erlebnisse, die sie von ihrem Auslandsaufenthalt in Tansania mitgebracht hatten, erzählt zu bekommen, hinterließen einen tiefen Eindruck und weckten seine Neugier. Matt begann in jeder freien Minute in Richards Bibel zu lesen. Vieles von dem, was er las, faszinierte ihn, auch wenn er den Kontext nicht genau verstand. Sein Onkel erklärte ihm die Hintergründe, weshalb der Name des alten Volkes nicht mehr ausgesprochen werden durfte. Spätestens an dem Punkt war sein Interesse für die historischen Zusammenhänge des alten Volkes geweckt, und er entschied, etwas in der Richtung zu studieren. Richards und Judiths Campus für junge Erwachsene wurde für ihn zu einem zweiten Zuhause. Die Studenten kamen aus der ganzen Welt, um hier ein Jahr intensives Sprachtraining in unterschiedlichen Sprachen zu erhalten und die Bibel zu studieren. An den öffentlichen Universitäten wurde Theologie nicht mehr als offizieller Studienlehrgang angeboten, aber es gab vereinzelte Privatschulen, wie diese hier, die sich auf Spendenbasis finanzierten. Manche der Studenten nutzten dieses Jahr, um sich auf Missionseinsätze im Ausland vorzubereiten. Anderen diente dieser Ort als persönliche Auszeit und Zeit zum Bibelstudium.

Mitte August klopfte seine Vergangenheit plötzlich wieder bei ihm an. Matts Handy klingelte und Zachs Name erschien auf dem Bildschirm. Achtzehn Monate waren vergangen, seit er das letzte Mal von seinem alten Kumpel gehört hatte, und noch länger, seit er ihn zuletzt gesehen hatte. Sofort durchzuckte ihn eine Mischung aus Überraschung und Unglauben.

Matt ließ das Handy in seiner Hand einige Male klingeln, stockte kurz und schaute sich um, bevor er den Anruf wie in Zeitlupe annahm. Er öffnete den Mund, atmete tief durch und meldete sich erst dann.

»Hallo?«

»Hey, Alter, wie läuft's?«, hörte Matt Zachs Stimme am anderen Ende der Leitung.

Matt, weiterhin zögerlich: »Oh, hey Zach. Gut, und bei dir?«

»Bestens, Mann. Hey, ich wollte fragen, ob du heute Zeit hast. Ich dachte, wir könnten uns mal wieder treffen, um der guten alten Zeiten willen«, ließ Zach beiläufig die Katze aus dem Sack.

»Oh, äh, ja, das klingt … cool.« Matt schwieg einen Moment, bis er verdutzt fortfuhr. »Aber, äh, was ist passiert?

Ich meine, wie ... du weißt schon ...« Matt stand da, als ob ihm jemand eine Kopfnuss gegeben hätte, unfähig einen klaren Gedanken zu fassen.

Zach antwortete: »Hey, mach dir keinen Kopf, Bro, alles in Ordnung. Ich wurde vorzeitig entlassen, Mann. Frei wie ein Vogel!« Zachs Stimme klang extrem euphorisch und riss Matt aus seiner überrumpelten Starre. Wollte Zach wirklich so tun, als ob nichts gewesen wäre? Gewissensbisse holten Matt ein. Hätte er sich mehr für Zach einsetzen sollen, um ihn vor dem Knast zu bewahren? Hätte er sich häufiger bei ihm melden sollen? Er hatte alle Verbindungen zu seiner rebellischen Vergangenheit abgebrochen, weil ihn die Konsequenzen seiner Entscheidungen nächtelang quälten, wie Wogen aus Glassplittern in einem stetigen Abwärtsstrudel. Zurückgeblieben waren Narben aus Glas im Ozean der Zeit. Aber es war nicht die Zeit, die ein Herz heilen konnte. Umso mehr wunderte er sich, weshalb Zach so wirkte, als ob er ihm überhaupt nichts nachtragen würde.

Nahezu einsilbig fragte Matt dadurch: »Was? Echt jetzt? Das ist ... krass! Glückwunsch, Mann!« Er konnte die Situation einfach nicht einschätzen.

»Ja, ich weiß, verrückt, oder?« Zach lachte laut. »Also, wie sieht's aus? Treffen wir uns?«

Matt zögerte erneut. »Äh, ja, okay. Wir können uns treffen. Wo denn?«

»An der Strecke beim alten Militärflughafen, später Nachmittag. Wir können ein bisschen abhängen, wie früher, weißt du?«, schlug Zach vor.

Matt atmete tief durch. »Okay, ja, ich ... ich denke, wir sehen uns dann später.«

»Cool, bis dann, Alter.«

Zach beendete das Gespräch und Matt starrte eine Weile völlig perplex auf sein Handy. Wollte er das wirklich? Matt kämpfte mit widersprüchlichen Gefühlen, als schwebte er zwischen zwei Welten. Zach war in seinem Kern ein anständiger Kerl, loyal, nicht nachtragend und trotz all der krummen Geschäfte, die er gedreht hatte, der Typ Mensch, der sein letztes Hemd für seine Freunde gegeben hätte, und irgendwie mochte Matt ihn noch. Er wollte nicht die Art von Freund sein, der sich abwandte, wenn sein Kumpel Mist gebaut hatte. Zumindest musste er abklopfen, wie es Zach ging und was er vorhatte.

Matt erledigte noch ein paar Kleinigkeiten für seinen Onkel und begab sich dann angespannt auf den Weg zum vereinbarten Treffpunkt. Schon von Weitem konnte er Zach und ein paar weitere Leute ausmachen, die bereits am vereinbarten Treffpunkt warteten.

Als Matt Zach schließlich gegenüberstand, war er schockiert.

Der Knast hatte seine Spuren hinterlassen. Zachs Gesicht war gezeichnet von den Strapazen, sein Körper wirkte müde und ausgezehrt. Doch trotz all dem konnte Matt noch immer das Feuer in Zachs Augen sehen, dieses unstillbare Verlangen nach Freiheit und Abenteuer, das sie einst verbunden hatte. Es war, als ob die Zeit stehen geblieben wäre, zumindest für einen Moment.

Zach packte Matt am Ärmel und zog ihn ein wenig von den anderen weg, um mit ihm allein zu reden. In seinem Blick lag eine Mischung aus unstillbarer Leere und Entschlossenheit, und Matt war sich sicher, dass der Kerl vor ihm im Grunde immer noch derselbe war, den er einst gekannt hatte.

»Hey, Matt, ich will ehrlich mit dir sein, Mann. Ich habe jede Menge über die alten Zeiten nachgedacht. Der Nervenkitzel, der Spaß, den wir hatten … vermisst du das nicht auch manchmal?«, fragte Zach geradeheraus. Die Erinnerungen an ihre gemeinsame Zeit als Teenager holten Matt ein. Die Nächte voller Adrenalin, die Risiken, die sie eingegangen waren – all das schien in diesem Augenblick so weit entfernt und doch so greifbar nahe zu sein.

Matt durchschaute bald die wahren Absichten hinter der Einladung zu diesem Treffen. Zach wollte wieder zurück in das Leben, das sie damals geführt hatten – die riskanten Grenzgängertage, die Matt längst hinter sich gelassen hatte.

»Ich weiß nicht, Zach. Ich meine, das war alles cool und so, aber ich hab praktisch beschlossen, dass ich das hinter mir lassen will, weißt du?«, Matt strich sich durch seine Haare und blickte missmutig in die Ferne.

»Aber denk mal dran, wie aufregend es war! Die Freiheit, die Abenteuer! Wir waren unschlagbar!«, Zachs Stimme vibrierte vor Intensität, seine Worte klangen eindringlich und unnachgiebig, ließen Matt keinen Raum zum Nachdenken.

Zach wollte ihn eindeutig wieder als Teil seiner Crew haben, doch Matt konnte das mulmige Gefühl in der Magengrube nicht ignorieren.

»Ja, klar. Aber wir sind jetzt älter geworden, Zach. Ich will mich nicht mehr ständig am Rande des Gesetzes entlanghangeln, verstehst du?«

Matt wollte sein Leben in Ordnung bringen, sich eine Zukunft aufbauen. Die Aussicht auf eine Rückkehr in ein Leben hart an der Grenze zur Straffälligkeit war für ihn keine Option. Matt hatte zu viel zu verlieren und zu hart daran gearbeitet, sein Leben wieder auf die richtige Bahn zu lenken.

»Ich verstehe dich schon, Mann. Aber ich kann nicht anders. Ich vermisse den Nervenkitzel, den wir uns geliefert haben.« Zachs Blick flackerte nervös hin und her, bis er schließlich einen bleiernen Atemzug ausstieß.

»Tut mir leid, Zach.« Matt machte eine bedeutungsschwere Pause. »Ich glaube, ich muss meinen eigenen Weg finden und in meinem Leben andere Prios setzen.« Bei diesen Worten suchte er Zachs' Blickkontakt, doch der wich ihm aus.

»Hey, kein Stress, Mann. Ich versteh, wenn du deine eigenen Wege gehen willst. Aber wenn du jemals was brauchst, bin ich da, okay?«, antwortete Zach, doch sein Lächeln erreichte seine Augen nicht.

»Danke, Zach. Ich schätze das echt. Wir sollten in Kontakt bleiben«, antwortete Matt, als er sich zum Gehen abwendete, unsicher, ob ihm der Kontakt wirklich guttun würde. Er dachte eigentlich, seine Vergangenheit wäre tief begraben gewesen, und es erwischte ihn eiskalt, wie schnell er wieder mit seinen alten Schatten konfrontiert wurde.

»Pass auf dich auf, Zach.«

Matt war bereits ein paar Schritte gegangen, als Zach noch einmal ansetzte.

»Warte, Matt! Ich weiß, dass du deine Gründe hast, aber ich kann nicht einfach so aufgeben! Du kennst mich, das liegt nicht in meiner DNA. Wie wär's mit einem letzten Rennen, Mann? Ein letztes Mal, wie in alten Zeiten?«, Zach war hartnäckig, das musste Matt ihm lassen! Er konnte sich ein Grinsen nicht verkneifen.

Matt blieb stehen und drehte sich wie in Zeitlupe um, sein Blick auf den Boden gerichtet.

»Ein Rennen?«, fragte er ungläubig und konnte ein Seufzen nicht unterdrücken. Er schloss die Augen und erinnerte sich an den Adrenalinkick, wenn die Reifen an der Startlinie durchdrehten. Durchlebte gedanklich den Kampf gegen die Zeit, wenn er sich in Präzision in die Kurve legte und in rasanter Geschwindigkeit durch die Straßen fegte.

Zach antwortete: »Ja, du gegen mich. Wenn du gewinnst, lass' ich dich in Ruhe. Aber wenn ich gewinne ...«

Zach hatte seinen Joker gezückt und setzte jetzt alles auf diese eine Karte! Er unterbreitete Matt einen Deal, der für ihn unwiderstehlich war. Sollte Matt gewinnen, war er ein für alle Mal raus. Sollte Zach das Rennen gewinnen, war Matt der Mann, der in Zukunft für die Gang die Bikes schraubte – ein vermeintlich ungefährlicher Job – und immer nur eine Reifenlänge vom Nervenkitzel entfernt. Matt hielt die Luft an. Ein leises, warnendes Flüstern tief in seinem Inneren ermahnte ihn, dass das Risiko zu groß war und es ihn, wenn es hart auf hart käme, alles kosten würde. Ihm war aber auch klar, dass Zach zu seinem Wort stand, und er schon damals genug gegen ihn in der Hand gehabt hätte, um ihn mit sich abstürzen zu lassen. Einen kurzen Moment fragte Matt sich, ob das leise Flüstern Gottes Stimme war oder einfach nur seine eigenen Gedanken. Er konnte es nicht sagen.

»Zach, ich weiß nicht.« Matt rieb sich die Stirn, als ob er die Zweifel wegwischen könnte.

Als dieser ihm dann auch noch mit einem selbstgefälligen Grinsen sein altes NOS-Kit präsentierte, hatte Zach sein Ziel erreicht. Mit schlagartig trockenem Mund fixierte Matt dieses kleine Gerät, das ihn einst zu unvorstellbaren Geschwindigkeiten getrieben hatte. Er zögerte verunsichert, aber gleichzeitig verlockt, seine Hand auszustrecken und es anzunehmen. Sein Gewissen nagte an ihm, doch Zach schien seine Gedanken zu lesen und überzeugte ihn mit einem vielsagenden Blick auf sein eigenes aufgerüstetes Bike. »Wenn schon, denn schon!«, forderte er ihn augenzwinkernd heraus.

Der Gedanke an ein finales Motorradrennen konfrontierte Matt mit einem moralischen Dilemma. Einerseits wusste er, dass es falsch war, sich erneut in diese Gefahr zu begeben, die sie einst so leichtsinnig gesucht hatten. Andererseits sehnte er sich insgeheim nach der Hochspannung und dem Nervenkitzel, den nur Zach ihm bieten konnte. Die Verlockung nagte sich einen Weg durch seine Selbstkontrolle, und Matt hatte nichts mehr vorzuweisen, was er dagegensetzen konnte.

»Komm schon, Mann. Ein letztes Mal. Was sagst du?«, Zachs Blick war eindringlicher denn je und ließ keinen Widerspruch zu.

»... Okay, Zach. Ein letztes Rennen.« Dieser eine Moment der Schwäche, ein Rückfall in alte Gewohnheiten, und irgendwie ahnte er jetzt schon, dass er ihn lange bereuen würde. Aber genauso war dieser Augenblick ein Ausdruck der unausgesprochenen Versöhnung und tiefen Verbundenheit der beiden Freunde.

Matt griff nach dem NOS-Kit und besiegelte damit ihrer beider Schicksal.

Es war mitten am Nachmittag, als die gesamte alte Crew von Zach auf der Matte stand und die letzten Vorkehrungen für das Rennen getroffen wurden. Matt hatte die Einspritzanlage vorschriftsmäßig installiert, und auch Zach signalisierte, dass er bereit für das große Rennen war, als das Dröhnen seiner Maschine neben Matt die Luft durchdrang.

Die beiden Motorräder wurden in Position gebracht. Matts Körper schien vor Energie zu brennen, als seine Maschine unter ihm wild schnurrte und seine Atmung sich vertiefte. Die Hitze des Asphalts, unter seinen Reifen, erhöhte die Anspannung, während sein Blick sich schärfte und er sich auf die vor ihm liegende Strecke fokussierte.

Das Signal ertönte, und beide Maschinen rasten davon. Matt reagierte instinktiv und blitzschnell, getrieben von dem unbändigen Drang, mit dem NOS-Kit schneller zu fahren, als er es jemals zuvor geschafft hatte.

Auf der Strecke fühlte Matt sich so lebendig wie schon lange nicht mehr. Diese elektrisierende Spannung, den enormen Geschwindigkeitsrausch – das hatte er vermisst. Mit zunehmender Geschwindigkeit, und jedem Meter, den er zurücklegte, schien Matt seine Vergangenheit abzuschütteln. Die Zweifel, die ihn zuvor geplagt hatten, verschwanden im Rückspiegel, und für einen kostbaren Moment war er frei von Sorgen und Bedenken. Es war, als ob nichts anderes zählte, außer ihm, seinem Motorrad und dem endlosen Asphalt vor ihm.

Die Kurven kamen und gingen, und mit jedem Meter erlebte Matt, wie sein Selbstvertrauen wuchs. Die Erinnerungen an die alten Rennen erwachten zum Leben, und er ließ sich von der Euphorie des Augenblicks mitreißen. Es war, als ob er wieder der Teenager war, der einst mit Zach die Straßen unsicher gemacht hatte – unbeschwert, furchtlos und frei.

Nur der Bruchteil einer Sekunde, nur ein Augenblick der Unaufmerksamkeit verflog, als das Unvorstellbare geschah. Matt nutzte die günstige Gelegenheit und glitt an Zach vorbei, während sein Herz in seiner Brust wild hämmerte. Als er sich umdrehte, um nach Zach zu schauen, der ihm jetzt folgte, bemerkte er durch Zachs Visier den entsetzten Blick in dessen Augen. Das Brüllen seines Motors wurde von einem ohrenbetäubenden Knall übertönt, als Zach die Kontrolle über sein Bike verlor und sich in einem wirbelnden Chaos aus Metall und Asphalt wiederfand.

Die Welt um ihn herum schien stillzustehen. Matt stoppte geistesgegenwärtig seine eigene Maschine und rannte zur

Unfallstelle, um seinem Kumpel zu helfen. Ihm dämmerte, welche düsteren Folgen seine Entscheidungen an diesem Tag haben könnten. Panik erfüllte sein Herz, als er unter Schock versuchte, die schwere Maschine von Zach anzuheben, unter der er begraben war. Aus der Ferne nahm er wahr, wie fremde Menschen zu ihnen herübergerannt kamen, aber er erkannte keines der Crewmitglieder. Jemand rief, dass der Notarzt unterwegs sei, doch für Matt fühlte es sich wie eine Ewigkeit an, bis er das Hämmern der Rotoren des Helikopters hörte. Ein Mann half Matt, Zach vorsichtig den Helm auszuziehen und ihn zu stabilisieren. Zach war nicht bei Bewusstsein und atmete nicht! Matt ertastete Zachs schwachen Puls und sah die Masse an Blut, welches von der offenen Bauchverletzung stammen musste. Er begann, den leblosen Zach zu beatmen und beobachtete wie in Trance den Mann, der ihm bereits zuvor geholfen hatte. Er hatte die Wunde provisorisch mit einem Druck-verband verschlossen und seine Hand auf die Wunde gepresst, bis die heraneilenden Rettungssanitäter ihn und Matt ablösten. Immer wieder hörte Matt sich selbst beten: »Gott, bitte hilf ihm, bitte hilf ihm ...«, bis Matt verzweifelt auf den Boden sackte und aus der Distanz dabei zusah, wie Zach versorgt und in den Helikopter gebracht wurde.

Mit zittrigen Fingern zog er sein Handy aus der Jacken-tasche und wählte Richards Nummer, der sich sofort auf den Weg zur Unfallstelle machte. Ein Polizist kam auf Matt zu, um den Unfall aufzunehmen, aber Matt konnte seine Gedanken kaum sortieren und keine Aussage machen.

Der tragische Unfall, den Zach schwer verletzt überlebte, zog eine intensive Untersuchung nach sich, um die Ursache des Vorfalls zu klären. Matt, von Schuldgefühlen geplagt, war entschlossen, die Wahrheit ans Licht zu bringen.

Matts Onkel wich nicht von seiner Seite, kümmerte sich um die Anwaltskosten und arbeitete mit Matt die Erlebnisse auf, um ihm zu helfen, das Trauma zu überwinden.

»Wie geht es dir heute, Matt?«, fragte Richard ihn eine Woche nach dem Unfall, als sie zu dritt am Frühstückstisch in Richards und Judiths Wohnung saßen.

»Es ist schwer. Ich kann die Unfallszenen einfach nicht aus meinem Kopf bekommen. Ich fühle mich schuldig und weiß nicht, wie ich damit umgehen soll«, gestand Matt.

»Ich kann verstehen, dass du dich so fühlst und es tut mir so leid, dass du das durchmachen musst. Schuldgefühle sind eine normale Reaktion auf traumatische Ereignisse, aber es ist wichtig, zu verstehen, dass du nicht alleine verantwortlich bist.«

»Aber ich fühle mich, als hätte ich etwas tun müssen, um es zu verhindern. Wenn ich mich nicht auf den Deal eingelassen hätte ...« Matt war klar, dass er nichts an den fatalen Entscheidungen mehr rückgängig machen konnte, egal, wie sehr er es sich wünschte, die Zeit zurückzudrehen. Doch die Verantwortung lastete schwer auf seinen Schultern.

»Es ist verständlich, dass du das denkst, aber es ist wichtig zu erkennen, dass Zach seine eigenen Entscheidungen getroffen hatte und dafür die Verantwortung trägt, so wie du

die Verantwortung für dich und dein Motorrad trägst. Du hattest keine Kontrolle über die Auslöser, die Zachs Sturz verursacht haben. Traumatische Ereignisse sind oft unvorhersehbar und nicht in unserer Macht. Wichtig ist es, aus seinen Fehlern und den Folgen seiner Entscheidungen zu lernen und nach vorne zu schauen.«

»Das fällt mir gerade sehr schwer«, gestand Matt. Seine Stimme brach, als er weitersprach, »Ich hoffe nur, Zach wird wieder ganz gesund.« Er fühlte die Tränen in seinen Augen brennen, doch sie wollten nicht fließen.

Richard legte seinen Arm um seinen Neffen und strich ihm beruhigend über den Rücken. Seine Hände waren stark und gleichzeitig sanft, und er hörte ihm geduldig zu, ohne ihn zu unterbrechen, sein Blick war voller Verständnis und Mitgefühl. Richard war für Matt die Vaterfigur, die er in seinem leiblichen Vater nie gefunden hatte.

»Ich verstehe das. Aber denke daran, dass diese Gefühle verarbeitet und nicht verdrängt werden müssen und du dir selbst und allen anderen vergeben solltest, damit Gott dich heilen kann. Ich bin hier, um dir zuzuhören und dich auf diesem Weg zu begleiten. Du bist nicht allein, und es gibt Wege, um mit diesen Gefühlen umzugehen und allmählich Heilung zu finden.«

»Danke, das bedeutet mir viel«, antwortete Matt mit gesenktem Kopf. Er schien sich in seinen eigenen Gedanken zu verlieren, als unerwartet das Telefon klingelte und Richard den Anruf entgegennahm.

Es war das Büro des Staatsanwalts, das Richard und Matt darüber unterrichtete, was die Zeugenaussagen und forensischen Untersuchungen ergeben hatten. Es konnte geklärt werden, dass der Unfall nicht durch Matts Handlungen verursacht wurde, vielmehr zeigte sich, dass ein technischer Defekt an Zachs Motorrad vorlag, der dazu führte, dass Zach die Kontrolle verlor. Einige unabhängige Zeugen bestätigten, dass Matt verantwortungsbewusst gefahren war und keine gefährlichen Manöver unternommen hatte.

Die Staatsanwaltschaft kam zu dem Schluss, dass Matt keine strafrechtliche Schuld traf. Er wurde von allen Anklagepunkten freigesprochen und konnte sein Leben ohne die Last einer strafrechtlichen Verfolgung weiterführen.

Da sie ihr Rennen auf einer für getunte Motorräder freigegebenen, abgesperrten Strecke durchgeführt hatten, gab es auch für die Tuningausstattung ohne Straßenzulassung keine Anzeige und alle Anklagepunkte wurden fallengelassen.

Erleichtert und dankbar fiel Matt Richard um den Hals, nachdem das Telefonat beendet war.

Matts Motorrad würde trotzdem vorerst in der Garage stehen bleiben.

Obwohl Matt juristisch unschuldig war, trug er trotzdem die emotionalen Narben des Unfalls. Die Gewissheit, dass er nicht für Zachs Verletzungen verantwortlich war, brachte ihm zwar Erleichterung, aber er kämpfte weiterhin mit Schuldgefühlen und Trauer über das Geschehene.

Dennoch gab ihm der Ausgang des Verfahrens die Möglichkeit, nach vorne zu schauen und langsam den Frieden mit seiner Vergangenheit zu finden.

Matt begann, wie geplant, im September sein Studium und genoss das anspruchsvolle Lernpensum als willkommene Ablenkung.

Er besuchte seinen alten Kumpel mehrmals im Krankenhaus, bis es ihm besser ging. Zwei Wochen nach dem Unfall, als Zach endlich deutliche Fortschritte machte und anfing, von seinen Träumen fürs nächste Rennen zu faseln, konnte Matt seine Gefühle nicht länger unterdrücken und beschloss, Zach zur Rede zu stellen.

Mit angespannten Kiefermuskeln konfrontierte er Zach mit seinen Gefühlen.

»Ich kann das alles nicht mehr. Ich muss mit der Schuld leben, dass ich nicht die Eier hatte, deinen Deal auszuschlagen.« Matt stand an Zachs Krankenbett, seine Finger krallten sich in die Lehne des Stuhls vor ihm und er spürte, wie sein Magen sich zusammenzog. »Wir können nicht ständig mit unserem Leben spielen, als ob wir ein zweites in der Tasche hätten! Ich kann nicht einfach weitermachen und so tun, als ob nichts passiert wäre. Und ich werde nicht mit ansehen, wie du dein eigenes Leben zerstörst.«

Zach nickte stumm, drehte sich weg und blickte aus dem Fenster.

»Weißt du Matt, so ein kleines, popeliges Leben wie meins ist doch nichts wert ohne den Nervenkitzel und den Geschwindigkeitsrausch. Ich habe mein Leben lang nichts anderes getan, als mein Limit zu suchen. Wer bin ich noch, wenn das wegfällt?« Sein Lächeln gefror zu einer schmerzlichen Grimasse.

»Und zu welchem Preis, Zach? Ich habe dich dort auf der Straße liegen sehen! Habe Tage in der Angst gelebt, dass du hättest sterben können. Und das alles wegen dieser verdammten Rennen, für diesen verdammten Kick? Und es geht doch nicht nur um die Rennen, das weißt du genau!« Matt schüttelte ungläubig den Kopf und trat einen Schritt zurück.

»Aber das ist es doch, was uns ausmacht, Matt! Das ist unsere Leidenschaft! Und wenn ich schon abtrete, dann wenigstens mit einer Show ...« Zachs Mundwinkel zuckten belustigt.

Waren das wirklich die einzigen Perspektiven, die Zach für sein Leben sah, fragte sich Matt, und der Gedanke daran schnürte ihm die Kehle zu.

»Nein, Zach, das ist nichts als Selbstzerstörung. Ich will kein Teil davon sein und werde auch nicht dabei zusehen, wie du dich selbst in den Abgrund stürzt und andere mit hinunterreißt. Das Risiko ist mir zu groß, jeden Tag in der Angst zu leben, einen Freund zu verlieren, oder selbst im Geschwindigkeitsrausch auf der Strecke zu bleiben.« Matt schüttelte traurig den Kopf. Seine Haltung blieb fest und entschlossen.

»Aber Matt ...«

Matt sah die schmerzhafte Enttäuschung in Zachs Augen und fragte sich einen kurzen Moment, wie viele Freunde Zach nach seiner Zeit im Knast noch geblieben waren.

»Hör zu, Zach, meine Tür wird immer für dich als Freund offen stehen, aber meine Entscheidung steht fest. Ich bin endgültig raus. Ich werde keine Rennen mehr fahren, und ich werde nicht länger dieses Leben leben, das uns früher oder später killen wird. Das ist mein unwiderruflicher Schlussstrich, Zach. Ich hoffe, du verstehst das.«

Mit den Worten drehte Matt sich um und verließ, gleichermaßen erleichtert und enttäuscht, das Krankenhaus.

Am folgenden Tag rief Matt gleich morgens um 8 Uhr beim Hausarzt an und vereinbarte, wie mit Richard besprochen, für seinen Vater, der in Haywards Heath wohnte, einen Check-up-Termin. Im Anschluss daran wählte er die Nummer seiner Mutter, um sie über den Termin zu informieren.

»Hey Mum, ich bin's, Matt«, begrüßte er sie, als sie den Anruf entgegennahm.

»Hallo mein Schatz, was gibt's?«

»Hör zu, ich weiß, Dad wird nicht begeistert sein, aber ich habe für ihn für morgen früh einen Arzttermin ausgemacht. Onkel Richard und ich werden kommen und alles daran setzen, ihn dort hinzubringen. Ich mache mir große Sorgen um ihn.«

Am anderen Ende der Leitung herrschte für einen Moment Stille, bevor Matts Mutter hörbar tief durchatmete. »Ach, Matt ...« Ihre Stimme klang erschöpft, doch auch voller Dankbarkeit. »Ich weiß, wie stur er sein kann, aber es wird Zeit, dass er sich helfen lässt. Vielleicht lässt er mit sich reden, wenn du und Richard gemeinsam kommt. Danke, mein Junge. Ich weiß nicht, wie ich das alleine schaffen würde.«

Jenna
– DREIZEHN –

Die Heimfahrt von Maplehurst Manor nach Brighton verlief entspannt. Eine ungewohnte Vertrautheit erfüllte die Atmosphäre im Auto. Sie unterhielten sich über Unithemen und über Musik und die Zeit verging wie im Flug. Ungläubig warf Jenna einen Blick auf die Uhr, als Matt vor ihrem Studentenwohnheim anhielt, und den Motor abstellte. War die Zeit so schnell vergangen? Einen Moment lang sagte keiner von beiden ein Wort, bis Matt letztlich die Stille durchbrach.

»Weißt du was?« Sein Blick wanderte etwas nervös zu Boden und er schüttelte leicht seinen Kopf, als ob er die Worte erst abwog, bevor er sie mit einem charmanten Lächeln direkt ansah und weitersprach. »Ich würde gerne mit dir in Kontakt bleiben. Darf ich deine Handynummer haben?«

Ihr Puls beschleunigte sich, aber sie versuchte, es zu ignorieren. Nummern auszutauschen war ja nichts Besonderes, beruhigte sie sich.

»Klingt nach einer guten Idee.« Sie nahm sein Handy entgegen, tippte ihre Nummer ein und gab es ihm zurück. Verwundert wurde ihr bewusst, dass dies der erste Moment war, in dem sie Matt an seinem Handy wahrgenommen hatte.

Seine Augen strahlten, als er auf Speichern drückte und sein Handy zurück in die Tasche steckte. »Perfekt. Ich freue mich schon darauf, dich wiederzusehen.«

Mit dem Satz stieg Matt aus dem Auto und schlenderte um den alten schwarzen Mini herum.

Ein amüsiertes Kichern stahl sich von ihren Lippen, als er die Beifahrertür öffnete und sie aussteigen ließ. »Vielen Dank fürs Heimfahren. Vielleicht kann ich mich ja mal revanchieren.« Ihre Stimme stockte plötzlich, und sie presste, ohne es zu merken, die Lippen zusammen. Das war eher unwahrscheinlich, musste Jenna sich eingestehen, da sie nicht einmal einen eigenen Wagen besaß.

»Das habe ich gern gemacht!«, antwortete er leise. Sein Lächeln schien in diesem Moment so zerbrechlich, er schluckte schwer und wandte den Blick ab. Irgendetwas bedrückte ihn, was er die letzte halbe Stunde im Auto erfolgreich überspielt hatte, dachte Jenna.

Ihre Stirn legte sich in Falten, aber sie sagte nichts. Was hätte sie auch erwidern sollen? *Melde dich, wenn du jemanden zum Reden brauchst?* Sie kannte Matt kaum, und war das nicht genau die *Red Flag*, die sie vermeiden wollte? Wäre sie wieder so naiv, die Warnsignale zu übersehen? Was wusste sie schon, was Matt alles beschäftigte?! *Am Ende war es das schlechte Gewissen seiner Freundin gegenüber, das ihn plagte*, erinnerte sie sich und ihr Lächeln verblasste.

»Bis bald«, verabschiedete sich Matt und kehrte auf die Fahrerseite zurück, um einzusteigen.

»Bis bald«, echote Jenna, deren Knie sich butterweich anfühlten, als sie sich abwandte und frustriert mit den Augen rollte.

Sie schüttelte kaum merklich ihren Kopf und lief zur Haustür, ohne ein weiteres Mal zurückzusehen.

Als sie vor der Tür ankam, vibrierte ihr Handy in ihrer Jackentasche. Sie zog es heraus und sah eine Nachricht auf ihrem Bildschirm aufblinken.

UNBEKANNTE NUMMER:

Es war megaschön, dich
heute in Maplehurst zu
treffen. Das hat meinen Tag
total aufgewertet. Danke!
Matt

Jenna lächelte still in sich hinein und spürte, wie die Spannung aus ihren Schultern wich und sich ihre Muskeln lösten. Unwillkürlich drehte sie sich um und legte den Kopf leicht zur Seite, als sie begriff, dass Matt nach wie vor in seinem Auto saß, das am Straßenrand parkte. Sie hob den Kopf, sah ihn an, lächelte kurz und nickte ihm sanft zu, bevor sie sich wieder der Tür zuwandte. Jenna meinte wahrzunehmen, wie er erleichtert ausatmete und seine Miene sich aufhellte. Während sie die Tür entriegelte, überlegte sie, was sie antworten sollte.

Im Schutz des Treppenhauses hielt sie inne, lehnte sich gegen die kalte Wand und tippte ihre Antwort.

JENNA:

Dafür sind Freunde
doch da, bis bald! Jen

»Nein, Jenna!« Ihre Mutter ließ keinen Zweifel an ihrer Entschlossenheit aufkommen. »Wir hatten das besprochen. Wir werden alle gemeinsam auf diese Hochzeit gehen.«

»Aber ich hab keinen Bock darauf, Mum!« Jennas Stimme wurde gellend und zitterte vor Emotionen. »Da sind nur Spießer, ich geh auf Bos Party, da ist wenigstens was los!« Ihre Augen blitzten Kate zornig an, als ihre Blicke sich trafen. Jennas Mutter seufzte tief, sie wandte ihre Aufmerksamkeit wieder auf den Verkehr und riss sofort erschrocken die Augen auf. Von da an geschah alles wie in Zeitlupe. Die Welt um sie herum drehte sich, als das entgegenkommende Auto mit einem markerschütternden Krachen auf der Fahrerseite gegen sie prallte und ihre Mutter aufschrie. Das Knirschen des sich verformenden Metalls um sie herum, erstickte ihre Stimme, während sie in den Straßengraben abdrifteten und das Auto sich überschlug. Der Geruch von Benzin und verbranntem Gummi stach in Jennas Nase, während sie kopfüber in ihrem Sitz gefangen war. Ihre Hände fuhren zitternd über den Sicherheitsgurt, der sie wie ein eiserner Griff gefangen hielt. Einen kurzen Moment dachte sie, langsame Schritte neben dem Autowrack zu vernehmen, doch dann fiel ihr Blick auf ihre Mum.

Panik packte sie, als sie realisierte, dass ihre Mutter bewegungslos neben ihr hing, ihr Kopf zur Seite gedreht. Blut rann aus einer Wunde an ihrer Schläfe. Jenna versuchte mit zitternden Fingern, sie zu erreichen, und schrie ihren Namen, aber ihre Mutter antwortete nicht. Das Handy, das sie gerade noch in der Hand gehalten hatte, war verschwunden. Es war wahrscheinlich im Chaos des Aufpralls durch die Luft geschleudert worden.

Jennas Herz hämmerte so laut in ihrer Brust, dass sie dachte, es würde jeden Moment zerspringen. Tränen brannten in ihren Augen, als sie verzweifelt versuchte, den Sicherheitsgurt zu lösen, doch er schien sich verhakt zu haben, als würde er sie absichtlich gefangen halten. »Mama, bitte wach auf«, flüsterte Jenna, ihre Stimme von Angst und Verzweiflung getränkt.

Draußen hörte sie hastige Schritte von Menschen, die herbeieilten, um zu helfen. Aber es war zu spät. Zu spät für ihre Mutter. Zu spät für sie beide. Dunkelheit schien Jenna zu verschlingen, und sie fühlte sich wie in einem Albtraum gefangen, aus dem sie nicht mehr erwachen würde.

Als die Sanitäter endlich eintrafen, zogen sie Jenna aus dem Auto und versuchten vergeblich, ihre Mutter wiederzubeleben. Jenna blieb nichts anderes übrig, als hilflos daneben zu stehen. Ihr Geist war gebrochen, ihre Seele ein Wirbelwind aus Schock und Trauer. Der Fahrer, der ihnen das angetan hatte, war längst verschwunden, als hätte er nie existiert, und doch blieb sein Einfluss auf Jennas Leben überwältigend.

Eine vertraute Stimme drang durch den Dunst ihrer Traumwelt. Jenna schreckte mit einem Schrei hoch und riss ihre Augen auf, das Echo ihrer eigenen Stimme hallte noch in ihren Ohren. Sie setzte sich mit angezogenen Knien im Bett auf und atmete tief ein und aus, um sich zu beruhigen, bis die Beklemmung langsam nachließ und die Realität zurückkehrte.

Ihre Brust hob und senkte sich heftig, als sie mit Schweißperlen auf der Stirn versuchte, den Atem unter Kontrolle zu bekommen. Der Albtraum hatte tiefe Spuren hinterlassen. Es war, als ob dunkle Schatten ihr Herz umklammerten und ihr einen eiskalten Schauder den Rücken hinunterjagten. Ihr Herz hämmerte wild gegen ihre Rippen, als sie sich an die letzten schrecklichen Bilder erinnerte: den gleißenden Scheinwerfer, das Quietschen der Reifen und den ohrenbetäubenden Knall. Sie erinnerte sich an die Schritte am Unfallort, direkt, nachdem sich der Wagen überschlagen hatte. *War damals jemand dort gewesen und hatte ihnen nicht geholfen?*

Gerade als sie sich verzweifelt mit den Händen durchs Haar fuhr, klopfte es noch einmal leise an der Tür. »Jenna?«, kam Sherahs besorgte Stimme durch die dünne Holztür. »Es ist okay, hab keine Angst, ich bin da.« Ohne eine Reaktion abzuwarten, schob Sherah die Tür auf und kam herein. Das schwache Licht, das aus dem Flur in ihr Zimmer drang, enthüllte Jennas verängstigte Züge, woraufhin sie ihr Gesicht in den Händen vergrub. Sie konnte den besorgten, mitfühlenden Blick ihrer Freundin kaum ertragen und murmelte mit schamerfüllter Stimme, »Sorry«. Es war nicht das erste Mal, dass sie Sherah nachts durch ihre Albträume geweckt und diese sie aufgelöst und verloren vorgefunden hatte. Sherah kam näher und setzte sich aufs Bett, das leise Knarzen des Lattenrosts durchbrach die Stille. »Jenna, du musst dich nicht entschuldigen«, erwiderte sie einfühlsam, während sie sich zu ihr kuschelte und eine Hand auf Jennas Schulter legte. »Es war nur ein Traum. Du bist hier, in Sicherheit.«

Jenna hob den Kopf, und sah Sherah direkt an. In ihren dunklen, sanften Augen lag so viel Verständnis, dass es Jenna beinahe überwältigte.

»Möchtest du darüber reden?« Sherahs Stimme war warm, einladend. Es war nicht die übliche Frage, die man einfach so stellte.

Jenna schluckte schwer, und für einen Moment war es, als ob sie etwas sagen wollte. Die Worte lagen ihr auf der Zunge, doch sie schaffte es nicht, sie herauszubringen. Jenna wusste, dass Sherah bereit war, ihr zuzuhören, und ein Teil von ihr wollte tatsächlich den ganzen Schmerz, die Angst und die Schuldgefühle herauslassen, die sie seit dem Unfall begleiteten. Doch es ging nicht. Die Worte blieben in ihrer Kehle stecken, wie ein Knoten, der sich nicht lösen ließ. Sie hatte Sherah noch nie von dem Unfall erzählt, von der Nacht, die ihre.Welt in ein Chaos gestürzt hatte. Es war zu schmerzhaft, zu real. Sherah schien Jennas Schweigen zu verstehen, die Schwere der Last zu spüren, die ihre Freundin mit sich trug.

»Es muss schlimm gewesen sein«, flüsterte Sherah und strich beruhigend über Jennas Arm. »Ich bleibe bei dir, wenn du magst. Du bist nicht allein.«

Eine einsame Träne bahnte sich ihren Weg aus Jennas Augenwinkel, doch anstatt sie wegzuwischen, ließ sie sie fließen. Sherah hielt sie fest, gab ihr die Sicherheit, die sie in diesem Moment so dringend brauchte.

»Manchmal ... manchmal wünschte ich mir, ich könnte alles einfach vergessen«, murmelte Jenna schließlich, ihre Stimme brüchig, aber ehrlich.

Sherah nickte langsam, als sie antwortete. »Es wird nicht einfach, aber vielleicht ... musst du es nicht alleine schaffen. Ich bin hier, okay? Egal, was passiert, ich bin hier.«

Sie fühlte, wie Sherah sie sanft näher zu sich zog. Die Wärme ihrer Umarmung durchdrang die Kälte, die Jenna immer noch gefangen hielt und sie schluckte. Sie lehnte sich an Sherah, fühlte sich zum ersten Mal an diesem Abend nicht mehr so verloren.

Jenna sah auf, ihre Augen glitzerten im schwachen Licht. »Danke, Sherah«, flüsterte sie, und in diese beiden Worte legte sie all das, was sie nicht aussprechen konnte. Sie war dankbar, dass Sherah sie verstand, ohne Fragen zu stellen, schätzte ihre Geduld und die stille Stärke, die Sherah ihr in diesem Moment gab und war erleichtert, dass sie inmitten all dessen, was in ihr zu zerbrechen drohte, nicht allein sein musste.

Sherah lächelte, ein fürsorgliches Lächeln, das Jenna ein wenig Frieden schenkte. »Komm, leg dich wieder hin«, sagte sie und half Jenna, sich wieder in die Kissen zu kuscheln. »Ich bleibe bei dir, bis du wieder einschläfst. Du bist nicht allein.«

Jenna ließ sich zurück ins Bett sinken, ihr Körper fühlte sich jetzt bleiern, aber nicht mehr so angespannt an. »Du bist die Beste«, murmelte sie, während ihre Augenlider langsam schwerer wurden.

Sherah strich ihr sanft durchs Haar. »Morgen machen wir was Schönes zusammen, okay? Etwas, das dich auf andere

Gedanken bringt. Vielleicht schauen wir uns diesen neuen Film an, von dem alle sprechen.«

Jenna nickte leicht, unfähig, die Müdigkeit weiter abzuwehren. »Das klingt gut«, flüsterte sie, bevor ihr endgültig die Augen zufielen. Die Dunkelheit fühlte sich jetzt weniger bedrohlich an, weil sie von Sherahs Anwesenheit abgemildert wurde.

Jenna
— VIERZEHN —

»Hey Jenna, wie sieht's aus? Kommst du heute Abend mit Lynn und mir ins Kino?«, fragte Sherah nach dem Abendessen, als sie gemeinsam die Küche aufräumten. Diese gegenseitige Unterstützung und Hilfsbereitschaft untereinander stärkte ihren Zusammenhalt und erschuf ein heimeliges Gefühl in ihrer Zweier-WG.

»Das würde ich total gerne, aber ich schreibe am Montag eine wichtige Klausur und muss dringend noch lernen. Das nächste Mal gerne wieder.«

»Oh schade! Aber ich nehm' dich beim Wort, Kleine! Du kannst ja nicht *nur* lernen!« Sherah hob eine Augenbraue und musterte sie argwöhnisch.

Jenna schenkte ihr ein müdes Lächeln und verschwand ohne ein weiteres Wort auf die gemütliche Fensterbank in ihrem Zimmer. Gedankenverloren sah sie aus dem Fenster. War sie noch die Jenna, die sie eigentlich sein wollte? Oder hatte sie durch all die Erlebnisse der letzten Jahre einen Teil von sich verloren? Langsam realisierte sie die Wahrheit: Ja, die Vergangenheit hatte sie geformt und verändert – aber würde sie ihr die Macht geben, zu definieren wer sie in Zukunft sein würde? Sie fühlte sich wie eine Waage, die immer wieder aus dem Gleichgewicht geriet, denn eigentlich genoss sie die Zeit mit den beiden anderen Girls. Der Monat November, der vor ihr lag, stellte Jenna aber vor große Herausforderungen und der Druck, den sie sich selbst machte, trieb sie immer wieder an ihren Arbeitsplatz zurück. Eine Klausur würde in den kommenden Wochen die nächste jagen und Jenna klemmte sich verbissener hinter ihre Bücher als je zuvor. Aber sie fühlte sich immer noch nicht richtig auf ihre Prüfungen vorbereitet, dabei steckte sie längst in der heißen Phase, was das Lernen für die Jahresklausuren anging und hatte ständig Angst davor, zu versagen. Die Erinnerungen an die verhauene Prüfung, nachdem mit Martin alles eskaliert war, holte sie ein, und Jenna bemerkte, wie sie sich innerlich anspannte. Schnell verdrängte sie den Gedanken und nahm sich vor, keine Ablenkungen zuzulassen.

Ehrlicherweise konnte sie stolz auf sich sein, den Universitätswechsel so reibungslos bewältigt zu haben. Aber sie wusste ebenfalls, dass sie sich keinen Patzer erlauben durfte, wenn sie im kommenden Jahr ihr Studium abschließen und als Journalistin arbeiten wollte. Sherah startete immer wieder den Versuch, Jenna dazu zu überreden, sich eine Auszeit zu gönnen und wenigstens an einem Abend am Wochenende wegzugehen – vergebens. Sie mochte ehrgeizig und zielstrebig auf andere wirken, aber ihr eigentlicher Motor waren ihre geheimen Versagensängste. Was, wenn sie ihren großen Traum, als Journalistin um die Welt zu reisen, und den immer größer werdenden Mysterien auf den Grund zu gehen, niemals verwirklichen konnte? Was, wenn sie gar nicht das Zeug dazu hatte? Jenna holte sich eine große Teetasse und setzte sich wieder auf ihren Lieblingsplatz. Sie hatte zwar einen kleinen Schreibtisch, aber dennoch verbrachte sie die meiste Zeit hier zum Lernen. Die Sitzfläche war in den glatten, weißlackierten Fensterrahmen eingelassen, der das gesamte Fenster wie einen kleinen Erker nach außen versetzt wirken ließ und zum Charme und Charakter des Raumes beitrug. Die leicht erhöhte Sitzfläche war wunderbar bequem und weich gepolstert und Jenna hatte im Laufe der Zeit noch das ein oder andere Dekokissen in dezenten Naturtönen ergänzt, welche mit dem Stil und Dekor des Raumes verschmolzen.

Jenna hörte, wie die Eingangstür hinter Sherah ins Schloss fiel, als diese abends zu ihrer Verabredung mit Lynn aufbrach. Sie nutzte das restliche Tageslicht aus, um sich noch einmal die markierten Passagen des letzten Kapitels ihrer heutigen Lektüre zu verinnerlichen und ihre dazugehörenden handschriftlichen Notizen in ihr Tablet zu übernehmen, als das Handy neben ihr klingelte.

»Hallo Papa, wie geht's dir?«, fragte Jenna direkt, als sie den Anruf annahm und das Handy an ihr Ohr hielt.

»Hallo mein Liebling, gut soweit. Und wie sieht's bei dir aus?« Ihr Papa wirkte gelöster als sonst und die Freude darüber zauberte ein Lächeln auf Jennas Gesicht.

»Danke, mir geht's auch gut. Das Lernen ist ziemlich stressig, weil so viele Prüfungen anstehen, aber ich komme voran«, erklärte Jenna ihrem Dad.

»Da habe ich keinen Zweifel, ich bin stolz auf dich.« Jennas Vater war ein Meister darin, zu ermutigen.

»Danke!« Diese Worte taten ihr unheimlich gut, und sie spürte, wie ihre Anspannung langsam nachließ. »Wie läuft es im Café?«, fragte Jenna, um herauszufinden, weshalb ihr Dad so gut gelaunt war.

»Wunderbar! Wir haben eine neue Kaffeesorte ins Sortiment aufgenommen, die extrem beliebt ist. Seitdem kommt einiges an neuer Kundschaft in den Laden«, gab er sein begeistertes Update über die aktuellen Entwicklungen.

»Das sind ja tolle Neuigkeiten! Ich vermisse das Café, die gemütliche Atmosphäre und die Leute.«

Jenna schloss die Augen und stellte sich vor, jetzt Zuhause zu sein.

»Ja, ich vermisse dich auch hier! Aber ich weiß, dass du hart arbeitest, um deine Ziele zu erreichen. Und ich finde es toll, dass du klare Perspektiven für dein Leben hast! Bald sind die Prüfungen vorbei und dann kannst du über Weihnachten nach Hause kommen«, erinnerte er sie an die bevorstehenden Weihnachtspläne.

»Danke, Papa. Das motiviert mich. Ich freue mich schon darauf, dich wiederzusehen.«

Sein Lob gab ihr Mut und Selbstvertrauen, und er stand immer hinter ihr, egal was kam, stellte sie dankbar fest.

»Ich freue mich auch darauf, dich wiederzusehen! Pass gut auf dich auf und denk daran, auch mal Pausen einzulegen. Ruf mich an, wenn du etwas brauchst, okay?«

»Werde ich, Papa. Ich hab dich lieb!«

»Ich hab dich auch lieb, meine Kleine. Bis bald.«

Jenna war froh, dass es ihrem Papa gut ging und Zuhause in Deutschland alles in Ordnung war, legte auf und seufzte kaum hörbar. Sie wünschte ihrem Papa aus tiefstem Herzen eine Frau an seiner Seite. Nicht, dass sie eine Ersatzmutter gebraucht hätte, nichts lag ferner als das! Niemand könnte ihre Mutter ersetzen! Aber sie spürte, dass die Einsamkeit ihren Dad innerlich auffraß. Vielleicht war auch das einer der Gründe, weshalb sie diesen Schritt nach England gehen musste. Ein Paradoxon, aber doch wahr. Sie wusste, dass das Universum ihres Dads sich seit Mums Tod nur noch um sie und das Café drehte. Er würde die Vergangenheit niemals loslassen, würde sich selbst nicht vergeben und heil werden und sich für neue Abenteuer öffnen, solange er den Eindruck hatte, sein kleines Mädchen brauche ihn.

Nach einem großen Schluck aus ihrer Teetasse warf sie einen verstohlenen Blick auf ihr Handy. Keine Nachrichten. Ihre Gedanken drifteten zu Matt, und das erste Mal seit zwei Wochen ließ sie es bewusst zu. Sie hatte erfolgreich jeden möglichen Ablenkungsgrund zugunsten des Studiums ausgeblendet, aber ihr war nicht entgangen, dass Matt die letzten zwei Wochen nicht zu den Literaturvorlesungen erschienen war. Wo war er nur? Sie spürte den vertrauten Knoten in ihrer Brust, als die Erinnerungen zu jenem Abend flogen, an dem sie ihn das letzte Mal gesehen hatte.

Ihre Hand schwebte über dem Handy. Anstatt sich auf ihren Lernstoff zu konzentrieren, beschäftigte sie eine einzige Frage: *Sollte sie Matt schreiben und fragen, wie es ihm ging?* Sie hatte dieses unbestimmte Gefühl, dass etwas nicht in Ordnung war. Zögerlich nahm sie das Handy auf und tippte eine Nachricht, löschte sie aber gleich wieder. Startete einen zweiten Versuch, doch ehe sie diese abschicken konnte, poppte eine eingehende Nachricht auf ihrem Bildschirm auf:

MATT:

Bist du zuhause?

Verwundert löschte Jenna erneut ihren getippten Text und antwortete stattdessen:

JENNA:

Ja, ich bin da.

Es dauerte kaum eine Minute, bis es an ihrer Wohnungstür klingelte. Jenna eilte zur Tür, öffnete und sah Matt mit hängenden Schultern und leerem Blick vor sich stehen. Sein Gesicht war von Schmerz gezeichnet, seine Augen schwer und verweint. Er sah aus, als hätte er seit Tagen nicht geschlafen und strahlte einen Kummer aus, den Jenna nur zu gut kannte. Tief bewegt und ohne weiter darüber nachzudenken, schloss Jenna die Distanz zwischen ihnen und zog ihn in eine tröstende Umarmung. Mühsam hob Matt seine Arme, um ihre Geste zu erwidern, doch selbst diese Bewegung drückte so deutlich Trauer aus, dass sich Jennas Innerstes zusammenzog. Was war nur geschehen?

Die nächsten Stunden waren die emotional intensivsten, die Jenna seit dem Tod ihrer Mutter erlebt hatte. Matt saß anfangs nur teilnahmslos auf ihrem Fenstersims und starrte in die Dunkelheit hinaus. Seine Schultern unter dem unsichtbaren Gewicht seines Kummers gesenkt. Jenna zog sich ihren Schreibtischstuhl heran und setzte sich mit etwas Abstand neben ihn.

»Ich wollte mich früher bei dir melden.« Matt atmete tief aus, bevor er langsam weitersprach, »Es tut mir leid, dass ich es nicht getan habe. Das Leben hat mich einfach überwältigt.« Er schloss die Augen, während Jenna schweigend wartete. »Mein Vater ist gestern gestorben«, flüsterte er schließlich, als er endlich seine Gedanken in Worte fassen konnte. Seine Stimme stockte und er rang nach Worten, als eine Welle von Mitgefühl und Trauer durch Jennas Körper schwappte.

»Oh nein, das tut mir so leid. Was ist denn passiert?« In Jennas Gedanken tobten Erinnerungen an ihren eigenen Verlust an jenem Abend vor sieben Jahren, als sich das Auto ihrer Mutter mit ihr als Beifahrerin überschlagen hatte. Sie schluckte den Kloß der ungelösten Traurigkeit ihrer eigenen Seele hinunter, die sie so lange verdrängt hatte, und konzentrierte sich auf Matts Worte.

»Die letzten zwei Wochen waren die Hölle, Jen. Es ging alles so schnell. Es ging meinem Dad schon seit längerem nicht gut, aber er hatte sich große Mühe gegeben, all das vor uns zu verbergen. Das war auch der Grund dafür, warum ich nach Maplehurst gefahren war, denn ich brauchte Richards Hilfe in der Angelegenheit. Nachdem ich dich an dem Abend nach Hause gefahren hatte, verschlechterte sich sein Zustand so stark, dass meine Mutter in den frühen Morgenstunden den Notarzt rufen musste, der ihn umgehend in die Klinik einwies. Am folgenden Tag fuhr ich, so schnell ich konnte, zu meinem Vater in die Klinik. Es war die Hölle!«

»Konntest du noch mit ihm sprechen?«, Jenna spürte, wie ihr bei der Erkenntnis, was Matt gerade durchmachte, das Blut aus dem Gesicht wich, während leise Tränen ihre Wange herunterliefen. Sie ließ sie laufen, nicht nur vor Mitgefühl für

Matt, sondern auch für sich selbst. Ihre Gedanken überrannten sie wild und ungeordnet. *Warum mussten gerade sie die Menschen verlieren, die sie liebten, und was blieb dann noch, wenn sie gegangen sind?*

»Anfangs öffnete er manchmal die Augen, und ich konnte mit ihm ein paar wenige Worte wechseln, aber nach wenigen Stunden ... er ist in diesen Zustand gefallen, irgendwo zwischen Leben und Tod, verstehst du? Nach und nach haben dann auch seine Organe versagt.« Ein tiefer Schatten lag auf Matts' Gesicht.

»Das ist echt hart. Es tut mir so leid, dass du das erleben musstest. Wie kommst du damit zurecht?«, fragte Jenna sanft.

Matt zuckte mit den Schultern.

»Ich weiß es ehrlich gesagt nicht.« Sie nickte verständnisvoll und wartete, dass er weitersprach. »Es ist surreal, ihn auf diese Weise zu verlieren. Ich war Tag und Nacht im Krankenhaus bei ihm, aber die Ärzte konnten nichts mehr für ihn tun.«

»Das war bestimmt brutal für dich, das alles mit anzusehen.« Jenna spürte, wie sein Schmerz auch sie durchdrang.

Matt machte eine Pause und sah aus dem Fenster ins Leere. Mit der Tasse Tee, die sie ihm eingeschenkt hatte, in der Hand, wartete sie weiter. Als er sich ihr wieder zuwandte, bot sie ihm wortlos die wohltuende warme Flüssigkeit an und er nickte ihr dankbar zu, als er sie entgegennahm. Ihre Augen spiegelten seinen Schmerz wider, ihre Gesten waren voller Trost und Mitgefühl.

»Da wäre so vieles gewesen, was ich ihm sagen wollte«, murmelte Matt, »aber ich fand die richtigen Worte nicht. Ich hoffte wirklich, er wacht wieder auf und mir würde noch Zeit bleiben mit ihm zu reden.« Matt sprach jetzt so leise und wirkte so zerbrechlich, dass Jenna vorsichtig näher rückte, um ihn besser verstehen zu können. Sie setzte sich neben ihn auf den Fenstersims und legte tröstend ihre Hand auf seinen Rücken.

Matt redete weiter, und durch den Schmerz in seinen Worten schimmerte ein wenig Hoffnung. Eine Hoffnung, dass er eine positive Erinnerung an seinen Vater in seinem Herzen bewahren würde.

»Weißt du, wir hatten eine schwierige Beziehung, aber ich habe in den letzten Monaten gelernt, ihm zu vergeben und in ihm die Person zu sehen, die er eigentlich sein wollte.« Matts Stimme wurde dünner und seine Augen glasig, als er zum Fenster hinaussah und hinzufügte: »Ich hätte es ihm so gerne gesagt.«

»Ich bin mir sicher, dein Vater hat deine Liebe gespürt. Die Zeit, die du an seinem Krankenbett verbracht hast, hat lauter gesprochen, dass du ihm vergeben hast, als alle Worte der Welt, die du hättest sagen können, Matt.« Scheinbar hatte sie eine beruhigende Wirkung auf ihn, ihre Stimme klang sanft und tröstend, als Matts Augen ihre suchten. Sein Blick voller Erstaunen, als ob ihre Worte seine aufgewühlten Gedanken eben das erste Mal besänftigt hätten.

Matts Erlebnis erinnerte Jenna unweigerlich an ihren eigenen schmerzhaften Verlust vor einigen Jahren, doch sie unterdrückte die brodelnden Emotionen und konzentrierte ihre ganze Aufmerksamkeit auf Matt, um ihm Halt zu geben und ihn zu unterstützen.

»Danke, Jen. Das bedeutet mir sehr viel.« Seine Augen strahlten ein echtes Vertrauen ihr gegenüber aus und Jenna wünschte sich insgeheim, genauso vorbehaltlos sein zu können.

»Es tut mir so leid, dass du das durchmachen musst. Ich verstehe, wie es ist, jemanden zu verlieren, den man liebt. Wenn du jemanden zum Reden brauchst oder einfach nur Gesellschaft, bin ich hier.«

»Danke ... im Ernst! Es tut gut, zu wissen, dass ich in diesem Albtraum nicht alleine bin.«

Es dauerte eine Weile, in der beide wortlos ihren Gedanken nachhingen, aber dann veränderte sich in Matt etwas nicht Greifbares. Es war, als ob er aus dem Schleier, der ihn vorher umgeben hatte, aufgetaucht war und seine volle Aufmerksamkeit auf Jenna richtete. Er hob eine Augenbraue und seine Augen forschten in ihrem Gesicht, als ob er nach Antworten für unausgesprochene Fragen suchte.

»Was meintest du damit, als du gesagt hast, dass du *verstehst, wie es ist, jemanden zu verlieren, den man liebt,* Jen?«

Sie zögerte, aber dann wurde ihr klar, dass sie an diesem Abend mit ihren Gefühlen genauso wenig allein war, wie Matt. Es war endlich Zeit, darüber zu reden, was passiert war.

»Vor einigen Jahren hatten meine Mutter und ich einen Autounfall.« Ihre Lippen zitterten vor unterdrücktem Schmerz, als sie weitersprach. »Ein vermutlich betrunkener Fahrer verursachte einen Zusammenstoß und beging danach Fahrerflucht. Meine Mutter wurde bei dem Unfall so schwer verletzt, dass für sie leider jede Hilfe zu spät kam.« Jennas Lippen formten ein trauriges Lächeln, als Matt behutsam seine Hand auf ihre legte und sie leicht drückte. »Das tut mir so leid. Das muss schrecklich gewesen sein. Wie alt warst du, als das passierte?«

Sie nickte, Tränen stiegen in ihre Augen. »Ich war fünfzehn, es war eine der schlimmsten Erfahrungen meines Lebens. Mein Vater und ich haben gekämpft, um damit zurechtzukommen, aber es hat uns beide tief verletzt.«

»Das muss für euch beide eine unglaublich schwierige Zeit gewesen sein.« Matt hob seine Hand und wischte mit dem Daumen sachte eine Träne von ihrer Wange. »Es tut mir so leid, dass ihr das durchmachen musstet.«

»Danke, Matt. Es war wirklich eine harte Zeit. Aber wir haben uns gegenseitig unterstützt und versucht, irgendwie weiterzumachen. Mein Vater war gebrochen, aber er hat sein Bestes gegeben, um stark zu bleiben, besonders für mich. Oh nein, du hast gerade deinen Vater verloren und jetzt bin ich diejenige, die dir etwas vorheult.« Jenna bemühte sich darum, ihre Fassung wieder zu finden, und bot Matt ein hilfloses Lächeln an.

»Aber es ist auch wichtig, sich zu öffnen und über diese Dinge zu sprechen, weißt du?«, widersprach Matt sofort. Seine Mimik hellte sich etwas auf. »Ich bin dankbar, dass du mir davon erzählt hast. So können wir uns gegenseitig Halt geben und trösten.«

»Du hast recht. Es tut gut, mit jemandem darüber zu sprechen, der versteht, wie es ist, so einen Verlust zu erleben.«

Matt sah auf die Uhr und erschrak.

»Mist, es ist schon nach Mitternacht, ich sollte gehen, sonst kommst du gar nicht mehr zu ausreichend Schlaf. Danke, dass du dir die Zeit für mich genommen hast, das tat mir unglaublich gut.«

»Jederzeit, dafür sind Freunde da, oder?«, antwortete Jenna mit einem vorsichtigen Lächeln.

Sie war nicht in der Lage, seinen Blick, der nun auf ihr ruhte, zu deuten.

Es lag eine Mischung aus Trauer und Schmerz darin, und gleichzeitig war da dieser ungebrochene Kampfgeist, der in Matt schlummerte. Und außerdem strahlten seine Augen eine unbestreitbare Verletzlichkeit und Zuneigung aus, die jede Schutzmauer zum Einsturz zu bringen drohte.

»Ich melde mich morgen, Jen, versprochen! Schlaf gut.«

Matt wandte sich daraufhin zur Tür und ließ Jenna allein. Sie verriegelte die Eingangstür, nachdem er das Zweizimmerapartment verlassen hatte, tippelte zurück in ihr Zimmer und lehnte die Tür vorsichtig an, in der Hoffnung, dass Sherah nicht von ihrem späten Gast geweckt worden war. Sie hatte mitbekommen, dass ihre Mitbewohnerin im Laufe des Abends heimgekommen war. Dankbar darüber, dass sie ihr die Privatsphäre gelassen hatte, die sie in dem Moment dringend gebraucht hatten und direkt ins Bett gegangen war.

Jenna ließ sich mit dem Gesicht vornüber auf ihr weiches Bett fallen und murmelte vor sich hin:

»Oh Gott, warum muss das Leben nur immer so kompliziert sein? Warum geht es Matt so schlecht – und warum kann ich nicht aufhören, an ihn zu denken?« Es war kein richtiges Gebet. Dafür fehlte ihr der Mut. Sie hatte aufgehört, zu beten, als ihre Welt zusammengebrochen war, als sie auf ihr – *Warum?* – keine Antwort erhalten hatte.

Sie mochte Matt gern, es war aussichtslos, sich vorzumachen, es sei nicht so. Auch wenn es noch deutlich mehr Gründe gab, als dieses eine Detail namens Chloe, die Jenna davon abhielten, ihren Gefühlen Raum zu geben, korrigierte sie sich und verdrängte diesen kurzen Moment der Schwäche.

Jenna hörte ein vorsichtiges Klopfen an ihrer angelehnten Zimmertür. »Sorry Liebes, ich wollte dich nicht belauschen. Aber die Wände hier sind, sagen wir, *unheimlich hellhörig*, und ich wollte nachsehen, ob es dir gut geht. Darf ich reinkommen?«

Sherah schob die Tür langsam auf und setzte sich neben Jenna aufs Bett.

»Das war Matt, nicht war?«, fragte Sherah.

Jenna nickte.

»Kann ich irgendetwas tun?« Sherahs Frage ließ Jenna aufblicken.

»Ich denke, Matt braucht in der nächsten Zeit viel Unterstützung von seinen Freunden«, erwiderte Jenna mit einem Nicken.

»Vielleicht braucht er am meisten deine Unterstützung. Ich hab da ein paar Vibes bemerkt.« Sherah sah sie mit einem liebevoll-neckischen Ausdruck an, bis Jenna die Augen verdrehte. Anscheinend hatte ihre Freundin sich vorgenommen, sie auf andere Gedanken zu bringen.

»Ich meine ja nur!«, fügte Sherah schelmisch grinsend hinzu.

»Mag sein, aber das vorhin ist mir nur so rausgerutscht. Ich muss mich auf mein Studium konzentrieren, davon abgesehen, sind er und Chloe ...«

»Nee du, da kam wohl was falsch rüber. Okay, vielleicht wirft sich Chloe echt an alles ran, was nicht bei drei weg ist, aber das bedeutet noch lange nicht, dass da zwischen den beiden was läuft! Außerdem ist Chloe überhaupt nicht sein Typ!«, protestierte Sherah vehement.

»Aber neulich im Club, da ...«, setzte Jenna erneut an, nur um ein weiteres Mal von Sherah unterbrochen zu werden.

»Ach, den Tanz meinst du? Das war Matts Zahltag. Der Typ hatte vor Wochen 'ne Wette verloren und Chloe einen Tanz geschuldet – für ihn quasi die Höchststrafe. Matt hasst Tanzen und hat's so lange rausgezögert, wie's ging.« Sherah konnte sich nicht mehr zusammenreißen und lachte laut los. »Glaub mir, Matt wird so schnell keine Wetten mehr abschließen! Und mal ehrlich, ich hab genau gesehen, wie er dich angesehen hat, Jenna!«

Irritiert setzte Jenna sich auf und verschränkte die Arme vor der Brust. »Wir sind nur Freunde. Für was anderes habe ich gar keine Zeit.«

Verwundert sah Sherah sie an und fragte: »Ist alles in Ordnung?«

»Es ist nichts, wirklich! Lass uns morgen weiterquatschen, okay? Ich bin echt müde und hab morgen eine Klausur.« Jenna schloss die Augen und seufzte tief, um sich zu beruhigen.

Sie hatte genug Gefühlskarussell für einen Abend. Es war einfacher, ihren aufgewühlten Gefühlen aus dem Weg zu gehen, als sie noch dachte, dass Matt und Chloe zusammen waren, bemerkte Jenna, als sie sich umzog, um ins Bett zu gehen. *Freunde, sie waren Freunde und das war gut so!* Jenna zog sich die Bettdecke über den Kopf und driftete in einen unruhigen Schlaf ab.

Jenna

Das Handy vibrierte wild auf dem Küchentresen, als Jenna gerade dabei war, sich hektisch ihren Kaffee in den Thermobecher einzuschenken, den sie auf dem Weg zum Campus trinken wollte. Sie war spät dran, wie immer, und so schnappte sie sich ihren Becher, den Rucksack und das Handy und rannte zum Bus, den sie gerade noch erreichte, bevor sich die Türen schlossen. Der Platz direkt neben der Eingangstür war frei und so ließ sie sich darauf fallen und schlürfte ihren ersten Schluck Kaffee. Sie erinnerte sich an die Nachricht, die auf ihrem Bildschirm aufgepoppt war, als sie noch in der Küche stand, zog ihr Smartphone heraus und aktivierte den Bildschirm. Die Nachricht war von Matt.

MATT:
Hey, danke nochmal für gestern Abend :)
Sorry, dass ich dich vom Lernen abgehalten hab – hoffentlich hab ich dir die Klausur nicht versaut. Viel Erfolg heute! Bis bald!

Sie hatte ihre Prüfung am Abend zuvor gar nicht erwähnt. Er musste ihre Unterlagen am Fenster gesehen haben, wie aufmerksam! Jenna schmunzelte, während sie eine Antwort tippte.

JENNA:
Guten Morgen, Matt!
Mach dir keinen Kopf wegen
meiner Klausur, bin top
vorbereitet ;)
Hey, wenn du jemanden zum
Reden brauchst,
hast du ja meine Nummer. Du
musst da nicht allein durch.

Jenna hing im Bus ihren Gedanken nach. Das mit dem *Top vorbereitet* war wohl eher eine Notlüge. Jenna wollte nicht, das Matt Schuldgefühle bekam, falls das mit der Klausur schiefging. Sie hatte zwar gelernt, aber richtig vorbereitet sah in Jennas Welt anders aus.

Streng genommen gab es für sie keinen Grund zur Sorge, gestand sie sich endlich ein. Der Übergang von der Berliner zur Brightoner Uni verlief unproblematischer, als erwartet und sie konnte zu Recht stolz auf sich sein, wie schnell sie sich an den neuen Rhythmus und die neuen Herausforderungen gewöhnt hatte. Unter Umständen war es ja doch Zeit, ihre hohen Erwartungen an sich selbst zu reflektieren und von ihrem Perfektionismus runterzukommen. Jenna mochte ihre neue Umgebung und ihre neuen Freunde. Von Chloe mal abgesehen. Sie gehörte nicht wirklich in die Kategorie

Freundin, sondern galt für Jenna eher als abstoßendes Beispiel. Mit Sherah hatte sie gleich von Anfang an eine großartige Verbindung, obwohl sie so unterschiedlich waren, und mit Lynn und Ron verstand sie sich auch gut, auch wenn sie die beiden nicht so gut kannte wie ihre Mitbewohnerin. Was ja kein Wunder war, da sie täglich eine nicht unerhebliche Zeit miteinander verbrachten und sich Küche und Bad schwesterlich teilten. Und Matt, er war eben Matt. Definitiv Kategorie Freunde. Das war ein ungeschriebenes Gesetz. Ihr Brightoner Freundeskreis war überschaubar, aber das passte zu Jennas Persönlichkeit. Sie pflegte lieber wenige, dafür aber tiefe Freundschaften, als einen Haufen Leute, die sie von irgendwoher kannte, ihre Freunde zu nennen. So war es auch in Berlin gewesen. Allerdings war ihre beste Freundin aus Berlin bereits ein Jahr vor ihr nach Hamburg gezogen und der Kontakt war über die Monate immer mehr eingeschlafen. Der große Abstand zu ihrem Dad fiel Jenna allerdings immer noch schwer, aber sie telefonierten regelmäßig, und das half ihr, das Heimweh zu überwinden.

Jenna verpasste fast ihre Haltestelle und sprang in letzter Sekunde aus dem Bus.

Außer der Prüfung, die Jenna besser als erwartet hinter sich brachte, erwartete sie an diesem Tag an der Uni ein Briefing für das Praktikum, das sie Anfang des kommenden Jahres absolvieren musste. Die Journalistik-Studenten wurden angehalten, sich möglichst zügig um einen Praktikumsplatz bei den kooperierenden Mediennetzwerken zu bewerben, welche ihnen ausführlich vorgestellt wurden. Jenna hatte in den Tagen zuvor bereits alle nötigen Unterlagen zusammengestellt und nahm sich fest vor, sie an diesem Nachmittag abzuschicken. Ihr Traum war ein Platz bei Echelon in London, aber diese Agentur war sehr begehrt, und deshalb würde Jenna ihre Bewerbung zusätzlich an weitere Pressedienste in England versenden müssen.

Am darauffolgenden Tag erschien Matt das erste Mal wieder zur Literaturvorlesung und setzte sich prompt auf den freien Platz neben Jenna. Er lächelte sie dankbar an, als sie ihm ihre Notizen der letzten Kurseinheiten herüberschob und fotografierte diese schnell ab, bevor der Dozent die Vorlesung eröffnete. Matt sah immer noch blass und müde aus, aber seine Mimik spiegelte einen Frieden wider, der sich wie ein wohltuender Balsam auf Jennas Seele legte.

»Jen, was machst du heute in der Mittagspause? Sollen wir gemeinsam etwas essen gehen?«, fragte er, als die Vorlesung beendet war.

»Oh, ich bin mit Sherah in der Mensa verabredet. Komm doch mit, wenn das okay ist?«, schlug Jenna vor und Matt nickte zustimmend.

Die Warteschlange für die Essensausgabe war ewig lang, und Jenna befürchtete, leer auszugehen, bis sie endlich an die Reihe kamen. Doch sie hatten Glück. Jenna entschied sich für ein Kartoffelgratin mit Beilagensalat und eine Cola, und Matt nahm eine Nudelsuppe, ein Stück Zitronenkuchen und einen Kaffee.

Sherah, die neben Lynn saß, winkte ihnen enthusiastisch zu und bedeutete ihnen, dass sie zwei Plätze freigehalten hatte. Außer Sherah und Lynn saß auch Ron mit am Tisch, ihre Teller waren längst halb geleert.

»Da seid ihr ja endlich! Hat Professor Nolan mal wieder überzogen? Der Mann hört sich gerne selbst reden, oder?!«, nörgelte Sherah, die zu jedem Dozenten der Uni eine feste Meinung hatte.

Jenna nickte den anderen freundlich zu und setzte sich auf den Stuhl zu Sherahs Linken. Matt nahm ihnen gegenüber Platz und fing an zu essen. Es wurde ganz still am Tisch. Allein das Klirren von Matts' Löffel, der an den Tellerrand stieß, übertönte das Hintergrundgemurmel der Mensa. Es war Ron, der endlich das Schweigen durchbrach. »Hey Mann, das mit deinem Dad tut mir aufrichtig leid! Können wir etwas für dich tun?«

»Danke Ron.« Er sah erst seinen Kumpel an, warf einen flüchtigen Blick zu Jenna und fügte dann ehrlich hinzu: »Es geht mir schon besser. Die Beerdigung ist am Freitag.« Matt hielt kurz inne und überlegte.

»Doch, da wäre etwas: Mein Onkel gibt in drei Wochen im Manor eine kommunale Weihnachtsfeier, traditionell mit dem Bürgermeister, Weihnachtschor und Häppchen und allem drum und dran. Er hat mich gefragt, ob ich ein paar Freunde aus Brighton mitbringen möchte. Vielleicht habt ihr ja Bock drauf?«

Sein Blick wanderte wieder zu Jenna und ruhte auf ihr, bis sie ihm einwilligend zunickte. Wie könnte sie dieses Angebot ausschlagen? Davon abgesehen, dass Matt sie mit leicht gerunzelter Stirn freundlich herausfordernd anfunkelte, konnte sie es kaum erwarten, an diesen Ort zurückzukehren. Allein die Atmosphäre dort war atemberaubend.

Sie erinnerte sich an ihren Traum in der Nacht, nachdem sie in Maplehurst Manor gewesen war. Sie hatte von einem dunklen Raum ohne Elektrizität geträumt, der viele alte Schätze beinhaltete. Sie hatte ihn betreten und im nächsten Augenblick war ein Kaminfeuer angegangen, das den Raum in ein warmes Licht tauchte. Es fühlte sich an, als ob dieser Ort ein Tor zwischen Zeit und Raum darstellte, der sie einlud, mitzukommen in eine Realität jenseits ihrer Wahrnehmungsmöglichkeiten.

Halt – bitte was? War sie jetzt völlig crazy geworden? Das war eine seltsame Vorstellung, vor allem, da sie an so etwas gar nicht glaubte! Für sie existierte nur, was sie mit eigenen Augen sah und anfassen konnte, erinnerte sie sich. Außerdem war das nur ein Traum, und vermutlich hatte sie einfach zu viele Sci-Fi Filme geschaut, die ihre Träume beeinflussten.

Mit eigenen Augen sah ...

Sofort kamen ihr die Augen des Fremden in den Sinn, dem sie vor einigen Wochen auf der Straße begegnet war. Sie hätte schwören können, dass es in ihnen feurig gelodert hatte, als sich ihre Blicke kreuzten. Und woher kam dieser tiefe Friede, der sie in jenem Moment erfüllt hatte? Es fühlte sich so an, als ob dieser Mann alles wusste, was sie jemals gedacht, gesagt oder getan hatte. Er kannte die düstersten Geheimnisse ihrer Seele und wandte sich trotzdem nicht von ihr ab. Und genau jetzt, hier in der Mensa, spürte sie es wieder. Er war hier! Sie drehte sich irritiert um und blickte über ihre Schulter, konnte aber niemanden entdecken. Jenna stand abrupt auf, entschuldigte sich unter einem fadenscheinigen Vorwand bei ihren Freunden und lief Richtung Toiletten. Sie ließ ihren Blick unauffällig über die Massen an Mensabesuchern wandern, ohne dieses fremde und doch vertraute Gesicht zu erblicken. Die Wahrheit durchdrang sie wie ein Lichtstrahl in der Dunkelheit, und sie begriff, wer er war! Ihre Mutter hatte ihr von ihm erzählt, als sie noch ein kleines Kind gewesen war, doch hatte sie ihn sich immer anders vorgestellt. Alles, was sie seither über Gott und Glauben gehört hatte, war eher befremdlich und abstoßend. Ein seltsamer Einheitsbrei der Weltreligionen war in den letzten Jahren zum Trend geworden, und wenn sie ehrlich war, wollte sie lieber an gar keinen Gott glauben, als an solch einen Schlamm. Dem Andenken ihrer Mutter zu Liebe. Sie verstand als Kind nicht, was den Glauben ihrer Mutter ausmachte, aber sie wusste, dass es nichts mit dem zu tun hatte, was man jetzt um die Ohren geknallt bekam. Sie erinnerte sich noch dunkel an die zerfledderte alte Bibel, die ihre Mum immer auf dem Nachttisch liegen hatte. Bibeln wurden mittlerweile mehr und mehr als gesellschaftlich störend empfunden. Manche Medien und Politiker bezeichneten dieses Buch als gefährlich und verlangten ein Verbot. Spekulationen über eine dementsprechende Gesetzesvorlage existierten bereits, hatte sie kürzlich gelesen. Jenna ahnte, dass es nur eine Frage der Zeit war, bis sich dieses Gerücht bestätigen würde. Es war, als ob sie möglichst aus dem Bewusstsein der Allgemeinheit verschwinden sollten, dabei basierten die meisten Grundgesetze auf christlichen Prinzipien.

Dieses Gefühl, einer alles umfassenden liebevollen und gleichzeitig heiligen Gegenwart durchströmte und umgab sie, doch greifbar war sie nicht. Allerdings waren auch sie wieder hier: Die Schatten ihrer Vergangenheit stellten sich ihr wie ungebetene Gäste in den Weg. Szenen des Autounfalls blitzten wie ein rasant aufziehendes Gewitter vor ihren Augen auf und vernebelten ihre Sicht. Sie erinnerte sich an Schritte, die sich dem Auto näherten, und an den Schatten, der sich wortlos um das Autowrack herumbewegte, bevor er plötzlich verschwand. Der Unfallverursacher war geflohen und hatte sie und ihre Mutter mit dem Grauen alleingelassen. Jenna spürte wieder diese Wut, die ihre Trauer überschattete, während sie versuchte, dieses Gefühl der Einsamkeit und Verzweiflung zu verdrängen.

Anstatt auf die Toilette zu gehen, bog Jenna in einen Nebengang ab, der zu einem Seitenausgang der Uni führte. Panik durchdrang ihren ganzen Körper ... sie musste hier raus! An der frischen Luft angelangt, bog sie gleich am ersten Stützpfeiler des modernen Unigebäudes ab und verbarg sich in einer Nische vor neugierigen Blicken. Im Moment wollte sie nur allein sein. Langsam ließ sie sich an der Wand zu Boden gleiten. Ihr Herz pochte wild in ihrer Brust, als ob sie im Eiltempo eine Treppe bis in den zehnten Stock hochgerannt wäre.

Als ihr Po den Boden erreichte, brach der Damm und all jene Gefühle, die sie seit Jahren unterdrückt hatte, strömten aus ihr heraus. Eine Welle der Einsamkeit überkam sie. Die

Erinnerungen an den Verlust ihrer geliebten Mutter, die sie so lange unterdrückt hatte, drängten sich unaufhaltsam an die Oberfläche. Sie wischte sich eine einsame Träne von der Wange, als der Schmerz, den sie so lange versucht hatte zu verbergen, sich in ihrem Inneren ausbreitete.

Die Tränen begannen leise zu fließen, während sie sich den ungelösten Konflikten und ungesagten Worten ihrer Vergangenheit stellte. Sie fühlte sich verloren, als ob die Welt um sie herum zerbrach. Dann erinnerte sie sich an die Worte ihrer Mutter, dass Gott immer bei ihr sei, auch wenn sie es nicht fühlen konnte. Die Angst, die sie daran gehindert hatte, ihre Trauer zu durchleben, schmolz dahin, und in diesem Moment fühlte sie sich so verletzlich wie nie zuvor.

Ihr Körper bebte vor unterdrückten Emotionen, während sie sich der Unfähigkeit ihres Herzens zu vergeben bewusst wurde. Die Last, die sie so lange mit sich herumgetragen hatte, wurde unerträglich und sie konnte die Tränen nicht mehr zurückhalten.

Warum? Wo bist du Gott?, schrie alles in ihr. Wieder war er da, dieser Frieden, unerklärlich und nicht greifbar. Er überstieg ihren Verstand und ihre Vorstellungskraft. Gott war da. Nicht an irgendeinem Ort, sondern nah bei ihr – um sie herum. Aber sie konnte seine unsichtbare, ausgestreckte Hand nicht annehmen, war nicht bereit dazu, sich mit ihm auseinanderzusetzen. Er würde mit Sicherheit seinen Finger in ihre Wunden legen und sie mit den Dingen konfrontieren, die sie lieber verdrängte. Sie brauchte Hilfe, mit ihrer Vergangenheit klarzukommen, aber es fiel ihr so unendlich schwer, diese anzunehmen, weil sie es nicht verdient hatte.

Anklage und Selbstvorwürfe kämpften um die Vorherrschaft in ihrem Geist, und sie wusste nicht, wie sie dem entkommen konnte. Da war sie wieder, diese permanent anklagende Stimme in ihrem Kopf. Sie ballte ihre Fäuste, als die giftigen Vorwürfe wie Pfeile in ihr Herz drangen. Diese Stimme, die ihr sagte, dass dieser Unfall nie geschehen wäre, wenn sie ihre Mum nicht mit einer sinnlosen Diskussion um eine Party, auf die sie wollte, abgelenkt hätte. Wahrscheinlich hätte ihre Mum den auf ihre Fahrbahn abgedrifteten Wagen dann noch rechtzeitig bemerkt. Diese düsteren Gedanken nagten an Jenna wie hungrige Bestien, wie Peitschenhiebe auf ihrer aufgeriebenen Seele und blieben seit all den Jahren ihr dunkles Geheimnis. Nicht einmal ihr Vater kannte es.

Jenna hatte an diesem fatalen Tag aufgehört, an den Gott zu glauben, auf den ihre Mum so fest vertraute. Sie wollte an nichts mehr glauben, aber irgendetwas flüsterte ihr zu, dass er *hier* war, hier bei ihr.

... wenn es dich gibt, wo warst du dann, als ich dich gebraucht habe – als Mum dich so dringend brauchte? Die unausgesprochenen Anschuldigungen schwirrten wie hungrige Geister um sie herum, während die Dunkelheit ihrer Gedanken sie wie ein undurchdringlicher Nebel umhüllte. Jenna fühlte sich in dieser zerrissenen Welt aus Vorwürfen und Schuldgefühlen verloren, unfähig, aus eigener Kraft diesem Ansturm zu entkommen.

Aber konnte sie diesem Gott, den sie früher einmal als Kind gekannt hatte, wieder vertrauen, der sie allein gelassen hatte, als sie es am nötigsten brauchte?

Ich bin niemals von deiner Seite gewichen, Jenna!

Dieser leise Gedanke kam genauso unerwartet, wie das Gefühl, dass starke, schützende Arme sie umschlossen und den Sturm in ihr mit einer einzigen Geste zum Schweigen brachten.

Jenna

– SECHZEHN –

Der Unialltag nahm Jenna bald wieder gefangen und sie klemmte sich ehrgeizig hinter die Bücher, um die bevorstehenden Prüfungen vor den Weihnachtsferien zu meistern. Hin und wieder telefonierte sie mit ihrem Vater oder tauschte mit Lynn und Matt Nachrichten aus. Matt unterstützte seine Mutter und seinen Onkel so gut er konnte bei den Beerdigungsvorbereitungen und fand deshalb nur wenig Zeit zum Lernen. Jenna erfuhr von Matt, dass Richard den Trauergottesdienst halten würde und dass nur wenige Gäste erwartet wurden.

Sherah, Lynn, Ron und Jenna beschlossen gemeinsam zur Beerdigung nach Haywards Heath zu fahren, um Matt den Rücken zu stärken und ihre Anteilnahme zu signalisieren.

Der Friedhof lag ruhig und still vor ihnen, als sie den Wagen, mit dem die vier jungen Menschen an diesem regnerischen Morgen nach Haywards Heath gefahren waren, auf dem Friedhofsparkplatz abstellten und ausstiegen. Die Grabsteine und Gräber waren in einen dichten Nebelschleier gehüllt, umgeben von kahlen Bäumen, deren Äste sich wie stumme Wächter gegen den wolkenverhangenen grauen Himmel abzeichneten. Die ersten Besucher waren bereits vor ihnen angekommen und liefen, in ihre Gedanken und Erinnerungen versunken, in stiller Trauer in Richtung Friedhofskapelle. Trotz des tristen Wetters strahlte der Friedhof eine gewisse Würde aus. Reihen von Gräbern erstreckten sich über das Gelände, manche mit frischen Blumen geschmückt, andere mit Moos und Flechten bewachsen, waren sie doch alle Zeitzeugen der Vergänglichkeit des Lebens.

Die vier erreichten die Friedhofskapelle, ein ehrfurchtgebietender alter Steinbau, der von Ranken und Efeu bedeckt war und dessen schwere Holztüren sich knarrend und schwerfällig öffnen ließen. Im Inneren der Kapelle wehte ihnen ein leichter Geruch von feuchtem Holz, Weihrauch und alten Büchern entgegen. An den Wänden hingen alte Gemälde und trotz des düsteren Wetters draußen strahlte das Innere der Kapelle eine warme Atmosphäre aus. Gedämpftes Licht drang durch die Buntglasfenster in den Raum und erhellte die Szenerie um den Altar mit zarten Farben. Der Altar war mit Kerzen und Blumengestecken geschmückt und lud zu einem Moment der Stille und Andacht ein. Matt war bereits dort, an der Seite seiner Mutter und umgeben von Verwandten, so vermutete Jen.

Judith, die Jenna als erste entdeckte, kam mit einem herzlichen Lächeln auf die Gruppe zu und begrüßte sie freundlich. Sie zog Jenna in eine wohlwollende Umarmung. »Es ist schön, dich zu sehen, Liebes«, flüsterte die Frau in ihr Ohr.

»Ich freue mich auch, Sie zu sehen, Mrs. Baker«, antwortete sie höflich.

»Judith! Ich heiße Judith. Die Förmlichkeiten haben wir doch bereits hinter uns gelassen, Liebes.«

Jenna blickte betreten zu Boden und ihr Herzschlag beschleunigte sich unter dem forschenden Blick von Matts Tante.

»Du wirkst, als trägst du Lasten, die nicht deine sind«, flüsterte Judith ihr zu und schien dabei ihre tiefsten Ängste zu durchschauen. Jenna fragte sich, wie diese Frau es schaffte, ihre Schutzmauern zu durchbrechen. Langsam hob sie ihren Blick und begegnete Judiths immer noch freundlichen, liebevoll auf sie gerichteten Augen. Sie wollte etwas erwidern, es herunterspielen, aber ihr fiel nichts ein, denn alles, was sie jetzt sagen könnte, würde sie auf der Stelle Lügen strafen. Und sie war eine schlechte Lügnerin. Also schwieg sie und schluckte ihren Stolz herunter.

Die Zeremonie war schlicht, aber stilvoll gehalten. Was Jenna jedoch berührte, war die Hoffnung auf ein Leben, das stärker war als der Tod, die Richard nicht nur in seiner Predigt ansprach, sondern mit jeder Faser seines Seins verkörperte.

Ein Satz blieb ihr wie ein Anker im Sturm im Gedächtnis. Er sagte, diese Hoffnung sei allein in Christus zu finden.

Ein Raunen ging durch die Bänke, und Jenna war sich nicht sicher, ob es wohlwollend und zustimmend gemeint war oder ob die Anwesenden an Richards Worten Anstoß nahmen.

Matt entdeckte seine Freunde erst beim Verlassen der Kapelle und kam direkt auf sie zu. Sein Gesicht hellte sich für einen kurzen Moment auf, als er Jenna unter ihnen entdeckte und ihre Blicke sich kreuzten. Er begrüßte jeden Einzelnen mit einer festen Umarmung und bedankte sich für ihr Kommen. Jenna bemerkte, wie unendlich viel ihm diese Geste bedeutete.

Nach einer Weile gesellte sich auch Judith wieder zu ihnen. Sie stellte sich an Jennas Seite, legte ihren Arm um ihre Schulter und zog sie sanft an sich.

»Kommst du später mit nach Maplehurst Manor? Wir treffen uns dort im kleinen Familienkreis zum Essen. Es wäre schön, wenn du uns Gesellschaft leistest, außerdem würde ich dir gerne etwas zeigen. Ich habe etwas entdeckt, das dich interessieren könnte«, meinte Judith an Jenna gerichtet, nachdem sie den Gesprächen der jungen Clique eine Weile schweigend zugehört hatte. Judith war allen so freundlich zugewandt, beobachtete Jenna. Vor allem schien Judith sie zu mögen und Jennas Neugier war geweckt.

»Ich würde die Einladung gerne annehmen, aber ich habe gar kein Auto und möchte eure Trauerfeier nicht stören.«

»Du kannst mit mir fahren.« Matt, der in unmittelbarer Nähe stand, legte seine Hand auf ihre andere Schulter und nickte ihr und Judith zu. »Könntest du mir bitte diesen Gefallen tun und mich begleiten? Deine Nähe macht alles ein bisschen erträglicher.«

»Äh, na gut, in Ordnung, ich komme mit.« Jennas Herz schmolz und sie nickte zuerst Matt und dann Judith zustimmend zu.

In Maplehurst Manor angekommen, betrat Jenna zum ersten Mal den privaten Wohnbereich von Judith und Richard Baker. Die Wohnung war geschmackvoll eingerichtet. Judith hatte offenbar ein Händchen dafür, den traditionell britischen Wohnstil mit modernen Elementen zu kombinieren. Im Mittelpunkt des gemütlichen Wohnzimmers befand sich ein Chesterfield-Sofa. Auf dem kleinen Beistelltischchen stand eine antike Schreibtischlampe und an der dem Fenster gegenüberliegenden Wand lud ein Bücherregal mit sowohl alten Klassikern als auch modernen Werken zum Schmökern ein. An jeder freien Wand hingen moderne, sorgsam ausgewählte und farbenfrohe, an das restliche Ambiente angepasste, Kunstwerke.

Im Essbereich war ein rustikaler Esstisch mit dunklen Holzstühlen platziert, und eine moderne Designerlampe beleuchtete den Rundbogen, der in die offene Wohnküche überleitete. Auch hier standen traditionelle Kupferkessel neben modernen Küchengeräten aus Edelstahl.

Als sie ihre Mahlzeit beendet hatten und sich die Familie ins Wohnzimmer setzte, nutzte Judith die Gelegenheit, um Jenna ihre Entdeckung zu zeigen. Sie bat Jenna, sie zu begleiten, und diese folgte Judith aus dem Esszimmer und befolgte die Anweisung, ihren Mantel nicht zu vergessen. Während Judith mit ihr die Wohnung verließ und geradewegs auf den Hinterausgang des Gebäudes zusteuerte, schlüpfte Jenna flink in ihren Mantel. Gerade noch rechtzeitig, denn als sie durch die schwere Holztür traten, pfiff ihnen ein eisiger Wind entgegen. Dankbar für den wärmenden Mantel zog sie den kuscheligen Kragen enger um den Hals.

»Wohin gehen wir?«, durchbrach Jenna als Erste das Schweigen.

»Ich habe eine Überraschung für dich, Liebes. Bei den Vorbereitungen für die anstehende Weihnachtsfeier bin ich in unserem Lager auf einen Fundus an alten Büchern, Unterlagen und Bildern der Vorbesitzer von Maplehurst Manor gestoßen. Eigentlich ist es ein komplettes verborgenes Studierzimmer. Ich hatte nicht genügend Zeit, mir die Unterlagen intensiver anzusehen, aber ich vermute, das war genau das, wonach du gesucht hattest. Wie sagtest du, war der Mädchenname deiner Mutter?«

»Goldberg. Kate Goldberg«, erwiderte Jenna und Judith nickte bestätigend, ohne etwas hinzuzufügen.

Jenna folgte ihr zu einem nahegelegenen alten Cottage. Judith zog einen mittelalterlich anmutenden Schlüssel heraus, steckte ihn in das Schlüsselloch der Eingangstür und drehte ihn nach rechts. Laut knarrend öffnete sich die schwere Tür und gab den Weg in die dunkle Hütte frei. Die hölzernen Fensterläden waren von außen verschlossen und sperrten das Tageslicht erfolgreich aus. Judith zog eine Taschenlampe aus ihrer Jackentasche und leuchtete ihnen den Weg. Scheinbar gab es hier drinnen keinen elektrischen Strom. Jenna versuchte, sich nicht anmerken zu lassen, dass ihr etwas mulmig zumute war. Nicht zuletzt, weil ihr alles hier drin bekannt vorkam. Sie folgte Judith in das Innere der alten Hütte, ließ aber die Tür hinter sich offen stehen, um ein paar Tageslichtstrahlen in das Haus zu lassen. Der Raum war eine einzige Abstellkammer. Überall standen alte, restaurierungsbedürftige Möbel aus einem anderen Jahrhundert, die mit Tüchern und Malerfolie abgedeckt waren. An den Holzbalken und in den Türrahmen hingen Spinnweben, und eine dicke

Staubschicht bedeckte die vielen Kisten, die sich an den Wänden stapelten. Judith griff nach Jennas Hand und zog sie mit sich in den hinteren Bereich des Hauses, geradewegs auf ein leeres Holzregal zu. Mit jeder knarrenden Diele unter ihren Füßen stieg Jennas Spannung auf das, was sie dort erwarten würde. Sie beobachtete Judith, die mit ihrer Hand unter einem Fachboden an der Rückwand des Regals entlang tastete, bis ihre Finger, an ihrem Ziel angelangt, innehielten. Judith zog an dem Hebel und das Regal begann sich zu bewegen. Vor ihnen öffnete sich eine Tür zu einem verborgenen Zimmer, das mit vergessenen Schätzen aus einer längst vergangenen Zeit gefüllt war. Jenna verspürte ein Kribbeln im Nacken, als sie das Innere des Raums erblickte, und ihre Lippen formten ein tonloses »Wow«. Judith entzündete eine alte Petroleumlampe, die auf dem Schränkchen direkt neben dem Eingang stand und bald den gesamten Raum in ein warmes Licht hüllte. Im Gegensatz zu der Abstellkammer hinter ihnen, war dieser Raum vollständig eingerichtet. Er sah aus, wie eine antik anmutende Studier-kammer. An den Wänden standen Bücherregale, gefüllt mit antiquierten Werken. Jenna ließ ihre Finger vorsichtig über die eingestaubten Bücher gleiten und versuchte, in dem Zwielicht die Buchtitel zu erkennen. Die mussten mittlerweile ein Vermögen wert sein! Ein Schreibtisch aus Mahagoniholz stellte den zentralen Punkt des Raumes dar. Darauf befand sich eine antike Schreibmaschine. *Ob die noch funktionierte?*, fragte Jenna sich augenblicklich. An dem einzigen Fenster des Raums stand ein gemütlicher Ledersessel, und Jenna verspürte sofort das Verlangen, sich dort mit einem Buch niederzulassen und in einer anderen Welt zu versinken. Den alten Dielenboden bedeckte ein verblichener Teppich und an der gegenüberliegenden Wand befand sich ein offener Kamin. Jenna ließ ihren Blick über die Bücherregale schweifen und entdeckte mittendrin einen eingestaubten, mit Spinnweben überzogenen siebenarmigen Leuchter – eine Menora! Genau so eine hatte bei ihrer Mutter im Büro gestanden, erinnerte sie sich.

Judith öffnete eine Schublade unter dem Schreibtisch und holte eine rostige alte Blechkiste hervor. Sie bedeutete Jenna, diese zu öffnen. Mit zittrigen Fingern griff sie nach der Kiste, lief zu dem Sessel herüber und setzte sich. In den Deckel der Kiste waren die Initialen IG in gotischen Buchstaben eingelassen. Jennas zarte Fingerspitzen strichen zunächst sorgsam über die Initialen und schoben sich dann unter die Blechkante des Deckels, um ihn aufzuhebeln. Im Inneren der Kiste befanden sich ein kleines, von Hand gebundenes Lederbüchlein und eine Reihe von alten Fotos.

»Lass dir ruhig alle Zeit, die du brauchst. Ich hole Feuerholz, damit du es nicht so kalt hier drinnen hast, und wenn du etwas benötigst, melde dich bitte.« Judith strahlte eine angenehme Ruhe aus, die sich schnell auf Jenna übertrug.

Jenna bedankte sich herzlich und betrachtete zunächst die Bilder in der Kiste. Sie erkannte ihre Mutter in Teenagertagen neben den zwei bekannten Gesichtern von ihrem eigenen Foto, von denen sie annahm, dass es Kates Eltern, ergo, ihre Großeltern sein mussten. Es folgten weitere Fotos aus verschiedenen Altersstadien der Kindheit ihrer Mutter, und Jenna fiel auf, dass auf manchen älteren Bildern ein

Junge abgebildet war, der mindestens fünf Jahre älter wirkte als Kate. Hatte ihre Mutter etwa einen Bruder? Jennas Blick fiel auf das Büchlein und sie nahm es auf. Sie öffnete den ledernen Buchdeckel und las die Überschrift auf der ersten Seite. In Schreibmaschinendruck stand dort: *Isaac Goldberg. Eine Autobiographie.*

Als Judith mit dem Holz zurückkam, war Jenna so vertieft in das Büchlein, dass sie nur gedämpft mitbekam, wie Judith den Kamin entzündete. Einen Augenblick lang spürte Jenna Judiths mitfühlenden Blick auf sich, dann verließ diese leise die Kammer und schloss die Tür.

Jenna mummelte sich in die Decke ein, die auf dem Sessel lag und stellte sich mit einem Hauch von Melancholie vor, dass diese Decke einst ihren Großvater gewärmt hatte.

Isaac Goldbergs Familienwurzeln waren bis zu den Vorfahren des alten Volkes zurückzuverfolgen, seine Familie selbst war seit dem späten neunzehnten Jahrhundert in Deutschland angesiedelt gewesen. Der Zeitpunkt seiner Geburt hätte nicht ungünstiger sein können, da er mitten im Zweiten Weltkrieg das Licht dieser Erde erblickte und mit gerade einmal zwei Jahren mit seiner Mutter in ein KZ verschleppt wurde. Durch ein Wunder überlebte er das Konzentrationslager dank des beherzten Eingreifens eines britischen Soldaten. Bei der Befreiung des Lagers packte der Soldat den zweijährigen Jungen, der auf dem Boden saß, und nahm ihn mit sich.

So kam er nach London, wo er von einer fremden Familie in Pflege genommen und aufgezogen wurde.

Jenna erfuhr ebenso den Namen ihrer Großmutter, Hannah, und wie die beiden sich kennengelernt hatten. Ihr Großvater hatte viele Jahre dem Studium der alten Schriften gewidmet und verwies auf ein weiteres Skript, das sein Lebenswerk zusammenfasste. Diese Niederschrift schien in der damaligen Gemeinschaft des alten Volkes absolut kontrovers aufgefasst worden zu sein. Jenna las weiter, dass die junge Familie Goldberg nach der Veröffentlichung des Skripts ihres Großvaters aus der Gemeinschaft ausgeschlossen worden war, weshalb Isaac und Hannah eine kleine christliche Gemeinde in einem alten englischen Manor gründeten. Jenna erfuhr, dass das Paar zwei Kinder geboren hatte, denen sie die Namen Tomas und Kate gaben. Tomas, der Ältere, verschwand aber im Alter von fünfzehn Jahren auf unerklärliche Weise und fünf Jahre unerbittliche Suche blieben erfolglos. Was? Sie hatte einen Onkel gehabt, der auf unerklärliche Weise verschwunden war? Wieso hatte Mum das nie erwähnt? Gab es die Möglichkeit, dass er noch am Leben war?

Die wohlige Wärme, die das Kaminfeuer in diesem kleinen Studierzimmer erzeugte, machten Jenna so schläfrig, dass ihr fast am Ende des kleinen Büchleins angelangt, die Augen zufielen und sie in einen tiefen Schlaf driftete.

Jenna kam zu sich und fand sich im Inneren von Maplehurst Manor wieder, genauer gesagt in dem großen, hellen Raum direkt neben dem Eingangsbereich. Alles fühlte sich so echt und greifbar an. Ihr fiel das kleine, verschnörkelte

Holzschildchen an der großen rustikalen Tür ins Auge und unwillkürlich formten ihre Lippen tonlos, was sie dort las:

»ROOM No. 1.«

Sie drehte sich um und sah Sherah und David, die eng aneinandergekuschelt auf einem der gemütlichen Ledersofas saßen und über ihre Pläne für das Wochenende plauderten, während sie an ihren dampfenden Bechern nippten. Plötzlich durchzuckte ein gleißend helles Licht das Fenster, gefolgt von einem unheimlichen Knistern in der Luft. Sherah und David sahen sich erschrocken an, als wäre die Zeit flüchtig stehen geblieben. Jennas Blick glitt zum Fenster hinüber und sie stellte fest, dass es bereits dunkel draußen war. Nur das Flackern eines Lagerfeuers erhellte den nächtlichen Himmel. Ihr kam der Gedanke, eben noch in einem Gespräch mit Judith gewesen zu sein. Sie wandte sich Judith wieder zu, um zu fragen, ob sie eine Ahnung hätte, was das gewesen sein könnte, aber Judith war verschwunden! Sie war einfach weg. Jenna sah sich irritiert um, konnte sie aber nirgends entdecken. Ein unerklärliches Gefühl der Verlassenheit legte sich unbehaglich auf ihre Seele. Jenna hatte keine Ahnung, wie viele Personen sie zuvor umgeben hatten, doch sie hätte schwören können, dass der Raum vor wenigen Sekunden doppelt so voll gewesen war! Vereinzelt lagen Kleidungsstücke auf den Sitzgelegenheiten oder verstreut auf dem Boden verteilt und vermittelten das Flair einer chaotischen Studentenbude. Jennas Blick wanderte zu ihren Füßen, und erst jetzt bemerkte sie auch Judiths geblümtes Kleid wie eine abgestreifte Hülle vor sich auf dem Boden liegen. Jenna versuchte, zu begreifen, was eben geschehen war. *Fassungslos hockte sie sich hin und griff nach dem Kleid. Ihre Gedanken überschlugen sich und wirbelten in ihrem Kopf umher, während sie versuchte, sich die Gesichter der Leute um sich herum ins Gedächtnis zurückzurufen. Hatte da nicht eben ein älteres Ehepaar am Tisch neben ihnen gesessen, und standen dort drüben nicht vor wenigen Augenblicken ein paar Jugendliche? Zurückgeblieben waren nur ihre Kleidungsstücke. Es war, als ob das, was sie als Realität kannte, nur eine Sinnestäuschung gewesen war. Oder war es anders herum? Im Moment konnte sie nicht unterscheiden, was Realität war und was nicht.*

Nur Sherah und David saßen noch auf ihrem Sofa und starrten fassungslos auf die leeren Plätze um sie herum. Ein kalter Schauder lief ihr den Rücken hinunter, als sie die Unfassbarkeit des Geschehens realisierte. Panik griff um sich, und Menschen in den anderen Räumen begannen zu schreien, zu weinen und panisch herumzulaufen, um ihre Angehörigen zu suchen. Ein Mann schlug mit geballten Fäusten auf den Tisch, verzweifelt auf der Suche nach seiner verschwundenen Tochter.

Durch das Fenster sah sie, wie der Parkplatz vor dem Manor sich mit Menschen füllte, die wild gestikulierend und mit weit aufgerissenen Augen versuchten, zu verstehen, was geschehen war. Sherah und David waren wie gelähmt, unfähig, den Schock zu überwinden. Spekulationen flogen wild umher, von außerirdischen Entführungen bis hin zu göttlichen Erscheinungen.

Jenna verließ den Raum und begegnete einer Frau, die auf ein Buch in ihrer Hand deutete, während sie hysterisch versuchte, etwas zu erklären. Sie wandte sich verstört ab, doch nur, damit ihr Blick an einem anderen Mann haften blieb, der etwas von einer globalen Verschwörung oder einem wissenschaftlichen Experiment murmelte. Doch keiner der Erklärungsversuche vermochte die Furcht und Verwirrung zu lindern, die die Herzen ergriffen hatte.

Jenna wurde total heiß, und erst jetzt bemerkte sie die dicke schwarze Winterjacke, die gar nicht ihr gehörte, die sie aber trug. Matt!, schoss es Jenna durch den Kopf, und auf einmal fühlte sie sich unendlich verloren. Mit pochendem Herzen eilte sie die Treppe hinauf, während sich ihre Gedanken überschlugen. Sie eilte von Tür zu Tür, spürte, dass der Boden unter ihren Füßen wie Treibsand nachgab, ihr die Schritte erschwerte und drohte, sie mit sich in die Tiefe zu reißen.

Jenna ließ ihren Blick suchend durch den Flur schweifen, bis sie am Ende eine Tür entdeckte. Mühsam trat sie näher, bemüht, die verschwommene Schrift auf dem Namensschild zu entziffern. Doch bevor sie es lesen konnte, flog die Tür auf und ihre Augen begegneten Matts verstörtem Blick.

Erleichtert atmete sie auf, doch dann verlor sie den Halt und stürzte ins Bodenlose, während die Welt um sie herum anfing, sich zu drehen. Gleichzeitig durchdrang eine Stimme das Chaos, die ihren Namen rief – klar, vertraut und eindringlich. Noch bevor sie begreifen konnte, wer sie rief, spürte sie eine warme Hand auf ihrer. Die Berührung war *sanft, fast wie ein Flüstern, das sie aus dem Strudel ihres Traums zurück in die Wirklichkeit zog.*

»Jenna? Jen, wach auf!«, hörte sie Matts Worte aus weiter Ferne. Seine Stimme hatte eine dringliche Intensität, die keinen Aufschub duldete und sie nötigte, ihre Augen zu öffnen. Zum ersten Mal nahm sie den frischen, blumig-herben Hauch von Lavendel wahr, der Matt umgab und sie an die beruhigende Wirkung von sonnigen mediterranen Feldern erinnerte.

Matt kniete neben ihr auf dem Boden, seine Lippen waren zu einem schmalen Strich zusammengepresst, seine Augen musterten sie auf Hinweise, dass ihr etwas fehlen könnte.

»Hey, geht es dir gut? Du bist fast nicht wach geworden.« Matt schluckte schwer und schüttelte dann erleichtert den Kopf. »Ich wollte schon eine Vermisstenmeldung herausgeben, nachdem du zwei Stunden nicht mehr aufgetaucht bist, aber dann hat Tante Judith mir verraten, wo ich dich finde«, bemühte er sich, mit einem Scherz die angespannte Atmosphäre aufzulockern. Seine Tenorstimme klang mit jedem Wort weicher, doch sein Blick löste sich nur langsam von ihr, als er an die Blechdose zwischen ihnen stieß. »Bist du fündig geworden?«

Noch etwas benommen schenkte sie Matt ein verlegenes Lächeln und nickte ihm zu.

»Ich bin bei der Wärme hier drinnen wohl eingeschlafen. So wie es aussieht, war das hier das Studierzimmer meines Großvaters! Ist das nicht der Wahnsinn?« Ihre Stimme überschlug sich fast vor Aufregung, als ihre Sinne wieder zum Leben erwachten.

Jenna wurde allzu bewusst, dass Matts Hand immer noch auf ihrer ruhte, und zog diese unauffällig unter seiner hervor.

Er stand abrupt auf, betrachtete seine Hände und schüttelte dabei leicht den Kopf. Matt flüsterte mit einem schiefen Lächeln »sorry«, rieb sich nervös den Nacken und wandte sich ab, um sich umzusehen. »Das ist toll! Das freut mich wirklich! Kann ich dich irgendwie unterstützen?«

Die unweigerlich entstandene Distanz zwischen ihnen konfrontierte Jenna mit dem Wirrwarr aus widersprüchlichen Gefühlen, die in ihr um die Vorherrschaft rangen. Einen kurzen Moment bedauerte sie, ihre Hand nicht ein wenig länger liegengelassen zu haben.

»Ja, tatsächlich! In seiner kleinen Autobiographie erwähnt mein Opa ein Skript, das er vor vielen Jahren veröffentlicht hatte, und das in den Kreisen des alten Volkes nicht positiv aufgenommen wurde. Mich würde interessieren, was da drinnen steht. Meinst du, das ist irgendwo hier zu finden?«

»Das alte Volk, dessen Name nicht ausgesprochen werden darf.« Matt hob den Kopf und seine Augen weiteten sich aufmerksam. Das war genau die Materie, die seinen Wissensdurst zu wecken schien, stellte Jenna fest, als sie bemerkte, wie konzentriert er jedem ihrer Worte folgte.

»Finden wir's heraus!«, antwortete er begeistert und Jenna erhob sich.

Sie gaben sich Mühe, kein Chaos zu verursachen und alles in seinem Ursprungszustand zu belassen, aber ließen kein Blatt unberührt, bis sie gefunden hatten, wonach sie suchten.

Die gegenseitige Unterstützung und gemeinsam verbrachte Zeit fühlte sich so natürlich und selbstverständlich an, dass Jenna ihre Vorbehalte vergaß.

Das Skript trug den Titel »Der Retter« und war, wie zu erwarten, von Isaac Goldberg verfasst worden.

»Meinst du, ich kann die Kiste und das Skript mit nach Hause nehmen?«, Jenna warf einen flüchtigen Blick über die Unterlagen.

»Ich denke, das ist kein Problem, aber lass uns vorsichtshalber mit Judith und Richard darüber sprechen.« Matt strahlte solch erstaunlich aufrichtigen Respekt und Wertschätzung anderen gegenüber aus, wie sie es bisher selten bei jemandem erlebt hatte, überlegte Jenna, als sie gemeinsam das Cottage verließen und die Tür hinter sich zuschlossen. Seine Nähe vermittelte ihr Sicherheit, und sie wünschte sich, sie wäre eines Tages in der Lage, ihm vorbehaltlos zu vertrauen.

Draußen dämmerte es jetzt, aber Jennas Herz leuchtete von innen heraus. Sie hatte Antworten zu ihrer Familiengeschichte gefunden! Nicht alle, aber doch einige, auch wenn diese Antworten neue Fragen aufwarfen. Fragen, die sie nie geglaubt hatte, stellen zu müssen. Wie konnte es sein, dass es einen Onkel gab, von dessen Existenz sie nie erfahren hatte?

Wie hoch war die Wahrscheinlichkeit, dass er noch am Leben war? Tomas Goldberg. Circa 50 Jahre alt. Es gab sicher Millionen Tomas Goldbergs auf der Welt. Aber sie würde versuchen, mehr herauszufinden. Zumindest gestaltete der technische Fortschritt die Personensuche heute einfacher, als es damals gewesen sein musste. Nachdem Jenna mit der Online-Fotosuche so erfolgreich gewesen war, dachte sie darüber nach, das Gleiche mit einem Bild ihres Onkels auszuprobieren. All diese neuen Informationen waren spannend, aber was brachte ihre Mum dazu, all die Jahre kein Sterbenswörtchen über ihre Herkunftsfamilie zu verlieren? Was hatte sie damit verschwiegen? Wen wollte sie damit schützen?

Im Kontrast dazu hing ihr der Traum noch nach, wie ein unergründliches Rätsel, das ihre Gedanken durchdrang. Alles hatte sich so real angefühlt! Durch eine unbehagliche Vorahnung befangen, spielte sie gedankenverloren mit dem kleinen Anhänger an ihrer Halskette, bis sie Judiths und Richards Apartment erreicht hatten.

Judith

Brightons Innenstadt pulsierte vor Energie und Leben. Judith Baker schlenderte auch an diesem Freitag wie gewöhnlich durch die malerischen Gassen der Altstadt, und spürte dabei die gepflasterten Wege, die unter den Sohlen ihrer Stiefel leise knirschten. Sie liebte vor allem die schmalen Seitenstraßen, die mit ihren historischen Gebäuden und bunten Fassaden eine einladende Atmosphäre schufen. Die Schaufenster der Boutiquen und Antiquitätengeschäfte schimmerten zunächst in der Herbstsonne, die warmes Licht auf den handgefertigten Schmuck und die kunstvoll gestaltete Keramik warf. In der Fußgängerzone tummelten sich Menschen unterschiedlichster Herkunft und hauchten den vielen kleinen Cafés und Geschäften Leben ein.

Sie hatte fast alle Besorgungen für Maplehurst Manor erledigt, als der Himmel sich zuzog und es zu regnen begann. Sie zog ihre Regenjacke enger und erhaschte plötzlich aus dem Augenwinkel eine vertraute Gestalt. Da war Jenna, die hübsche junge Frau, die letzte Woche nach der Beerdigung ihres Schwagers ihr Gast gewesen war. Sie wirkte in Gedanken versunken, ihr Körper in eine dunkelgrüne Regenjacke gehüllt, die perfekt zu ihrem kastanienbraunen Haar passte.

Ihr Anblick entlockte Judith ein Schmunzeln. Sie hatte Jenna bereits bei ihrer ersten Begegnung ins Herz geschlossen und ihrem geschulten Auge waren die verstohlenen Blicke zwischen Matt und Jenna nicht entgangen.

»Jenna?«, rief sie und hob eine Hand, um auf sich aufmerksam zu machen.

Jenna drehte sich um, ihre Augen weiteten sich vor Überraschung, und dann verzog sich ihre Mimik zu einem liebenswürdigen Lächeln. »Judith!«, rief sie und ging ihr eilig entgegen, um sie in eine herzliche Umarmung zu schließen. »Wie schön, dich hier zu sehen!«, sagte sie und löste sich aus der Umarmung. »Was treibt dich hierher?«

Judith spürte, wie sich eine wohlige Wärme in ihr ausbreitete. Die Aufrichtigkeit in Jennas Begrüßung berührte sie tief, und sie konnte das Lächeln in ihrem eigenen Gesicht nicht unterdrücken.

»Oh, ich habe mir den Tag freigenommen, um ein wenig zu bummeln«, antwortete Judith und deutete mit einem kleinen Nicken auf die Geschäfte um sie herum. »Es ist so entspannend, durch diese alten Straßen zu schlendern.«

»Auf jeden Fall«, antwortete Jenna, aber dann deutete sie gen Himmel auf den zunehmenden Regen, ihre Augen strahlend. »Aber weißt du was? Vielleicht sollten wir uns erst mal einen Kaffee gönnen, bis der Regen nachlässt. Es gibt da dieses kleine Café um die Ecke, das ich liebe – sie machen den besten Cappuccino der Stadt.«

Judith lachte leise und nickte. »Das klingt nach einem Plan. Lass uns gehen.«

Während sie nebeneinander herliefen, fühlte Judith, wie ihre Schritte leicht und beschwingt wurden bei dem Gedanken, dass dieses unerwartete Treffen mit Jenna kein Zufall, sondern eine von Gott geschenkte Gelegenheit war.

Auf dem Weg, vorbei an Straßenkünstlern, die auf unterschiedlichste Weise für Unterhaltung sorgten, tauschten sie sich angeregt über die besten Café-Optionen in der Umgebung aus. Der Geruch von frisch gebackenem Brot an der einen Straßenkreuzung wurde durch das Aroma von angebratenem Fisch abgelöst, als die beiden Frauen durch diesen Schmelztiegel an Kulturen und Stilen spazierten. Judith folgte Jenna in eine schmale kopfsteingepflasterte Gasse, bis sie vor einem von Hand beschriebenen Kreidetafelaufsteller anhielten, der die Tagesangebote des kleinen Cafés anpries.

Im Café selbst wurden sie von einem angenehmen Duft nach frischgebrühtem Kaffee begrüßt, der den Raum ebenso wie die lebhaften Gespräche der anderen Gäste durchdrang. Auch hier standen neben bunten Blumensträußchen kleine Tafelaufsteller auf den Tischen, die liebevoll beschrieben waren. Schmiedeeiserne Stühle umgaben die Tische und verliehen dem Raum einen rustikalen Stil.

Sie suchten sich einen kleinen Tisch, der einen malerischen Blick auf die pulsierende Altstadt bot. Judith beobachtete, wie die Menschen draußen eiligen Schrittes weiterzogen, um dem Regen zu entfliehen, und war dankbar für das gemütliche Plätzchen, an welchem sie den Regenschauer in angenehmer Gesellschaft abwarten konnte.

»Ich freue mich wirklich, dass wir uns hier getroffen haben«, sagte Judith, als sie ihre Jacke abgelegt und sich gesetzt hatte. »Es ist schön, sich einfach mal in Ruhe unterhalten zu können.«

Jenna nickte und lehnte sich entspannt zurück. »Ja, das ist wirklich eine schöne Überraschung.«

»Hast du dich gut hier in Brighton eingelebt?« Judith sah Jenna fragend an.

»Ich würde sagen, ich bin noch dabei, aber es hilft sehr, so schnell gute Freunde gefunden zu haben.«

Sie gaben ihre Bestellungen auf und setzten dann ihr angeregtes Gespräch fort, während die Regentropfen gegen die Fensterscheibe trommelten. Es stellte sich heraus, dass sie beide eine Vorliebe für Kaffeespezialitäten teilten, und das Gespräch zwischen ihnen begann zu fließen, als würden sie sich bereits seit Jahren kennen. Als Jenna ihr von ihrem Dad, dem Kaffee-Nerd aus Berlin, erzählte, war Judith völlig entzückt.

»Was ist mit deiner Mutter? Was macht sie so?«, Judith konnte nicht anders, als weiter nachzuforschen. Sie war von dem Drang erfüllt, herauszufinden, wie sie diesem Wesen vor sich, das einen tiefsitzenden Schmerz versuchte hinter dicken Mauern zu verbergen, helfen konnte, zu erkennen, wie wertvoll und liebenswert es war.

Jennas eben noch fröhliches Lachen veränderte sich plötzlich zu einem unbehaglich gezwungenen Lächeln, und

Judith fragte sich augenblicklich, welche Wunde sie gerade berührt hatte.

»Meine Mum … sie lebt leider nicht mehr. Sie ist bei einem Verkehrsunfall ums Leben gekommen«, antwortete Jenna nach einem kurzen Zögern. Ihr Blick wanderte zum Fenster hinaus, auf die regennasse Straße, als ob sie versuchte, dort irgendwo einen Ankerpunkt zu finden, um ihre Gefühle unter Kontrolle zu halten.

»Das tut mir leid, Liebes. Der Verlust ist sicher schmerzhaft. Wie lange ist das her?«, fragte Judith, auf die ihr so eigene sanfte Art. Jenna wirkte in dem Moment so zerbrechlich. Wie konnte sie ihr nur helfen, damit diese Wunden heilten? Sie sandte ein Stoßgebet an den Einzigen, von dem sie wusste, dass er wirklich eingreifen konnte, und bat Gott um Weisheit und die richtigen Worte, die Jenna brauchte.

Jenna spielte mit ihren Fingern, nestelte eine Weile an der weißen Tischdecke herum und strich sie dann glatt, bevor sie antwortete.

»Sieben Jahre.«

»Wenn ich irgendetwas für dich tun kann, meine Tür steht immer für dich offen, und ich habe immer ein offenes Ohr und Zeit, mit dir zu beten, Liebes«, bot Judith verständnisvoll an.

»Danke. Ich bewundere deinen tiefen Glauben, Judith«, lenkte Jenna das Gespräch in eine Richtung, über die es ihr wahrscheinlich leichter fallen würde, zu sprechen. »Du erinnerst mich damit an meine Mutter, aber Gott ist für mich persönlich nicht greifbar. Was gibt dir diese Gewissheit, dass Gott wirklich existiert?«, fragte Jenna, nachdem der Kellner ihnen auf einem kleinen braunen Tablett die Cappuccinotassen serviert hatte.

»Hast du schon mal darüber nachgedacht, dass Gott für dich deshalb so schlecht greifbar ist, weil wir Menschen nur eine begrenzte Wahrnehmungsmöglichkeit haben und es mehr als die drei Dimensionen gibt, in denen wir uns bewegen?«, griff Judith das Thema, das Jenna ihr damit anbot, auf. Sie konnte sehen, dass Jenna immer noch schwer mit dem Verlust ihrer Mutter zu kämpfen hatte. Ihre versteifte Körperhaltung signalisierte Judith allerdings, dass sie einen anderen Weg finden musste, diesem Mädchen zu helfen, loszulassen und nach vorne zu blicken.

»Wie meinst du das?« Jenna sah sie fragend an.

»Okay, lass mich das an einem Bild ausführlicher erklären.« Judith deutete auf eines der kunstvollen Gemälde an den Wänden, welches ein Paar darstellte, das Hand in Hand auf einem Steg stand und in die Ferne blickte. »Stell dir vor, du bist eine dieser Personen auf der Leinwand, die deine ganze Welt darstellt. Alles, was du kennst, existiert in diesen zwei Dimensionen – Länge und Breite. Wenn jetzt eine Kugel durch deine Leinwand dringt, was würdest du sehen?«, fuhr Judith fort.

»Eine Kugel auf einer Leinwand? Das klingt seltsam«, überlegte Jenna. »Ich würde einen Kreis sehen, der plötzlich auftaucht, sich vergrößert und dann wieder verschwindet, nehme ich an? Und je nachdem würde ich wohl auch die Auswirkungen zu spüren bekommen ...«, schlug Jenna vor.

»Genau! Aber was du nicht sehen würdest, ist die dritte Dimension, die Tiefe. Für dich wäre dieser Kreis einfach eine flache Form auf deiner Leinwand, ohne dass du die wirkliche Natur der Kugel begreifen könntest. Nun, genau wie die Kugel für zweidimensionale Wesen auf der Leinwand nur als ein sich verändernder Kreis erscheinen würde, ist Gott für uns Menschen in unserer dreidimensionalen Realität auch nur begrenzt wahrnehmbar.«

Es verging ein langer Moment, in dem Jenna gedankenverloren ihre Kaffeetasse an den Mund führte und einen großen Schluck nahm.

»Willst du mir sagen, dass wir Gott so schlecht begreifen können, weil er unsere Wahrnehmungsfähigkeit übersteigt und wir letzten Endes nur die Auswirkungen erfassen können?«

»Korrekt. Es ist wie ein Versuch, eine mehrdimensionale Realität mit unseren begrenzten drei Dimensionen zu verstehen. Wir können nur einen Teil davon sehen und verstehen, aber das bedeutet nicht, dass der Rest nicht existiert. Ähnlich wie zweidimensionale Wesen die Kugel nur als flachen Kreis sehen könnten, können wir nur einen begrenzten Aspekt von Gottes Existenz erfassen.«

»Das klingt komplex. Aber wie können wir dann überhaupt versuchen, Gottes Realität zu verstehen, wenn wir nur begrenzte Perspektiven haben?« Jennas Neugier war unübersehbar.

»Es gibt noch eine bedeutsame Wendung in dieser Analogie. Stell dir vor, dass die Kugel, die durch deine Leinwand dringt, selbst ein Teil der Leinwand wird, indem sie sich in eine zweidimensionale Form verwandelt ...«, baute Judith das Beispiel weiter aus.

»Warte, das klingt verwirrend. Wie könnte eine Kugel Teil der Leinwand werden?«

»Genau das ist der Punkt. Gott, der über alle Dimensionen hinaus existiert, wurde tatsächlich Mensch in der Person von Jesus Christus. Er wurde Teil unserer Welt, um uns einen direkten Zugang zu sich selbst zu ermöglichen. Es ist, als ob die Kugel sich in eine flache Form verwandelt, um mit den zweidimensionalen Wesen in direkten Kontakt zu treten.«

Judith hielt inne. Sie konnte Gottes Gegenwart in jedem Herzschlag spüren und vertraute darauf, dass er ihre Worte leitete.

»Das ist eine erstaunliche Vorstellung. Bedeutet das, durch Jesus haben wir die Möglichkeit, Gottes Dimension zu verstehen?«

»Genau. Jesus wird oft als der Weg oder die Brücke zwischen Gott und den Menschen beschrieben. Durch ihn haben wir nicht nur die Möglichkeit, Gottes Realität zu erleben, sondern auch Gott persönlich kennenzulernen und eine tiefe Verbindung zu ihm zu haben, die über unsere begrenzte menschliche Wahrnehmung hinausgeht«, bestätigte Judith begeistert. An diesem Punkt hatte sie Jennas volle Aufmerksamkeit.

Ihr Gesichtsausdruck wurde nachdenklicher. »Du sagst also, es gibt Hoffnung, dass wir trotz unserer begrenzten Perspektiven eine Beziehung zu Gott haben können?« Ein Hauch von Zuversicht schlich sich in Jennas Stimme.

»Absolut! Jesus eröffnet uns die Möglichkeit und lädt uns ein, Gott nahe zu sein und seine Liebe und Fürsorge in unserem Leben zu erfahren. Diese Beziehung zu Gott wird lebendig, wenn wir ihm Raum geben und die Leitung in unserem Leben überlassen.«

Judith warf einen Blick auf ihre Armbanduhr und ihre Augen weiteten sich leicht. »Oh, wow, schon so spät? Ich habe gar nicht gemerkt, wie schnell die Zeit vergangen ist.«

Jenna lächelte, während sie ihre Tasse leerte. »Das passiert, wenn man in guter Gesellschaft ist.«

Judith kramte in ihrer Tasche nach ihrem Handy. »Ich hatte wirklich eine tolle Zeit heute. Lass uns unbedingt bald wieder was zusammen unternehmen.«

»Auf jeden Fall«, stimmte Jenna zu und reichte Judith ihr Handy. »Hier, gib mir doch mal deine Nummer, damit wir uns einfach verabreden können.«

Sie tauschten die Nummern aus, und Judith schmunzelte, als sie ihre Nummer eintippte. »Also, wann immer du Lust auf einen Kaffee oder einen Bummel hast, gib mir einfach Bescheid.«

Jenna nickte zustimmend. »Das mache ich. War wirklich schön, dich wiederzusehen.«

Judith steckte das Handy wieder in ihre Tasche und trat einen Schritt näher, um Jenna zum Abschied zu umarmen. »Das fand ich auch. Pass gut auf dich auf, ja?«

»Du auch«, antwortete Jenna, als sie sich langsam aus der Umarmung lösten. »Wir sehen uns hoffentlich bald wieder.«

Judith lächelte noch einmal und nickte, bevor sie sich umdrehte und den Weg zur Tür nahm. Bevor sie hinausging, warf sie einen letzten Blick zurück zu Jenna und winkte ihr leicht zu, das Lächeln noch immer auf den Lippen. »Bis bald, Jenna.«

»Bis bald, Judith«, rief Jenna ihr hinterher, als sie durch die Tür trat und in der Menge verschwand, das warme Gefühl der Begegnung noch immer in ihrer Brust.

Judith konnte in Jennas Mimik lesen, dass die Worte des Gesprächs an ihr nicht spurlos vorbeigegangen waren und sie wohl noch eine Weile nachhallen würden. Sie betete leise für Jenna und bat Gott, dass er sich ihr zeigen und ihr Herz heilen würde.

Jenna

— ACHTZEHN —

In den Wochen nach der Beerdigung holten die Anforderungen der Uni sie schonungslos wieder ein. Jenna sah schweren Herzens mit an, wie auch Matt widerwillig anfing, den Kampf mit dem Unialltag wieder aufzunehmen. Matt wirkte noch nicht ganz bereit dazu, den Verlust zu akzeptieren, doch das Leben ging in all seiner Unbarmherzigkeit weiter.

So ist es wohl oft, dachte Jenna.

Unwillkürlich erinnerte sich Jenna, wie auch sie vor einigen Jahren, nach dem Verlust ihrer Mum, wieder in den Schulalltag gefunden hatte. Es war eine harte Zeit gewesen. Ihre Gedanken wanderten weiter zu den Rätseln, die sie über ihre Familienwurzeln gefunden hatte. Wie sich wohl ihre Großeltern und ihre Mum gefühlt hatten, als vor so vielen Jahren plötzlich der älteste Sohn der Familie verschwunden war? Gab es eine Erklärung dafür, oder irgendeinen Zusammenhang zu der Arbeit ihres Großvaters?

Es wurde schließlich zu einer neuen Normalität, dass Jenna und Matt sich regelmäßig in der Bibliothek trafen, um zu lernen.

Die Bibliothek des sonst so modern gehaltenen Campus stellte eine Mischung aus Tradition und Moderne dar. Hohe Bücherregale, die bis zur Decke reichten, waren gefüllt mit vergilbten Bänden, deren Lederumschläge und feste Buchcover den Hauch vergangener Jahrhunderte verströmten. Die meisten der Bücher waren längst nicht mehr im Handel erhältlich, sondern der breiten Masse außerhalb der ehrwürdigen Bibliothekshallen nur noch in digitaler Form zugänglich. Moderne Schreibtische mit Laptops und Tablets luden zur schnellen Recherche ein, während das von Nieselregen getrübte Tageslicht durch die hohen Glasfenster drang, und die Arbeitsplätze nur unzureichend beleuchtete. Im Kontrast dazu gab es Leseinseln, die mit antiken Ohrensesseln und Vintage-Sofas zum Schmökern der Literatur aus den Bücherregalen einluden und mit stilgetreuen Stehlampen zum passenden Ambiente beitrugen.

An einem der moderneren Tische saß Jenna, vertieft in ihre Unterlagen. Die Stille der Bibliothek wurde nur vom gelegentlichen Rascheln von Seiten und dem gedämpften Klappern einer Computertastatur unterbrochen. Allein das leise Geräusch seiner sich nähernden Schritte auf dem Parkettboden verriet Matts Anwesenheit.

»Hey«, begrüßte er sie gedämpft, während er seinen Rucksack auf den Boden neben sie stellte. Seine Stimme war behutsam, fast fürsorglich, als wolle er die friedliche Atmosphäre nicht stören.

»Hey«, erwiderte Jenna, die Augen noch auf ihre Notizen gerichtet, doch ein kleines Lächeln huschte über ihr Gesicht.

Sie rückte mit ihrem Stuhl ein wenig zur Seite, um Platz für ihn zu schaffen.

»Ich hab das Material der letzten Seminare durchgesehen«, begann Matt, während er seinen Laptop öffnete. »Aber ich glaube, ich komme mit den Notizen noch nicht ganz klar. Kannst du mir nochmal erklären, wie Professor Nolan das gemeint hatte?«

Jenna nickte, erfreut über die Ablenkung. Sie liebte es, Matt zu helfen, und es war beruhigend zu sehen, dass das Lernen ihm half, den Kopf frei zu bekommen. Sie beugte sich näher zu ihm, um zu sehen, bei welchem Thema genau Matt Schwierigkeiten hatte. »Klar, also er hatte dazu folgendes Beispiel gebracht ...«

Während sie ihm die Ausführungen des Literaturprofessors erläuterte, bemerkte sie, wie konzentriert Matt ihren Erklärungen folgte. Er hatte es nicht nötig, sich Notizen zu machen, sondern ließ ihre Worte auf sich wirken, als würde er sie in sein Gedächtnis einbrennen. Seine Augen funkelten vor Konzentration, und er nickte gelegentlich, als Zeichen dafür, dass er verstand. Es wirkte beinahe, als würde er jede einzelne Information wie ein Puzzleteil zusammensetzen.

»Du bist wirklich faszinierend«, meinte Jenna plötzlich, ohne sich der Doppeldeutigkeit ihrer Aussage bewusst zu sein.

Matt hob den Kopf und lächelte, ein Lächeln, das die Schwere der vergangenen Wochen für einen Moment vertrieb. »Ich habe eine gute Lehrerin«, erwiderte er mit einem Augenzwinkern.

Jenna spürte, wie ihre Wangen leicht erröteten. Es war nicht nur die Art, wie er lernte, die sie beeindruckte, sondern auch, wie er es schaffte, trotz allem weiterzumachen. Die Schwere des Verlusts lag noch immer auf seinen Schultern, doch in diesen Momenten, in denen er sich auf das Lernen konzentrierte, schien er für einen Augenblick die Last abzulegen.

Stundenlang arbeiteten sie Seite an Seite, hin und wieder unterbrochen von einem leisen Gespräch, einem Lachen oder einem gemeinsamen Moment der Frustration über eine besonders schwierige Aufgabe, während andere um sie herum kamen und gingen.

Immer wieder kreisten ihre Gedanken um ihren verschwundenen Onkel. Jenna nutzte ihre nächste Pause, um den Internetbrowser auf ihrem Laptop zu öffnen und nach ihrem vermissten Onkel zu suchen. War es möglich, dass er noch lebte? Sie gab den Namen ‚Tomas Goldberg‘ ein und drückte die Enter-Taste. Wie zu erwarten war, gab es unzählige Treffer und Jenna scrollte oberflächlich durch die Bilderdatenbank, in der Hoffnung, in irgendeinem der Gesichter eine Ähnlichkeit zu ihrer Mum zu entdecken. Wieso hatte ihre Mum ihren Bruder niemals erwähnt? Hatte er Feinde oder Konflikte gehabt, die sein Verschwinden erklären könnten? Was hatte ihre Mum dazu gebracht, so viele Details über ihre Vergangenheit zu verbergen? Wollte sie ihren Bruder schützen, oder wollte sie etwa ihre eigene kleine Familie vor ihrer Vergangenheit schützen? Wäre es gefährlich, in der Vergangenheit zu graben? Was würde geschehen, wenn Jenna ihren Onkel finden würde? Nachdenklich klappte Jenna ihren Laptop wieder zu.

Das Tageslicht ließ nach und wurde durch das künstliche Licht der Bibliotheksbeleuchtung ersetzt, als Matt sich zurücklehnte und seinen Stift fallenließ. »Ich glaube, ich bin fertig für heute«, entschied er, ein zufriedenes Lächeln auf den Lippen. »Danke, dass du mir geholfen hast.«

»Jederzeit«, antwortete Jenna, während auch sie anfing, ihre Sachen zusammenzupacken, um sich von Matt zu verabschieden.

Draußen hüllte der Novemberregen die Brightoner Straßen in einen grauen Schleier. Dicht an dicht drängten sich die aufgespannten Regenschirme der vorübergehenden Fußgänger, als Jenna den Bus verließ. Sie bahnte sich ihren Weg über den nassen Gehweg und beeilte sich, das geschäftige Treiben hinter sich zu lassen. Es waren nur wenige Meter von der Bushaltestelle nach Hause und Jenna freute sich auf eine heiße Dusche, die ihren ausgekühlten Knochen wieder Leben einhauchen würde.

In der Wohnung angekommen, schaltete sie schnell ihren Laptop an, um ihre Mails zu überprüfen. Seit dem Beginn der Bewerbungsverfahren für die studienbegleitenden Praktika waren mittlerweile drei Wochen vergangen, und Jenna hoffte jeden Tag darauf, endlich eine Rückmeldung zu erhalten. Die ersten Kommilitonen hatten an diesem Morgen von einer Zusage berichtet, und Jenna konnte es kaum abwarten, ihre eigenen Mails zu überprüfen. Ihr Laptop brauchte eine gefühlte Ewigkeit, bis er hochgefahren war, und Jenna trommelte genervt mit den Fingern auf ihrem kleinen

Schreibtisch herum, bis sie endlich ihre Email-App öffnen konnte und die Mails eintrudelten.

Jenna traute ihren Augen kaum. Alle drei Agenturen hatten geantwortet. Sie öffnete die Mail von Echelon und begann zu lesen:

Sehr geehrte Frau Jäger,
wir möchten uns herzlich für Ihre Bewerbung um einen
Praktikumsplatz bei Echelon bedanken. Wir haben Ihre Unter-
lagen sorgfältig geprüft und sind beeindruckt von Ihrem
Engagement und Ihren sprachlichen Fähigkeiten. Wir freuen
uns, Ihnen mitteilen zu können, dass wir Sie gerne am 7.
Dezember zu einem Vorstellungsgespräch ...

Ein Freudenschrei bahnte sich seinen Weg aus Jennas Kehle, und sie fing an, ausgelassen in ihrem Zimmer zu tanzen. Jenna konnte ihr Glück kaum fassen. Erst heute Morgen in der Literaturvorlesung hatte sie mit Matt darüber gesprochen, wie schwierig es war, in einem so bekannten Unternehmen einen Fuß in die Tür zu bekommen. Das musste sie ihm erzählen!

Jenna schnappte sich ihr Handy und schrieb:

JENNA:
OMG ich hab's echt
geschafft!!!
:o)) Vorstellungsgespräch bei
Echelon!!!

Sie hatte gerade auf senden gedrückt, als Sherah an ihrer Zimmertür auftauchte und sofort in Jennas ausgelassene Feierstimmung mit einstieg. Jenna und Sherah drehten die Anlage voll auf und tanzten im Takt der Musik auf Jennas Bett.

»Halt! Warte!«, unterbrach Sherah ihre Euphorie mit ernster Miene. »Was wirst du anziehen?«

Jenna verdrehte die Augen. »Das weiß ich doch jetzt noch nicht, Sherah!«

»Ja, klar, aber das ist eine entscheidende Frage. Wir müssen unbedingt Lynn um Rat fragen!«

Sherah zog gerade ihr Handy aus der Gesäßtasche, als sie unter ihnen ein lautes Geräusch vernahmen, und der Lattenrost nachgab, was beide Frauen aus dem Gleichgewicht brachte, und sie schreiend und lachend aufs Bett fielen.

Sherah zuckte mit den Schultern. »Oder ich ruf erstmal David an, der kann bestimmt dein Bett reparieren. Es ist extrem praktisch, einen handwerklich begabten Freund zu haben«, änderte Sherah zwinkernd ihren Plan und wählte stattdessen Davids Nummer.

»Hey, ich bin's. Wir haben ein Problem mit Jennas Bett. Meinst du, du kannst es dir mal anschauen kommen? ... Bist ein Schatz! Danke, bis bald.« Sherah legte auf und sah Jenna an, die sie neugierig musterte.

»Oh, Freund, ja?! Wie läuft es denn so zwischen David und dir?« Jenna lächelte amüsiert in sich hinein.

»So hatte ich das nicht gemeint. Wir haben einfach nur eine gute Zeit miteinander. Aber es fühlt sich richtig an, im

Moment zu leben, und ich genieße die Zeit mit ihm. Mehr als das will ich gerade nicht.«

Jenna blinzelte irritiert und sah sie von der Seite an. »Unverbindlich, hm?«, fragte sie mit einem Anflug von Skepsis in ihrer Stimme. »Sherah, ihr trefft euch mindestens drei Mal in der Woche, und ich will gar nicht wissen, wie oft am Tag ihr miteinander schreibt oder telefoniert.« Jenna verdrehte betont dramatisch die Augen. »Selbst wenn du nur *Piep* machst, ist er sofort zur Stelle und liest dir jeden Wunsch von den Lippen ab.«

»Jenna«, seufzte Sherah, während sie sich etwas zu trinken aus der Küche holte, »er ist einfach unglaublich humorvoll und süß. Aber das war's auch schon. Jemand zum Spaß haben, da läuft nichts Ernstes. Ehrlich.«

Jenna, die Sherah in die Küche gefolgt war und sich ebenfalls eine Tasse Tee eingeschenkt hatte, musterte sie nachdenklich über den Rand ihrer Tasse hinweg. »Du merkst aber selbst, dass er mehr in dir sieht, oder? Auf mich wirkt es so, als ob ihr längst zusammen seid.«

Sherah zuckte mit den Schultern. »Ach, ich weiß nicht.«

Jenna hob eine Augenbraue. »Ist es alles nur ein Spiel für dich oder magst du ihn wirklich?« Jennas Frage kam direkter heraus, als sie es beabsichtigt hatte.

»Es ist kompliziert, Jenna. Außerdem versteht David, dass ich mich nicht binden will.«

»Aber was ist, wenn du ihn mit deiner Unverbindlichkeit verletzt und dich selbst unglücklich damit machst?«

Sherah schluckte schwer und einen Moment lang schwebte die brutale Ehrlichkeit dieser Aussage zwischen ihnen.

»Wie sieht's aus, machen wir mit Lynn gleich einen Shoppingtermin aus? Du brauchst so schnell wie möglich das perfekte Outfit für dein Vorstellungsgespräch!«, wechselte Sherah gezielt das Thema.

Es dauerte keine halbe Stunde, bis David vor der Tür stand. Er machte sich gleich an die Arbeit und nahm Jennas Bett auseinander.

Jenna sah zu, wie David sich mit geschickten Handgriffen des Bettes annahm und mit einem Schraubendreher bewaffnet vor sich hin werkelte.

Etwas an der Art, wie er Sherah immer wieder voller Zuneigung und Bewunderung ansah, als diese seine Nähe suchte, ließ keinen Zweifel daran, dass er sie mehr als nur mochte. Und an Sherahs Verhalten war nicht zu übersehen, dass sie es auch spürte. Jenna runzelte die Stirn. Würde Sherah irgendwann aufhören, sich gegen ihre eigenen Gefühle zu wehren? Unwillkürlich musste Jenna an Matt denken und war froh, dass sich diese Frage zwischen ihnen gar nicht erst stellte. Von einem Date waren die beiden schließlich weit entfernt und daran würde sich auch in absehbarer Zeit nichts ändern, so viel stand fest.

Er ist ein wirklich guter Kerl, dachte Jenna bei sich, selbst nicht sicher, ob sie jetzt Matt oder David damit meinte. Sie lehnte sich gegen die Wand, um die beiden Turteltäubchen zu beobachten. *Sie würden ein großartiges Paar abgeben, wenn Sherah es nur zulassen würde ...*

Jenna konnte nur hoffen, dass Sherah David mit ihrer Unentschlossenheit nicht verletzte. Sie nahm einen weiteren Schluck aus ihrer Tasse und beschloss, sich nicht weiter einzumischen. Wahrscheinlich musste Sherah das alleine herausfinden.

Nachdem das Bett repariert war, bot Jenna David einen Tee an. Die drei gingen gemeinsam in die Küche und David setzte sich.

»Vielen Dank für deine Hilfe, David.« Jenna füllte eine weitere Tasse mit Tee und reichte sie ihm.

»Für euch doch immer.« David grinste und sah dann zu Sherah. Er machte sich nicht einmal die Mühe, seine Zuneigung oder etwas, das er selbst noch nicht benennen konnte, zu verbergen.

Sherah
— NEUNZEHN —

Sherah hasste den November. Es war kalt und nass und einfach nur grau. Aber dieses Jahr war das anders. Sherah hatte einen hellen Stern, der den tristen Monat aufhellte. Ihr erstes Date war zu einer unverbindlichen Romanze geworden. In den letzten Wochen hatte es sich zu einem Ritual entwickelt, dass Sherah und David sich trafen, zusammen Tränen lachten, und sich für weitere Abende verabredeten, die konstant voller Leichtigkeit und Lachen waren. Es blieb nie bei einem Drink oder einem gemeinsamen Essen. Die beiden ließen die Nächte in Bars, auf Partys oder beim Tanzen ausklingen. Sherah hing an ihrem Image der ungebundenen Partykanone, aber David hatte auf seine witzige Art klargestellt, dass er sie mochte und sie ihn so schnell nicht abschütteln würde. Ehrlich gesagt wollte sie das gar nicht. Das erste Mal im Leben hatte sie das Gefühl, ein Typ würde mit ihr faktisch auf einer Wellenlänge sein und dabei keine Maske aufsetzen. David war genauso durchgeknallt wie sie. Und das ging doch auch ohne den ganzen Stress von einer festen Beziehung, oder? Ohne die Tiefs, die unweigerlich nach dem anfänglichen Hoch folgen würden oder die Verletzungen und Eifersucht, um die sie beschlossen hatte, einen weitläufigen Bogen zu machen. Sherah hatte gelernt, sich geschickt hinter einem Panzer aus Coolness und Unverbindlichkeit zu verschanzen, und hatte nicht vor, diese Sicherheit aufzugeben.

»Es ist nichts weiter als Spaß«, flüsterte sie sich selbst zu, als wäre es ein Mantra, das sie davon abhalten würde, tiefer in diese Gefühle hineinzufallen.

David schien das nicht zu stören. Zumindest nicht sichtbar. Er schmunzelte, machte einen lockeren Spruch oder brachte Sherah zum Lachen – etwas, das ihm vor allem gut gelang, wenn sie versuchte, die wachsende Vertrautheit zwischen ihnen herunterzuspielen.

Sherah hatte nicht damit gerechnet, ihn an diesem Abend zu sehen. Aber ihr war niemand anderes als David als Retter in der Not eingefallen, als Jennas Bett zusammengebrochen war und sie dringend versierte handwerkliche Hilfe benötigten.

Es waren Jennas direkte, fast ungemütliche Fragen über David, die Sherah aus der Balance brachten, und auf die sie nichts erwidern konnte. Die Angst, verletzt zu werden, saß einfach zu tief. Außerdem sollte sich die Kleine mal an die eigene Nase fassen! Es war mehr als offensichtlich, dass Matt nur Augen für sie hatte und sie sich ihren Gefühlen nicht stellte. Aber das war eine ganz andere Sache!

Keine halbe Stunde später öffnete Sherah David die Tür, der sie mit einem siegessicheren Lächeln begrüßte.

»Hey Babe, wer hat hier einen Helden gerufen?«, scherzte David, der mit seinem Werkzeugkoffer unterm Arm in der Tür stand und ihr einen dicken Kuss auf die Wange drückte.

Sherah wurde abwechselnd heiß und kalt, als sie ihm den Weg ins Apartment freigab. Und ihm dabei mit einem breiten Grinsen einen Klaps auf den Po verpasste.

»Hier entlang, mein Ritter in glänzenden Arbeitshosen«, erwiderte Sherah frech, und David folgte ihr in Jennas Zimmer.

Die beiden Frauen holten die Matratze vom Bett, um sich das Ausmaß des Schadens anzusehen, und David musste lachen.

»Na, was habt ihr denn hier für wilde Spielchen getrieben?!«

Sherah schüttelte lachend den Kopf, tanzte leichtfüßig um David herum und streckte ihm die Zunge heraus. »Wir haben ein wenig getanzt und gefeiert, dass Jenna ihr Vorstellungsgespräch klargemacht hat.«

»Girls, ich würde behaupten, ihr seid mittlerweile zu alt fürs Betthüpfen! Aber herzlichen Glückwunsch, Jenna! Und keine Sorge, ich hab alles im Griff. Wir müssten nur die beiden Latten dort drüben austauschen. Ich habe vorsorglich ein paar Holzlatten aus der Werkstatt meines Dads mitgehen lassen, damit sollte es gehen.«

Gesagt, getan. Es dauerte nur ein paar Minuten und einige geschickte Griffe, und das Bett war wieder einsetzbar.

An diesem Abend verließen David und Sherah gemeinsam die Wohnung. Der Regen hatte sich verzogen, der Wind wehte stetig durch die kahlen Äste der Bäume und vermischte den Duft von feuchtem Laub und aufgeweichter Erde mit der salzigen Brise vom nahen Meer. Die beiden lachten über einen der dummen Witze, die er so gerne einwarf, um die Stimmung zu lockern. Umgeben von der kühlen Schärfe der Abendluft, griff David unbewusst nach ihrer Hand. Sie ließ es geschehen, ihre Finger mit seinen verschränkt, trotzdem meldete sich in ihrem Inneren wieder dieses leise, zögerliche Gefühl, das sie ausbremste. Jennas Fragen nagten an ihr, aber sie konnte sich nicht dazu durchringen, eine Entscheidung zu treffen. Sie wollte David nicht verletzen, doch noch größer war ihre Angst davor, selbst verletzt zu werden, wenn sie in diese Beziehung investieren würde. Was, wenn es nicht funktionieren würde? Könnte sie damit klarkommen?

»Wohin gehen wir heute?«, fragte sie, als sie die Straße entlangschlenderten, wobei sie gekonnt den Regenpfützen des letzten Wolkenbruchs auswichen.

»Ich weiß nicht, vielleicht einfach nur unten am Strand spazieren?«, schlug David vor und beobachtete ihre Reaktion.

Sherah lächelte, doch ihr Lächeln erreichte ihre Augen nicht. Ein Strandspaziergang fühlte sich nach deutlich mehr an, als unverbindlichem Spaß.

David, der ihre verhaltene Reaktion bemerkte, legte seinen Arm um ihre Schulter und zog sie sanft etwas näher zu sich. Sherah spürte, wie sein Blick ihren suchte, als sie zögerlich ihr Gesicht zu ihm wendete.

»Sherah, bitte versteh mich nicht falsch, aber ... was ist das zwischen uns für dich?«

Sherah wich seinem Blick aus, rang darum, die richtigen Worte zu finden, und brachte schließlich doch nur Gestammel heraus. »David, ich genieße es wirklich, wenn wir zusammen sind. Es ist nur ...«

»… nichts Ernstes für dich?«, versuchte er, ihren Satz zu vollenden. Sein Ton blieb sanft und geduldig, aber für einen kurzen Augenblick erkannte sie etwas Melancholisches in seinem Blick, das sie nur schwer ertragen konnte. Und so gar nicht zu dem David passen wollte, den sie kannte.

Sherah richtete ihren Blick geradeaus auf die Straße vor ihnen und räusperte sich. »Jein, um ehrlich zu sein, habe ich Angst davor, dass es doch so ist, und ich«, sie holte tief Luft und brachte dann endlich den Mut auf, David anzusehen, »ich hab einfach Angst, dass ich noch nicht bereit dazu bin, verstehst du?«

Er nickte träge, ließ seinen Arm langsam sinken, steckte seine Hände lässig in die Taschen und antwortete in einem unbeschwerten Tonfall: »Okay, kein Problem.« David lächelte sie an, doch diesmal wirkte er angespannt und kontrolliert. »Ich hab gern Spaß mit dir, das passt doch perfekt. Und solange du ehrlich zu mir bist, komm ich schon klar. Was hältst du von einem kleinen Snack beim Taco Twist?«

Seine Stimme klang leicht und verspielt, doch Sherah wusste augenblicklich, dass es nicht so einfach war, wie er es klingen ließ. Es war fast greifbar, wie sich die Dynamik zwischen ihnen wandelte, und es fühlte sich einfach falsch an. Während sie weitergingen, nahm sie den plötzlich wachsenden Abstand zwischen ihnen wahr – nicht körperlich, sondern emotional – trotz der Nähe, die sie doch eigentlich suchte.

Und so verging die Zeit. Sherah und David verbrachten weiterhin viel Zeit miteinander, lachten, teilten Momente, die deutlich mehr bedeuteten, als Sherah es sich eingestehen wollte. Doch solange sie es nicht zuließ, schwebten sie weiter zwischen Spaß und Ernst, in einem Tanz, der beide zu etwas führen könnte, das größer war, als sie es je erwartet hatten.

David gehörte bereits so selbstverständlich in ihr Leben und die Art, wie er sie verstand, überraschte sie. Und genau das war es, was ihr Angst machte. Sie wollte keine feste Bindung, wollte ihre Unabhängigkeit nicht verlieren. Ihre Familie lebte weit weg in Schottland, und obwohl sie sie liebte, genoss Sherah das Gefühl von Freiheit, das ihr das Studium in einer anderen Stadt gab. Nachdem Sherah David einmal am Telefon ihrer Mutter gegenüber erwähnt hatte, fragte sie immer wieder nach ihm, wollte wissen, ob er nicht ein netter Junge sei. Aber jedes Mal wechselte Sherah das Thema.

Jenna
— ZWANZIG —

Nachdem Sherah und David gegangen waren, machte Jenna es sich mit einer Tasse Tee auf ihrer Fensterbank bequem und griff nach ihrem Handy. Es waren zwei Stunden vergangen, seit sie Matt geschrieben hatte, und seitdem hatte ihr Telefon unbeachtet auf ihrem Schreibtisch gelegen.

Matt hatte bereits vor einiger Zeit geantwortet.

MATT:

Ich wusste es! Du
rockst einfach alles! :D

Kurz darauf war eine weitere Nachricht gefolgt.

MATT:

Weißt du schon, wie
du hinkommst?

Hm. Gute Frage!

JENNA:

Noch keinen Plan ;)
Mit Zug oder Bus vielleicht?

Jenna fand es ja toll, dass ihre Freunde alle so Anteil nahmen. Was diese Planungsfragen anging, waren sie ihr allerdings einen Schritt voraus.

MATT:

Wann denn? Vielleicht kann ich dich fahren ;) dann musst du nicht allein hin. Lernen wir morgen?

Mit einem Anflug von ungläubiger Überraschung las sie Matts Worte noch einmal, um sicherzugehen, dass sie ihn richtig verstanden hatte. Ein Lächeln spielte um ihre Lippen, und sie fragte sich kurz, ob Matt ahnte, dass genau das ihre größte Sorge war. Dieses Vorstellungsgespräch bereitete ihr tatsächlich Kopfschmerzen und allein der Gedanke, jemand würde bereit sein, sie zu begleiten und ihr den Rücken zu stärken, bedeutete ihr unendlich viel.

JENNA:

Danke fürs Angebot :) 7. Dezember. Können ja dann noch mal drüber reden, morgen geht klar. Bis bald.

Die Aussicht, dass Matt sie eventuell begleiten würde, war zugleich beruhigend als auch aufwühlend. Wenn er da war, fühlte sich Jenna sicher und geborgen, doch das Letzte, was sie wollte, war, dass er das mitbekam.

Jennas Blick fiel auf das Skript ihres Großvaters und sie blätterte ein wenig darin. Sie hatte vor ein paar Tagen darin gelesen und sich vorgenommen, es bis Ende der kommenden Woche fertig zu bekommen. Kurz zusammengefasst war es ein Essay, das aus Sicht des alten Volkes anhand der Heiligen Schriften bewies, dass Yeshua, der Jesus des christlichen Neuen Testaments, der dem alten Volk verheißene Retter war. Jenna verstand die Zusammenhänge und Auswirkungen nicht und nahm sich vor, Matt darauf anzusprechen. Nach ein paar Zeilen bemerkte sie, wie müde sie längst war, und legte das Skript beiseite, um schlafen zu gehen.

In der ruhigen Atmosphäre der Bibliothek saßen Jenna und Matt am folgenden Nachmittag wieder an einem der Tische im hinteren Teil des Raumes. Abgeschottet von der Welt, aber nah genug an den Fenstern, um das Tageslicht zu nutzen, unterhielten sie sich über ihr Literaturstudium. Vor ihnen lagen ein paar Bücher, ihre Tablets mit den geöffneten Vorlesungsnotizen und ihre aufgeklappten Laptops.

Jenna war gerade dabei, Matt die komplexen Strukturen eines philosophischen Essays zu erklären, und las mit gedämpfter Stimme vor: »Dieser Text untersucht die Natur des Seins und die Bedeutung von Identität. Der Autor greift auf verschiedene philosophische Konzepte zurück, um seine Argumentation zu unterstützen und eine tiefergehende Reflexion über das menschliche Dasein anzuregen.«

Matt nickte fokussiert und lächelte. Hin und wieder sah er dabei zu ihr herüber. »Das klingt recht gehaltvoll. Vielleicht sollten wir das noch in einzelne Punkte herunterbrechen. Es ist sicher eine echte Herausforderung, sich durch die abstrakten Ideen zu arbeiten und die verschiedenen Argumentationsstränge zu verstehen.«

Jenna erwiderte sein Lächeln, beeindruckt davon, wie aufmerksam sich Matt mit dem Thema auseinandersetzte.

»Ja, es erfordert definitiv eine gewisse Ausdauer und eine offene Geisteshaltung. Aber die Belohnung besteht darin, neue Einsichten zu gewinnen und seine eigenen Überzeugungen zu hinterfragen.« Jenna neigte den Kopf und fuhr mit den Fingern über ihre Lippen. »So ging es mir auch mit dem Essay meines Großvaters. Erinnerst du dich an das Skript, das wir in seiner Studierkammer gefunden hatten? Das über den Retter.«

»Ja sicher. Hast du es gelesen?« Matts Augen weiteten sich gespannt.

»Noch nicht ganz.« Jennas Seufzen klang wie ein leises Eingeständnis ihrer Niederlage. »Es fällt mir schwer, dem Faden zu folgen, es ist, als ob mir zu viel Kontext fehlt. Ich hatte gehofft, du könntest mir dabei helfen.«

»Hast du es denn dabei?« Matts Augen glänzten erwartungsvoll.

Jenna kramte in ihrer Tasche, holte das Skript ihres Großvaters heraus, und gab es Matt.

Er beugte sich über das Essay, seine Stirn leicht gerunzelt, während er konzentriert las. Jenna beobachtete ihn eine Weile aus dem Augenwinkel, während sie in ihren eigenen

Aufzeichnungen blätterte. Seine Augen folgten den Zeilen, und es war, als würde er den Inhalt nicht nur lesen, sondern ihn in sich aufsaugen. Es war, als könnte sie förmlich sehen, wie die Zahnräder in seinem Kopf ratterten.

»Okay, lass mich mit etwas Hintergrundwissen zum alten Volk beginnen«, sagte er schließlich, seine Stimme ruhig, aber voller Nachdruck.

»Das alte Volk wurde, der Tora zufolge, von Anfang an dazu auserwählt, in enger Verbindung mit dem lebendigen Gott JHWH zu leben. Sie hatten einen ewigen Bund mit ihm geschlossen, und Gott hatte dem alten Volk versprochen, dass der Retter der Welt aus ihnen hervorkommen würde. Doch immer wieder wandten sie sich von ihm ab und dienten anderen Göttern.

Dein Großvater fand in den Heiligen Schriften Beweise für eine Parallele zwischen dem christlichen Glauben und dem Retter, auf den das alte Volk wartet. Diese bisher in Kreisen des alten Volkes völlig utopische Verbindung bewies er in seinem Essay.«

Jenna dachte über seine Worte nach. »Das heißt, mein Großvater bewies ihnen damit, dass sie den Retter verpasst haben? Aber wieso erkannten sie ihn nicht?«, überlegte Jenna weiter.

»Sie haben ihn nicht nur verpasst, sondern waren auch für seinen Tod verantwortlich«, begann Matt. »Das alte Volk hatte sich den Retter als mächtigen militärischen König vorgestellt, der ihre Kriege gewinnt und mit Gewalt regiert. Doch als der Retter kam, kam Gott selbst – als Mensch, zunächst in Gestalt eines Babys geboren. Anstatt Kriege zu führen, heilte er

Menschen und sprach in Gleichnissen von seinem Königreich.

Niemand hatte erwartet, dass er die Dunkelheit und Schuld der Welt auf diese Art besiegen würde – nicht durch Gewalt, sondern durch sein eigenes Leben. Er war der einzige Mensch, der ohne Sünde lebte und das Gesetz vollkommen erfüllte. Dadurch wurde er zur Gerechtigkeit für alle, die an ihn glaubten. Die Schuld, die zwischen uns Menschen und der Gerechtigkeit stand, nahm er auf sich. Er besiegte den Tod und schuf den Weg, damit jeder Mensch freien Zugang zu Gott haben kann.« Matt gab sich Mühe, die Details so gut er konnte zu erklären.

»Wozu?«, fragte Jenna.

»Für eine wiederhergestellte Beziehung zwischen Gott und den Menschen. Das alles war Teil von Gottes Plan, um den Tod zu besiegen und möglichst die ganze Welt mit seiner rettenden Liebe zu erreichen.

Das alte Volk wartet noch immer auf diesen Retter, aber mein Onkel sagt, dass die Zeit kurz bevorsteht, dass er wiederkommt, um die Dunkelheit zu besiegen. Und dann wird auch das alte Volk den Retter erkennen, allerdings wird das in einer Zeit großer Dunkelheit und Prüfungen geschehen.« Matt erzählte so viel darüber, das Jenna bloß staunen konnte.

»Und glaubst du das, oder ist das für dich eine alte Legende?«, fragte Jenna, erstaunt über das große Wissen, das Matt zu dem Thema hervorholte.

»Es gibt zu viele Beweise dafür, dass ich es mir einfach machen und es als Legende abtun könnte. Aber es ist *eine* Sache, diese geschichtlichen Hintergründe zu studieren, bevor dieses Wissen in Vergessenheit gerät. Es ist eine ganz andere Sache, sie in meinem Herzen zu erfassen«, erwiderte Matt.

Inmitten ihrer Diskussion begegneten sich immer wieder ihre Blicke, und Jenna konnte diese subtile Spannung zwischen ihnen wahrnehmen. Ihr gesamter Körper begann zu kribbeln, als sie Matt dabei ertappte, wie er sie durchdringend ansah, als ob er jede ihrer Bewegungen studierte.

»Welche Konsequenz könnte das für meinen Großvater gehabt haben, gerade, wenn er vom alten Volk abgestammt hatte?«

Jenna rechnete kurz nach und kam zu dem Schluss, dass Tomas ungefähr in dem Zeitrahmen verschwunden sein musste. War das Zufall?

»Das könnte eine echt schwierige Zeit für ihn und seine Familie gewesen sein. Besonders in den 1980ern, wo religiöse Identitätsfragen noch viel mehr im Vordergrund standen. Konservative und orthodoxe Kreise haben ihn vermutlich stark kritisiert und vielleicht sogar aus ihrer Gemeinschaft ausgeschlossen und isoliert. Vermutlich wurde sein Skript abgelehnt und ihm wurde vorgeworfen, dass er sich vom Glauben des alten Volkes abgewandt habe.«

Matt legte seine Hand über Jennas, als er ihre Aufmerksamkeit auf ein bestimmtes Detail ihres Essays lenken wollte, und Jenna bekam eine Gänsehaut, als seine Finger über ihre Haut strichen.

»Das klingt, als ob er diese riesige Provokation bewusst verfasst hatte, obwohl er genau wusste, auf wie viel Widerstand seine Aussagen stoßen würden – theologisch, historisch und sozial«, fügte Matt mit dem Finger auf einer Passage hinzu.

»Das ist ... unglaublich«, sagte Jenna schließlich anerkennend, als er fertig war. »Du hast das mit so viel Zusatzinformationen auf den Punkt gebracht, ich hätte ewig gebraucht, um das zu recherchieren und zu verstehen.«

Ihre Blicke trafen sich, und für einen Moment vergaß Jenna alles um sich herum. Doch als ihr die Intensität des Augenblicks bewusst wurde, zuckte sie mit ihrer Hand zurück, als ob sie sich verbrannt hätte, wich seinem Blick aus und sah zur Seite.

Sie räusperte sich, um ihre Stimme frei zu bekommen, doch diese klang trotzdem rauer als beabsichtigt. »Wir sollten uns wieder auf unsere Literaturausarbeitung konzentrieren.«

Matt schloss kurz die Augen und ließ die Schultern sinken. »Entschuldige, lass uns weitermachen. Es ist nur, ich will das nicht vermasseln«, sagte er so leise, als ob er nur laut nachdachte. Diese Aussage, die zwischen Matt und Jenna so zerbrechlich schwebte, irritierte sie und riss sie aus dem Nebel ihrer Gefühlswelt. Jenna zog ihre Augenbrauen nach oben. »Was meinst du? Deine Klausuren? Hey, hör zu, wir beide wissen, dass das nicht passieren wird. Deine Intelligenz und Leidenschaft für Literatur sind bewundernswert, und es ist unheimlich inspirierend, mit dir darüber zu sprechen«, entgegnete Jenna ihm mit gedämpfter Stimme, die keine Widerrede duldete. Sie war froh, ihre Energie auf etwas lenken zu können, dass sie von den unerwarteten Gefühlen, die diese unschuldige Geste von Matt ausgelöst hatte, ablenkte und ihren Herzschlag wieder entschleunigte.

»Danke«, Matts Stimme klang belegt und kaum hörbar, er knetete seine Hände und wechselte geräuschvoll seine Sitzposition, während sein Stuhl nach hinten wegrutschte. »Es ist wunderbar, jemanden zu kennen, der meine Begeisterung teilt.«

Sie setzten ihre Ausarbeitung fort, aber die Leichtigkeit und Nähe, die Jenna zuvor empfunden hatte, waren verschwunden. Immer wieder wanderten ihre Gedanken zu dem Moment, als seine Hand ihre berührt hatte, und zu den ungeahnten Gefühlen, die diese Geste ausgelöst hatte.

Als sie fertig waren und hintereinander die Bibliothek verließen, griff Matt nach ihrem Oberarm, um sie zum Anhalten zu bewegen.

»Jen, warte bitte!« Er sprach mit einer solchen Dringlichkeit, dass sie das Gewicht seiner Worte fühlen konnte.

Jenna hielt an, drehte sich zu ihm um und wäre beinahe mit ihm zusammengestoßen. Sie stoppte so nah vor Matt, dass sie seinen Atem spüren konnte, was allein ausreichte, dass ihre Knie drohten, nachzugeben. Matts Augen baten sie still, ihm zuzuhören, seine Stimme klang tief und ein Hauch Verzweiflung lag in seinem Blick. »Ich hatte vorhin nicht von den Klausuren geredet.« Er ergriff mit seiner Linken Jennas Hand und löste wieder diese elektrisierende Spannung zwischen ihnen aus. Jenna senkte ihren Kopf und fixierte einen Punkt auf dem Boden, in dem kläglichen Versuch, ihren ohrenbetäubenden Herzschlag unter Kontrolle zu halten. Er legte seine Stirn an ihre, und sie spürte die Aufrichtigkeit in jedem seiner Worte, die er leise sprach. »Hör zu, ich habe in meinem Leben schon so viele Fehler gemacht und will das, was zwischen uns ist ... ich ... ich will das zwischen *uns* nicht vermasseln! Ich werde mich dir nicht aufdrängen und kann meine Gefühle dir gegenüber gar nicht in Worte fassen, geschweige denn, was allein eine Berührung von dir auslöst. Ich habe Angst, dich zu verlieren, bevor du überhaupt zu mir gehörst. Aber ich möchte, dass du weißt, dass es mir jedes Risiko wert ist. Ich werde geduldig warten und bereit sein, wann immer du es bist.«

Mit einem flüchtigen Kuss auf die Stirn verabschiedete er sich, ließ Jenna los, drehte sich auf dem Absatz um und verschwand über den Campusplatz in Richtung Pier.

Jenna blieb wie festgefroren stehen. Völlig paralysiert. Unfähig, nur einen klaren Gedanken zu fassen. Hatte sie das eben geträumt?

Durcheinander und aufgewühlt lehnte Matt sich gegen die Innenseite seiner Zimmertür, nachdem diese ins Schloss gefallen war und er sicher sein konnte, allein zu sein. Er schloss die Augen und fragte sich, was ihn geritten hatte, Jen so direkt mit seinem inneren Chaos zu konfrontieren. Matt konnte nicht fassen, wie dumm er sich verhalten hatte, als seine Worte wieder und wieder in seinem Kopf nachhallten. Es fühlte sich an, als hätte er die Hauptrolle in einem überdramatisierten Liebesroman übernommen. War sein Literaturstudium ihm so zu Kopf gestiegen, dass er sich für einen modernen Shakespeare hielt? War er zu weit gegangen? Hatte er sie mit seinem Geständnis vor den Kopf gestoßen und damit eine Verbindung zerstört, die noch so zerbrechlich und ungreifbar war? Ihr plötzlicher Rückzug in der Bibliothek verunsicherte ihn. Matt lief durch den Raum, blieb am Fenster stehen und sah hinaus auf die Straße, während er versuchte, seine Gedanken zu ordnen. Vermutlich war es ein Fehler gewesen, so direkt zu sein, aber andererseits hatte er nur die Wahrheit gesagt, oder zumindest einen Teil davon. Den Part mit dem geduldigen Warten bereute er jetzt schon. Allein die Vorstellung, *geduldig* auf eine Antwort warten zu müssen, frustrierte ihn. Er hätte vorhin stehen bleiben und ihre Reaktion abwarten sollen, anstatt wie ein Feigling davonzulaufen, aus Angst vor Ablehnung. Er vermisste sie jetzt schon, ihren Duft, ihr Lachen, ihre Stimme, ihre zarte, feinfühlige Persönlichkeit.

Matt musste unbedingt hier raus, musste sich ablenken, auf andere Gedanken kommen, bevor ihm hier in seiner Studentenbude die Decke auf den Kopf fiel.

Er zögerte nicht lange, nahm seinen Motorradschlüssel, den er in einer kleinen Schreibtischschublade aufbewahrte, und griff nach dem Helm, der seit einigen Jahren als einsames Dekoobjekt auf seiner Halterung an der Wand ruhte. Kurzentschlossen verließ Matt die Wohnung und nahm die Treppe, um in die Garage zu gelangen. Er kannte nur einen Weg in so einer Situation einen freien Kopf zu bekommen, und der war geteert und blies ihm den Fahrtwind ins Gesicht.

In der Garage angekommen, schaltete Matt das Licht ein, zog die Abdeckung von seiner Maschine und nahm sich ausführlich Zeit, sie auf ihre Funktionsfähigkeit zu überprüfen. Sie stand jetzt schon eine Weile still und er würde kein Risiko eingehen. Er hatte mit dem Gedanken gespielt, dass dieser Tag einmal kommen würde. Hatte sich fest vorgenommen, dass er, wenn es so weit war, mit mehr Respekt vor dem Leben, das ihm gegeben wurde, und Verantwortungsbe-wusstsein fahren würde. Die Zeit nach dem Unfall hatte ihn verändert, reifen lassen und seine Perspektiven und Ziele geformt. Matt dachte immer wieder über die Gespräche mit seinem Onkel nach und spürte einen Hunger danach, diesen lebendigen Gott, von dem Richard ihm erzählt hatte, selbst kennenzulernen. Er nahm sich vor, wieder mit dem Bibellesen anzufangen und das Beten selbst auszuprobieren. Allerdings musste er zugeben, dass sich allein der Gedanke komisch anfühlte, mit jemandem zu reden, den man nicht einmal sehen oder anfassen konnte.

Nachdem er sich vergewissert hatte, dass sein Baby einsatzbereit war, öffnete Matt mit der Fernbedienung das Garagentor und schwang sein rechtes Bein über den schwarzen Ledersitz. Seine Hand umfasste den Griff, und er ließ seine Finger am Gashebel spielen. Ein dumpfes Dröhnen erfüllte die Garage, als der Motor zum Leben erwachte, und ungeduldig knurrte, sobald Matt den Gashebel betätigte.

Die Vibrationen der Maschine durchdrangen seinen Körper, als der Drehzahlmesser langsam nach oben stieg und die Maschine unter ihm zum Leben erwachte und nach Freiheit zu rufen schien. Jeder Stoß des Gashebels ließ das Motorrad aufheulen, bereit, auf die Straße losgelassen zu werden.

Endlich war auch Matt soweit und ließ das schwere Motorrad vorwärtsrollen. Er ließ es erst einmal langsam angehen, passte seinen Fahrstil gewissenhaft an die Gegebenheiten der Küstenstraße an. Es dauerte keine Viertelstunde, bis er sein etwas außerhalb von Brighton gelegenes Ziel erreicht hatte.

Die Saltdean Cliffs, eine majestätische Formation von steilen Kreideklippen, waren seit Jahren Matts heimlicher Rückzugsort, wenn er Zeit zum Nachdenken brauchte oder das Bedürfnis hatte, dem Trubel der Stadt zu entfliehen. Diese eindrucksvolle Reihe von strahlend weißen, sandigen Felswänden, die über das tiefblaue Wasser des Ärmelkanals ragten, rückten viele alltägliche Sorgen in die richtige Perspektive.

Matt stellte sein Motorrad ab, lief ein paar Schritte, setzte sich an einer etwas abgelegenen Stelle nah an die Klippe und ließ seinen Blick über das Meer und die ikonische Küstenlandschaft schweifen. An den Spitzen der Klippen versammelten sich zahlreiche Seemöwen, während der Fuß dieses eindrucksvollen Naturwunders von einem breiten Strand gesäumt war, den man so deutlich nur bei Ebbe sehen konnte. Das Meer rauschte leise, während er langsam seine Augen schloss und zur Ruhe kam. Matt kam sich auf einmal so klein und unbedeutend vor. Würde Gott ihn hier hören? Wäre das, was er zu sagen hatte, von Belang für den Künstler, der all das, was vor ihm lag, designt hatte? Und was wollte er überhaupt sagen? Richard betonte immer, dass jeder zu Gott kommen konnte, wie er war, und dass Gott mehr an dem Herzen, als an den richtigen Worten interessiert war. Matt entschied, es hier und jetzt auszuprobieren, und schloss seine Augen.

»Hey Gott, ich bin's, Matt«, begann er sein erstes Gebet gegen den Wind zu rufen. »Ich weiß nicht, ob du Zeit für mich hast, aber mein Onkel Richard hatte gemeint, ich könnte mit dir reden. Ich glaube, wir sind uns schon mal begegnet und für das, was damals passiert ist, möchte ich dir endlich mal Danke sagen. Ich glaube, ich würde dich gerne besser kennenlernen und verstehen, wer du bist. Ich meine, ich bin nicht der Beste im Beten und so, aber ich versuche es. Bitte zeige mir, wie das funktioniert.«

Matt beschlichen schlagartig Zweifel an dem, was er hier tat. Er kam sich albern und blöd vor, weil er sich so naiv wie ein kleines Kind benahm. Aber dann, auf einmal, erfüllte ihn ein unfassbarer Frieden. Die Bilder aus seiner Erinnerung an die Nacht auf der Brücke tauchten in ihm auf. Es war annähernd so, als ob er wieder diese Hand auf seiner Schulter spüren konnte und diese Gegenwart zum Greifen nah war, die alle Dunkelheit um ihn herum vertrieben hatte.

Es gab noch mehr, was er zu sagen hatte, jetzt, da seine Hoffnung und das Vertrauen zunahmen, dass dieser große Gott ihm tatsächlich zuhörte. Etwas leiser, aber doch mutig und hörbar setzte er erneut an.

»Hey Gott, ich bin's schon wieder. Es geht um Jen ... du weißt schon, sie bedeutet mir echt viel. Ich sehe, wie sie kämpft, und es zerreißt mir das Herz. Kannst du bitte ein Auge auf sie haben, so wie du es bei mir tust? Bitte, gib ihr die Kraft und den Mut, die sie braucht, genau wie du es bei mir getan hast. Alles, was ich mir wünsche, ist, dass sie wieder strahlen kann. Ich möchte nur, dass es ihr gut geht, auch wenn das bedeutet, dass ich meine eigenen Hoffnungen hinten anstellen muss. Das klingt vielleicht komisch, aber es ist die Wahrheit. Ich will nichts falsch machen, und es ist so viel los in meinem Kopf. Ehrlich gesagt, bin ich gerade ziemlich verwirrt und das ganze Gefühlschaos in mir macht mir irgendwie auch Angst. Danke, dass du zuhörst, Mann. Ich fühle mich gerade echt überfordert. Bitte, gib mir die Kraft und Klarheit, um das Richtige zu tun. Danke, Gott. Amen.«

Die Worte sprudelten förmlich aus ihm heraus, und nachdem er mit seinem Gebet fertig war, kam es ihm vor, als ob ein schweres Gewicht von seinen Schultern genommen wurde.

Matt saß noch eine Weile am Rand der Klippe und sah dabei zu, wie die Sonne sich langsam dem Horizont entgegenneigte und den Himmel sowie das glitzernde Wasser in einen farbenfrohen Schleier hüllte. Er genoss die friedvolle Atmosphäre und trat nach Sonnenuntergang den Heimweg an.

»Hast du von dem Unfall in der East Street gehört, der gestern passiert ist?«, fragte Lynn Ron, als Matt wieder zuhause ankam und die Tür öffnete. Die beiden saßen in ihr Gespräch vertieft in dem großzügigen gemeinschaftlichen Wohnzimmer nebeneinander gekuschelt auf der gemütlichen Couch.

Die Chipstüte vor ihnen verriet, dass die beiden einen Fernsehabend geplant hatten. Matt wollte sich möglichst unbemerkt vorbeischleichen, als er den Gesprächsfetzen aufschnappte und kurz stehen blieb.

»Ja, das habe ich gehört. Das war ja echt heftig. Was ist denn da genau passiert?«, hakte Ron bei seiner Freundin nach.

»Ein Motorrad ist ungebremst in die Seite eines Vauxhall gefahren, und der Motorradfahrer ist dann zu Fuß von der Unfallstelle geflohen. Zum Glück wurde niemand ernsthaft verletzt, aber der Sachschaden ist ziemlich hoch«, erklärte Lynn.

»Unfassbar! Warum ist der überhaupt geflohen? Das macht doch alles in so einer Situation nur noch schlimmer, oder?«, überlegte Ron.

»Ich denke, er wird seine Gründe gehabt haben. Die Polizei hat herausgefunden, dass das Motorrad als gestohlen gemeldet war. Kein Wunder, dass der Typ panisch reagiert hatte«, schlussfolgerte Lynn.

»Das erklärt einiges«, fand Ron, »aber er hat sein eigenes Leben und das anderer gefährdet. Hoffentlich wird er bald gefasst.«

»Ja, das hoffe ich auch. Es ist einfach unverantwortlich, sich so zu verhalten. Hoffentlich kann die Polizei ihn schnell aufspüren und zur Rechenschaft ziehen. Solche Aktionen sollten nicht ungestraft bleiben. Bleibt nur zu hoffen, dass der Typ aus seinen Fehlern lernt.«

Matt konnte nicht anders, als bei dem Vorfall an Zach zu denken. Das würde total zu ihm passen. Matt war klar, dass es jeder andere hätte gewesen sein können, aber er konnte das Gefühl nicht abschütteln, dass es Zach war, der sich wieder in große Schwierigkeiten gebracht hatte.

Sherah
— ZWEIUNDZWANZIG —

Ein dumpfer Schrei durchdrang einmal mehr die Dunkelheit und Sherah saß abrupt kerzengerade in ihrem Bett. Sie hatte schon öfter mitbekommen, dass ihre Mitbewohnerin von Albträumen geplagt wurde, und machte sich Sorgen um Jenna. Was hatte dieses arme Ding nur mitgemacht, das ihre Seele so plagte?

Sherah stand auf und schlüpfte in ihre kuscheligen Hausschuhe. Ihr grobgestrickter Cardigan lag noch am Fußende ihres Bettes und Sherah beeilte sich, die Ärmel überzustreifen. Vorsichtig schlich sie an Jennas Zimmertür und klopfte. Langsam schob sie die Tür auf, und als sie nähertrat, konnte sie Jennas vor Angst verzerrtes Gesicht erkennen. Sherah setzte sich an die Bettkante und redete leise und beruhigend auf Jenna ein.

Sie selbst konnte sich nur zu gut an ihre Albträume als Kind erinnern und war froh, dass diese Zeiten längst der Vergangenheit angehörten.

Arme Jenna! Vorsichtig versuchte Sherah nachzuhaken, was diese Träume ausgelöst hatte, und überlegte, ob ihr jemand einfiel, der sich mit solchen Dingen auskannte. Eigentlich war Sherah nicht der Typ dafür, in den Problemen anderer zu graben, aber Jenna tat ihr so leid, und sie wollte ihr gerne helfen.

Die North Lane sprühte an diesem Samstagmorgen genauso voll Leben, wie Sherah es erwartet hatte. Sie atmete tief ein und spürte den Wandel der Jahreszeiten in der kalten Brise, die ihre Lungen erfüllte und die Gedanken klarer werden ließ. Brighton tauchte langsam aber sicher in den festlichen Weihnachtsglanz, und obwohl die Temperaturen winterlich waren, strahlten die Schaufenster eine einladende Wärme aus. Die zunehmende Weihnachtsdekoration funkelte überall, und die Luft war erfüllt von dem Duft nach Zimt und frischem Gebäck. Sherah, Jenna und Lynn waren früh aufgebrochen, um den großen Andrang zu umgehen, aber selbst jetzt war die Shoppingmeile bereits gut besucht.

Sherah war voller Vorfreude auf den Tag und ihre Augen wanderten neugierig von Schaufenster zu Schaufenster. Dabei bemerkte sie jedoch, dass Jenna angespannt wirkte. Ihre Freundin schien mit jedem Schritt, den sie auf die Läden zugingen, angespannter zu werden.

»Jenna, du wirst großartig aussehen.« Sherah schenkte ihr ein aufmunterndes Lächeln. Sie hatte Jennas Kleiderschrank schon oft genug inspiziert, um zu wissen, dass ihre Freundin dringend etwas Neues für das Bewerbungsgespräch bei Echelon brauchte. »Wir finden heute genau das Richtige für dich.«

»Na hoffentlich«, murmelte Jenna leise, während sie ihren Schal fester zog. Sherah konnte sehen, dass das bevorstehende Bewerbungsgespräch ihre Freundin verunsicherte, und sie wollte unbedingt dafür sorgen, dass Jenna sich in ihrem Outfit wohlfühlte. Schließlich konnte die richtige Kleidung manchmal Wunder wirken.

Lynn, die bereits den ersten Laden erreicht hatte, zog Jenna zielsicher hinter sich her. »Ich hab schon ein paar Ideen«, sagte sie und ging direkt auf eine Kleiderstange mit eleganten Outfits zu. Sherah grinste, als Lynn innerhalb von Minuten eine beeindruckende Auswahl an Blusen, Röcken und Kleidern in die Arme nahm. Sie war wirklich die geborene Stilberaterin.

Sherah beobachtete, wie Jenna skeptisch auf die Kleidungsstücke blickte, die Lynn ihr reichte. Sie konnte die leichte Panik in Jennas Augen sehen, als sie die teuren Stoffe berührte. »Ich weiß nicht, Lynn«, begann Jenna, aber bevor sie weitersprechen konnte, schob Lynn sie schon sanft in die Umkleidekabine.

Ein paar Minuten später trat Jenna vorsichtig heraus. Sie trug ein figurbetontes Etuikleid in einem tiefen Burgunderrot, das Lynn ihr praktisch aufgedrängt hatte. Sherah konnte sich ein Lachen nicht verkneifen, als sie ihre Freundin in dem ungewohnten Outfit sah. »Du siehst aus wie ...«, auf der Suche nach den richtigen Worten brach Sherah ab und musterte sie weiter.

»... wie eine Unternehmens-Barbie«, vervollständigte Jenna ihren Satz und verzog ihr Gesicht zu einer Grimasse.

Lynn brach plötzlich in Gelächter aus und zupfte an dem engen Stoff. »Du siehst aus, als hättest du dich in Mamas Garderobe verirrt«, stimmte sie zu und verdrehte die Augen.

Sherah nickte zustimmend, noch immer schmunzelnd. »Das bist definitiv nicht du. Lass uns etwas finden, das mehr nach Jenna aussieht.«

Lynn nickte bestätigend. »Okay, das war wohl ein bisschen zu viel des Guten. Wir probieren was anderes.«

Sherah setzte sich auf eine der Bänke neben der Umkleidekabine, während Jenna sich beeilte, aus dem unpassenden Outfit zu schlüpfen. Sie warf einen Blick zu Lynn, die konzentriert nach dem nächsten Outfit suchte. »Erzähl mal, Lynn, wie läuft's denn eigentlich so mit Ron? Wir haben ewig nicht mehr darüber gesprochen.«

Lynn sah auf, und ein glückliches Lächeln erhellte ihr Gesicht. »Es läuft wirklich gut«, sagte sie und ihre Augen leuchteten. »Er hat mich letztes Wochenende gefragt, ob ich im Frühling mit ihm nach Paris fahren will.«

»Oh, wie romantisch!« Sherah konnte nicht anders, als zu lächeln. »Wie seid ihr eigentlich zusammengekommen? Ich weiß gar keine Details.«

Lynn schmunzelte und spielte mit einer der Blusen in ihrer Hand. »Es ist tatsächlich eine ziemlich lustige Geschichte. Wir haben uns in einem Supermarkt getroffen – von allen Orten auf der Welt ausgerechnet dort. Es war wie in einem dieser romantischen Komödien, bei denen man immer das Kissen vors Gesicht halten muss, wenn sie zu klischeehaft werden. Er hat mich im Vorbeigehen versehentlich angerempelt und mir ist der Einkaufskorb aus der Hand gerutscht. Als er mir beim

Einsammeln des Einkaufs half, haben wir uns tief in die Augen gesehen und der Rest ist Geschichte«, seufzte Lynn schwärmerisch.

Sherah lachte amüsiert. »Das klingt tatsächlich wie aus einem kitschigen Film. Aber ich liebe diese Filme! Vielleicht sollte Jenna öfter shoppen gehen, damit ihr das auch mal passiert.« Sherah drehte sich frech zur Kabine um, aus der Jenna in diesem Moment kam.

Diesmal trug sie eine elegante Hosen-Blazer-Kombination. Sherah erkannte sofort, dass sich ihre Freundin in diesem Outfit viel wohler fühlte. Die Spannung in Jennas Schultern war verschwunden, und sie lächelte sogar ein wenig.

»Wow, das sieht viel besser aus«, Sherah kam näher, um den Sitz der Hose zu prüfen. »Das sieht viel mehr nach dir aus!«

Jenna drehte sich vor dem Spiegel und betrachtete sich kritisch. »Ja, das fühlt sich tatsächlich besser an«, sagte sie schließlich und ein Lächeln schlich sich auf ihre Lippen. »Danke, dass ihr das mit mir durchzieht.«

Sherah legte einen Arm um Jenna und drückte sie sanft. »Natürlich! Dafür sind Freundinnen doch da, oder? Jetzt fehlen nur noch die passenden Schuhe.«

»Bitte nicht noch mehr Läden«, stöhnte Jenna, aber diesmal klang es bereits viel entspannter.

Sherahs Augen funkelten belustigt, während sie gemeinsam zur Schuhabteilung gingen. Die Stimmung war ausgelassen, und Sherah fand, dass Jenna jetzt viel gelöster und lebensfroher wirkte. Die drei jungen Frauen beschlossen, ihre Shoppingtour gebührend bei Starbucks ausklingen zu lassen, als Lynns Handy klingelte.

»Hi Babe … oh super, wir sind auch gerade auf dem Weg dorthin, dann sehen wir uns gleich! Ciao.« Lynn legte auf und wandte sich an ihre Begleiterinnen.

»Wir bekommen Gesellschaft. Ron und Matt sind auch auf dem Weg zu Starbucks. Passt das nicht super? Jetzt fehlt nur noch David, den hab ich noch kein einziges Mal gesehen, Sherah!«

Der Gedanke erfüllte Sherah mit Unbehagen, aber sie wollte sich nichts anmerken lassen. »Ich weiß nicht, das ist ja fast, als ob ich ihn meiner Familie vorstellen würde«, scherzte sie mit theatralischen Gesten, die das Fünkchen Wahrheit in der Aussage überspielen sollten. Aber ihr wurde bewusst, dass sie David der Clique nicht mehr lange vorenthalten konnte. Sherah fiel auf, dass Jenna bei der Erwähnung von Matt nervös schluckte und an ihren Fingernägeln kaute, aber wieder war Lynn es, die das Wort ergriff.

»Jenna, ist alles okay?«, fragte Lynn. »Du siehst ein bisschen blass aus.«

»Ja, klar, ich schätze, ich bin nur ein bisschen fertig von unserer Shoppingaktion.«

»Dann ist doch ein Kaffee genau das Richtige, oder?«, fügte Sherah hinzu, um das Thema aufzulockern, und hakte sich bei Jenna unter. Sie nahm sich vor, Jenna im Auge zu behalten.

Sherah öffnete die Glastür zum Starbucks und trat mit ihren beiden Freundinnen ein. Umgeben vom Stimmengewirr und dem Geklapper des Geschirrs sah sie sich nach Ron und

Matt um und entdeckte sie nach kurzer Suche im hinteren Bereich des vollen Cafés. Die beiden waren bereits vor ihnen hier angekommen und hatten einen Tisch in einer der hinteren Ecken ergattert. Sherah fiel auf, dass Matt etwas nervös mit den Fingern an seinem Becher herumspielte. Ron im Kontrast dazu lümmelte lässig mit einer Hand in der Hosentasche und der anderen am Handy neben ihm auf dem Stuhl und tippte etwas. Lynns Handy klingelte kurz, und Ron sah mit einem spitzbübischen Grinsen zu ihr auf und begrüßte zuerst seine Freundin mit einem Kuss, ehe er den anderen zunickte. Jenna, die dicht hinter Sherah hereingekommen war, schien plötzlich stehen zu bleiben, als sie die beiden Männer wahrnahm. Sherah bemerkte, wie ihre Freundin für einen kurzen Moment erstarrte, bevor sie ihre Haltung wieder bewusst lockerte. Ein schwaches, gezwungenes Lächeln zuckte über ihr Gesicht, als sie Matt knapp zunickte. »Hey«, murmelte Jenna, kaum laut genug, um über den Tisch gehört zu werden.

Matt hob den Kopf, sein Lächeln war ebenso flüchtig wie Jennas. »Hey«, antwortete er und rieb sich dabei nervös den Nacken. Er schien sich unwohl zu fühlen, als ob ihn die einfache Begrüßung mehr Überwindung gekostet hatte, als sie sollte. Sherah warf ihm einen prüfenden Blick zu. Was war das denn für eine Atmosphäre? Wo war der Matt, der immer zu Späßen aufgelegt war und nie ein Blatt vor den Mund nahm?

»Hi ihr zwei«, grüßte Sherah die beiden Männer mit einem strahlenden Lächeln, das die Spannung ein wenig zu lösen schien.

»So, Girls! Was nehmt ihr?«, rief Ron gut gelaunt, als er aufblickte und seine Aufmerksamkeit wieder der Gruppe schenkte. Er schien die angespannte Stimmung zwischen Jenna und Matt gar nicht zu bemerken.

»Ich glaube, ich nehme einen Cappuccino«, sagte Sherah, während sie Jenna in Richtung des Tresens schob. »Jenna? Was ist mit dir?«

»Ähm, einen Latte macchiato«, antwortete Jenna, ohne wirklich hinzusehen. Sherah konnte fühlen, wie sich ihre Freundin innerlich abkapselte, und das gefiel ihr ganz und gar nicht.

Als sie an der Kasse standen und bestellten, konnte Sherah nicht anders, als Jennas verstohlene Blicke zu Matt zu bemerken, die ebenso schnell abbrachen, wie sie aufge-flammt waren. Langsam kam Sherah sich wie in einem miserablen Film vor, in dem die Hauptcharaktere die entscheidenden Szenen immer wieder verpatzten. Während sie auf ihre Bestellung warteten, lehnte Sherah sich zu Jenna hinüber. »Was ist denn los?«, flüsterte sie ihr zu, ihr Ton sanft, aber besorgt. »Du wirkst heute so abwesend.«

Jenna zuckte leicht zusammen, als ob sie bei einem verbotenen Gedanken ertappt worden wäre. »Ach, nichts«, antwortete sie schnell. *Zu schnell!* »Bin nur müde.«

»Müde?«, wiederholte Sherah und zog eine Augenbraue hoch. »Ich kenne dich doch. Da ist mehr. Willst du drüber reden?«

»Wirklich, es ist nichts«, beharrte Jenna, aber ihre Augen sagten etwas anderes. Sherah spürte den inneren Konflikt ihrer Freundin und fühlte sich gleichzeitig hilflos und entschlossen.

Zurück am Tisch ließ Sherah ihren Blick erneut zu Matt gleiten. Es war, als ob er einen unsichtbaren Kampf führte. Er wirkte eher verschwiegen, mal stand er mit den Händen in den Hosentaschen da und blickte zu Boden, mal lachte er nervös oder rieb sich angespannt den Nacken. Sie beobachtete, dass er Jenna immer wieder flüchtige, verstohlene Blicke zuwarf, als ob er darauf wartete, dass sie ein Gespräch mit ihm begann. Sherah konnte nicht anders, als die beiden weiter zu beobachten, wie sie versuchten, Smalltalk zu führen, aber dabei kläglich scheiterten.

Es machte sie wahnsinnig, wie die beiden um den heißen Brei herumtanzten, als ob sie Angst hätten, sich die Finger zu verbrennen.

»Weißt du, Matt«, sagte Sherah mit einem Anflug von Provokation in ihrer gedämpften, aber dennoch deutlich hörbaren Stimme und lehnte sich zu ihm hinüber. »Ich finde, du solltest Jenna öfter mal zum Lachen bringen. Du bist doch normalerweise so gut darin.«

Matt sah überrascht auf, seine Augen trafen Sherahs, dann wanderten sie zu Jenna, die rot wurde und sich unbehaglich auf ihrem Stuhl bewegte. »Ja, vielleicht«, murmelte er, bevor er wieder verstummte.

Sherah musste sich zusammenreißen, um nicht resigniert die Augen zu verdrehen. *Was war das hier? Ein Trauerspiel?*

Das wollte so gar nicht zu dem Matt, den Sherah kannte, passen. Das war ja nicht auszuhalten! Irgendwas lag da in der Luft, und Sherah beschloss, dem Ganzen auf den Grund zu gehen. Es war ihr egal, ob die beiden Freunde waren oder da mehr war, aber sie sollten wenigstens miteinander reden. War das zu viel verlangt?

»Jede Wette, Matt hat es total erwischt«, flüsterte sie Lynn ins Ohr, die Sherah daraufhin einen vielsagenden Blick zuwarf, nickte und sich dann an Matt wandte.

»Ich hab gehört, du hast letztes Wochenende dein Bike wieder aus der Versenkung geholt. War sicher ein krasses Gefühl nach so vielen Jahren«, warf Lynn provokativ in den Raum und veränderte damit augenblicklich die Dynamik am Tisch.

Sherah warf Lynn einen anerkennenden Blick zu.

»So viel List hatte ich dir gar nicht zugetraut! Woher wusstest du das?«, raunte Sherah ihr zu und erntete ein verschmitztes Lächeln von Lynn. »Ich war neulich bei Ron, als wir die Maschine in der Garage hörten. Ron war völlig aus dem Häuschen und meinte, dass er nicht gedacht hätte, dass dieser Tag noch mal kommen würde. Mal sehen, ob wir herausfinden, was dahinter steckt«, flüsterte Lynn ihr hinter vorgehaltener Hand entgegen. Jenna, die jedes Wort mitbekommen hatte, blinzelte verwirrt und sah dann zuerst ihre beiden Freundinnen und dann Matt und Ron fragend an.

»Es war anders, als ich erwartet habe. Ich denke, ich sehe die Welt mittlerweile einfach mit anderen Augen«, gab Matt als Antwort auf Lynns Frage zurück.

»Und was war der Auslöser? Ich meine, ich habe fast nicht mehr damit gerechnet, dass du überhaupt noch einmal auf die Maschine steigst, Bro«, klinkte sich Ron in das Gespräch ein.

Matts Blick wanderte rastlos durch den Raum und ruhte einen Moment auf Jenna, die verlegen auf ihrer Unterlippe kaute und dann fast schuldbewusst wegsah. Seine Wangen färbten sich allmählich zartrosa, und er räusperte sich kurz, bevor er sich Ron zuwandte.

»Ey Mann, ich musste einfach mal raus und meinen Kopf freikriegen. War echt viel los in letzter Zeit«, antwortete er aufrichtig und funkelte seinen Kumpel an, als ob er stillschweigend hinzufügte, *ey, wenn du weiter darauf herumreitest, reiß ich dir nachher eigenhändig den Kopf ab!*

Ron hatte den Wink verstanden und sie wechselten zu unverfänglicheren Themen.

Sherah und Lynn tuschelten weiter darüber, dass es dafür einen überzeugenden Auslöser geben musste und dass sie nicht abwarten konnten, herauszufinden, wer oder was es war. Sherah entging nicht, dass Jenna neben ihnen immer verlegener wurde und kein Wort dazu sagte. Sie waren schon echt fies, das musste Sherah zugeben, aber wie hieß es so schön? Der Zweck heiligte die Mittel!

In den folgenden Tagen fand Sherah sich umgeben vom Chaos ihrer unsortierten Studienmaterialien wieder, die sie typischerweise bis auf den letzten Drücker aufgeschoben hatte, zu sortieren. Sie gab es ja offen zu – sie mogelte sich durch die Uni, nahm das Studium nicht allzu ernst, aber irgendwie schaffte sie es trotz allem immer wieder, gerade so durchzukommen. Eine Strategie, die bisher in ihrem Leben ganz gut funktioniert hatte. Bis auf die Sache mit David. Irgendwie ging ihre Rechnung bei ihm nicht mehr auf.

In den Momenten, in denen sie mit David zusammen war, fühlte sie sich sicher, geborgen und ja, auch glücklich. Ein Glück, das sie sich noch nicht eingestand, aber das sich immer mehr in ihr Herz schlich.

Sherah saß an einem der hohen Tische im Loft-Café, einem dieser modernen, minimalistischen Orte, die irgendwo zwischen Hipster-Chic und industriellem Design schwebten. Wände aus blankem Beton umgaben sie, durchzogen von freiliegenden Kupferrohren, die sich über die Decke schlängelten, während übergroße schwarze Industrielampen goldenes Licht auf die polierten Parkettböden warfen. Dies war einer ihrer gemeinsamen Lieblingsplätze, seit sie ihn entdeckt hatten – ruhig, stilvoll, perfekt zum Studieren oder, wie an diesem Tag, zum Nachdenken.

Sie hatte einen Chai Caffè Latte vor sich stehen, und rührte gedankenverloren darin herum. Ihre Gedanken waren ganz bei David, der sich gerade den Stuhl ihr gegenüber zurechtrückte, bevor er sich setzte. Er war pünktlich wie immer, wirkte allerdings abgehetzt und erschöpft, als hätte er einen anstrengenden Arbeitstag hinter sich. Sherah lächelte ihm zu, spürte jedoch einen unangenehmen Knoten in ihrem Bauch. Etwas fühlte sich heute anders an. Sie konnte es spüren.

»Hey«, begrüßte sie ihn, bemüht, ihre Stimme leicht und unbeschwert klingen zu lassen.

»Hey«, antwortete David, seine Augen suchten sofort Halt bei ihr.

Dieses beklemmende Gefühl in ihrem Herzen breitete sich immer weiter aus, während sie einen winzigen Schluck Chai nahm. Er wirkte müde. *Eine Art von Müdigkeit, die von einer schlaflosen Nacht zeugte*, schoss es Sherah durch den Kopf, und sie erbleichte. Es war also soweit. In der Hoffnung, dass sich die Dinge irgendwie regeln würden, hatte sie das Unausweichliche schon viel zu lange hinausgezögert.

»Wie war dein Tag?«, fragte sie, ihre Stimme eine Spur zu fröhlich, ein letzter Versuch, die bleierne Schwere, die über ihnen hing, zu vertreiben.

David überhörte die Frage, schob seine Hand über den Tisch und strich über ihre Finger. Er blickte kurz auf, als wollte er etwas sagen, hielt wieder inne, und schien seine Gedanken zu sammeln, bevor er schließlich genug Mut aufbrachte.

»Sherah, ich muss mit dir reden«, sagte er schließlich. Seine Worte flossen langsamer, als sie es von ihm gewohnt war. Ihr Herz setzte einen Schlag aus, als sie die Ernsthaftigkeit in seiner Stimme hörte. Sie wusste, was jetzt kommen würde, und fühlte sich immer noch nicht bereit dazu.

»Okay«, antwortete sie leise, stellte die Tasse ab und zog ihre Hände vom Tisch, um sie in ihrem Schoß zu legen. Die Anspannung in der Luft war förmlich greifbar, wie eine unsichtbare Mauer, die sich langsam, aber unerbittlich zwischen ihnen aufbaute.

»Ich hab versucht, mich mit dem abzufinden, was wir haben«, begann er und ließ seinen Blick über die minimalistische Einrichtung des Cafés schweifen, bevor er wieder auf ihr haften blieb. »Ich dachte wirklich, es reicht mir, nur locker die Zeit mit dir zu genießen, aber ...«

Er hielt inne, und Sherah hielt unbewusst den Atem an. Sie wollte nicht hören, was als Nächstes kam, und gleichzeitig war es genau das, worauf sie unbewusst gewartet hatte.

»Aber ich kann das nicht mehr«, sagte er hastig, als ob er die Worte aus sich herauspressen müsste. »Ich kann nicht mehr so tun, als ob das alles wäre, was ich will. Ich will mehr, Sherah. Eine echte Beziehung, keine halben Sachen. Wenn das nicht für dich drin ist, dann ...«

David verstummte, und die Verzweiflung in seinen Augen traf sie tiefer, als sie es erwartet hatte. Sie versuchte, die Realität dieser Worte von sich wegzuschieben, indem sie ihren Blick von ihm abwandte. Doch das änderte nichts daran, dass ihre Kehle sich zuschnürte, als sie mit belegter Stimme versuchte zu antworten.

»David ...«, begann sie, doch die Worte blieben ihr im Hals stecken.

Er hatte recht, hatte, was das anging, immer recht gehabt. Sie war es gewesen, die sich davor gedrückt hatte, irgendetwas ernst zu nehmen. Oder vielmehr, die sich nicht erlauben wollte, es ernst zu nehmen.

»Ich weiß, dass du gesagt hast, du willst nur Spaß haben«, fuhr er mit leicht zitternder Stimme fort. »Aber ich kann das nicht mehr. Ich will dich, nicht nur einen Teil von dir, nicht nur diese flüchtigen Momente.«

Sherahs Augen brannten, doch sie zwang sich, nicht zu weinen. Sie hatte sich schon so lange eingeredet, dass sie nur Spaß wollte, weil es unkomplizierter war, weil es weniger wehtat, wenn alles schiefging. Aber jetzt konnte sie sich nichts mehr vormachen. Seine Worte hatten sämtliche Illusionen aufgelöst und sie mit der nackten Realität konfrontiert.

»David, ich wollte das nie so kompliziert werden lassen«, sagte sie, ihre Stimme war kaum mehr als ein Flüstern. »Aber du bedeutest mir so viel mehr, als ich mir eingestehen wollte.« Sie legte ihre Hände wieder auf den Tisch und drehte nervös an einem ihrer Ringe.

Er erwiderte nichts, doch in seinen Augen flammte eine leise Hoffnung auf, die ihr fast das Herz zerriss.

»Vielleicht«, fuhr sie fort, ihre Stimme nun etwas fester, »vielleicht hab ich einfach Angst, dass es nicht funktionieren würde, sobald wir es ernst meinen. Und dass ich damit nicht klarkomme, wenn es nicht klappt.«

David griff sanft nach ihrer Hand, seine Finger schlossen sich um ihre, fest und doch behutsam.

»Sherah, nichts ist ohne Risiko. Aber ich will das Risiko mit dir eingehen. Ich will es zumindest versucht haben.«

Die Worte drangen tief in ihr Herz und lösten etwas in ihr. All die Ängste, all die Unsicherheiten – sie schienen plötzlich nicht mehr so überwältigend. Sherah erwiderte seinen Blick, und zum ersten Mal seit langer Zeit fühlte sie sich bereit, das Risiko einzugehen, sich verletzlich zu machen.

»Okay«, flüsterte sie. Ein schüchternes, aber ehrliches Lächeln umspielte ihre Lippen. »Lass es uns versuchen.«

David erwiderte sichtlich erleichtert ihr Lächeln. Es war ein Anfang – kein leichter, aber ein echter.

Matt

Er war gerade aus der Dusche gekommen und hatte sich etwas zu Essen gemacht, als sein Handy klingelte.

Eine volle Woche war verstrichen, seitdem er Jen gegenüber sein Gefühlschaos gestanden hatte. War sie ihm seitdem aus dem Weg gegangen? Er konnte es ihr nicht verübeln, nachdem er sie mit seinen ungefilterten Geständnissen überrumpelt hatte. Oh, diese verflixte Ehrlichkeit! Sie hatte ihm schon öfter um ein Haar das Genick gebrochen. Fakt war, dass die Literaturvorlesungen diese Woche aus Krankheitsgründen ausgefallen waren und es keine natürlichen Begegnungspunkte für ihn und Jen gegeben hatte. Nein, er wollte sie nicht bedrängen, sich nicht aufdrängen und hatte ihr deshalb den Raum gelassen, den sie offenbar benötigte.

Doch seitdem er sie heute Mittag mit den anderen im Starbucks getroffen hatte, konnte er das dumpfe Gefühl nicht abschütteln, sie völlig überfordert zu haben. Hatte er alles, was sie vielleicht verbunden hatte, zerstört? Die Situation war äußerst unangenehm gewesen und sie schienen beide nicht so recht gewusst zu haben, wie sie sich verhalten sollten. Eine merkwürdige Spannung hatte in der Luft gelegen, und sie hatten es vermieden, sich direkt in die Augen zu sehen, als ob sie beide vor der Wahrheit fliehen wollten, die zwischen ihnen stand.

Überrascht las er den Namen, der auf dem Bildschirm seines klingelnden Handys erschien. Matt räusperte sich kurz aufgewühlt, bevor er auf ANNEHMEN drückte.

»Hey Jen, bist du okay?«, fragte er geradeheraus, da ihm im selben Moment klar wurde, dass sie ihn bisher niemals direkt angerufen hatte.

»Hey Matt.« Sie zögerte einen Augenblick, als ob sie unschlüssig war, ob sie das Richtige tat. »Ja, ich glaub schon. Können wir reden?«

Dankbar und zugleich verunsichert, was ihn erwarten würde, erwiderte Matt: »Absolut! Soll ich dich abholen, Jen?«

»Okay.« Ihre Stimme klang dünn und zerbrechlich.

»Gib mir fünfzehn Minuten. Bis gleich.«

Matt legte auf. Ein nervöses Lächeln umspielte seine Lippen. Hätte er dazusagen sollen, dass er sie mit seinem Motorrad abholen kommen würde? Das Auto seiner Mutter war seit ein paar Tagen in der Werkstatt und er hatte gar keine andere Wahl, wenn er nicht laufen wollte.

Matt zog sich warm an, föhnte hastig seine Haare, schnappte sich Schlüssel, Helm und Zweithelm und machte sich auf den Weg zu ihr.

Das Dröhnen des Motors hallte von den eleganten viktorianischen Häusern wider, als Matt durch die belebten Straßen navigierte und das Meer hinter sich ließ. Seine Gedanken wanderten immer wieder zu Jen, als er ein Stoßgebet sprach und sich fragte, was der Auslöser für ihren

Anruf war. Sie beschäftigte etwas, das tiefer saß, als die Frage, ob sie seine Gefühle erwiderte oder nicht. Was Jen brauchte, war jemand, der für sie da war und ihr den Rücken stärkte. Und Matt wollte diese Person sein, wenn sie es zuließ.

Jen saß auf dem Bordstein und wartete auf ihn, als Matt mit seiner schwarzen Kawasaki um die Ecke bog.

Sein Herz setzte einen Schlag aus, als er sah, dass ihre Augen immer größer wurden, während sie realisierte, dass es Matt war, der vor ihr zum Stehen kam.

Matt zog seinen Helm vom Kopf und grinste sie an. »Wollen wir los?«

»Oh, damit? Ich weiß nicht.« Jen runzelte die Stirn. »Ich habe keine Ahnung, wie das geht«, erwiderte sie nach einer kurzen Bedenkpause mit leicht zur Seite geneigtem Kopf und betrachtete zuerst Matt und dann die Maschine. Matt konnte beobachten, wie sich ihre Körperhaltung mit einem Mal veränderte. Mit aufgerichtetem Kopf und unbeirrtem Lächeln sah sie ihn auf einmal direkt an. »Wenn du mir hilfst, kann ich es lernen«, fügte sie entschlossen hinzu und nahm den Helm an, den er ihr entgegenstreckte.

Sie verblüffte ihn immer wieder! Beeindruckt wandte er sich Jen zu, als sie sich hinter ihn auf das Motorrad setzte.

»Okay, lass mich dir kurz erklären, wie du dich sicher hinter mir festhalten kannst«, begann Matt Schritt für Schritt mit seiner Anleitung.

»Leg deine Hände um meine Taille und halte dich fest, aber nicht zu fest, damit ich noch gut lenken kann. Dann lehne dich an mich, um das Gleichgewicht zu halten. Die Füße kannst du bei der Fahrt auf die Fußrasten stellen und vergiss nicht, dich mit den Knien an meinem Körper zu stabilisieren, besonders in Kurven oder beim Beschleunigen. Das Wichtigste ist, dass du dich mit mir in die Kurven legst, und nicht dagegen, sonst stürzen wir. Und wenn ich bremse, lehne dich einfach leicht nach hinten, um das Gleichgewicht zu halten.« Langsam und behutsam führte er sie durch die einzelnen Schritte, bis sie sich sicher fühlte. Als er sich davon überzeugt hatte, dass sie alles verstanden hatte, fügte er hinzu: »Wenn du dich während der Fahrt unsicher fühlst, lass es mich bitte sofort wissen, okay?« Matt deutete mit seiner Hand auf das Sena Headset an seinem Helm. »Wir können jederzeit miteinander sprechen und deine Sicherheit geht immer vor. Bist du bereit?«

Jen nickte ihm zu. »Ja, wenn du es bist.« Mit diesen Worten setzte sie, ohne zu zögern, ihren Helm auf.

Matt stülpte mit einem Hauch Verwunderung seinen eigenen Helm über und startete den Motor.

Manchmal erschien es ihm, als ob sich hinter ihrer vorsichtigen, zurückhaltenden Art eine freche, lebensfrohe Jen verbarg – wie Sonnenstrahlen, die ihren Weg durch die Risse einer alten Festung finden. Er fragte sich, wie es ihm gelingen könnte, mehr davon herauszulocken.

Er hatte ein klares Ziel vor Augen und wollte es noch bei Tageslicht erreichen.

Jen lernte schnell, bewies gutes Körpergefühl und passte sich in den Kurven instinktiv an Matts Bewegungen an. Er gab sich alle Mühe, seine volle Aufmerksamkeit auf die Straße zu richten und die körperliche Nähe zu Jen auszublenden, was gar nicht so leicht war.

Sie erreichten die weißen Klippen und stellten das Motorrad an einer geschützten Stelle ab. Der Himmel über dem Meer war wolkenverhangen, die Luft an den Saltdean Cliffs angenehm frisch, aber nicht zu kalt. Schweigend spazierten sie einen Pfad hinunter, bis sie den Fuß der Klippen erreichten. Der Wind trug den salzigen Geruch des Meeres zu ihnen herüber. Sie setzten sich an einer windgeschützten Stelle in den Sand und lauschten dem beruhigenden Rauschen der Wellen, die sich am nahegelegenen Ufer brachen.

Um diese Jahreszeit gab es entlang des Strandes deutlich mehr Möwen als Spaziergänger, was die friedvolle Atmosphäre dieses außergewöhnlichen Ortes unterstrich.

Matt entschied sich, diesen Moment ohne digitale Störung zu genießen, zog sein Handy aus seiner Brusttasche, schaltete es ganz aus und ließ es dann wieder in der Tasche verschwinden. Dieses vertraute Kribbeln erfüllte ihn, als er seine ungeteilte Aufmerksamkeit auf Jen richtete und beobachtete, wie ihre Augen sich in den Wellen verloren, als ob sie in der Ferne etwas suchte, das nur sie sehen konnte. Er hielt einen Augenblick lang die Luft an, als könne er damit den Moment einfangen und für immer in seiner Erinnerung und nicht in irgendeiner Galerie behalten.

»Darf ich dich was fragen?«, durchbrach Jen die Stille, ihre Stimme gedämpft, aber voller Dringlichkeit.

»Ja, klar.« Matt drehte sich ihr zu, sein Herzschlag beschleunigte sich, als er ihr in die Augen sah.

»Im Starbucks haben alle gesagt, dass du seit Ewigkeiten kein Motorrad mehr gefahren bist. Warum?« Ihre Worte hingen bleiern zwischen ihnen, und Matt hörte die Besorgnis, die in ihrer Stimme mitschwang.

Seine Kehle zog sich spürbar zusammen. Es war immer noch eine Herausforderung für ihn, über seine Vergangenheit zu reden. »Zach, ein Freund von mir, ist vor ein paar Jahren bei einem Rennen gegen mich schwer verunglückt und fast ums Leben gekommen. Ich trug viele Schuldgefühle mit mir herum, da wir eine lange gemeinsame Geschichte hatten, und musste einen radikalen Schlussstrich ziehen, um meine Vergangenheit hinter mir zu lassen. Dazu gehörte auch mein Bike.«

Jen sah ihn schweigend an. Ihre Augen schienen auf seiner Seele zu ruhen, auf der Suche nach Antworten auf unausgesprochene Fragen. Matt sehnte sich danach, dass sie seine wahre Persönlichkeit kannte, nicht nur die bruchstückhaften Facetten, die sie bisher gesehen hatte. Seine Gedanken überschlugen sich. Was, wenn er ihr alles erzählte, seine tiefsten Ängste, seine größten Zweifel? Würde sie ihm dann vertrauen können?

Matt öffnete den Mund, hielt dann inne, um sich zu sammeln, und nach und nach erzählte er ihr alles, was ihm in den Sinn kam. Seine traumatischen Kindheitserlebnisse, die Zeit mit Zach und dem Leben in der Gang. Sogar von der Nacht auf der Brücke und seinen tiefsten Ängsten nach dem Unfall erzählte er ihr, bis hin zu seinem endgültigen Entschluss, auszusteigen.

Ihre Anspannung war förmlich greifbar, während ihre Augen seine Emotionen widerspiegelten. Sie lehnte sich leicht nach vorne und neigte den Kopf zur Seite, ihre Augen aufmerksam auf ihn gerichtet, und schien selbst nicht zu bemerken, dass ihre Hände kaum merklich zitterten.

»Ist dir kalt? Möchtest du meine Jacke?«, fragte er, obwohl er ahnte, dass ihr Zittern nicht ausschließlich auf die Umgebungstemperatur zurückzuführen war.

Jen nickte dankbar, als er ihr die schwarze Jacke umlegte. Sie verlor sich eine Weile in ihren Gedanken, und Matt legte seine Stirn in Falten, während er sie schweigend beobachtete. Zu gern hätte er erfahren, was ihr durch den Kopf ging.

»Wie hast du es geschafft, das alles hinter dir zu lassen?«, fragte Jen nach einer gefühlten Ewigkeit.

»Ich habe das nicht alleine geschafft«, gab er ehrlich zu, dankbar für die Wendung, die ihr Gespräch genommen hatte. »Ich bekam Hilfe von jemandem, dem ich vertrauen konnte, um die Ereignisse zu verarbeiten und klar zu sehen, wie es weitergehen sollte und was mir wirklich wichtig war. Es waren die vielen Stunden an Gesprächen mit meinem Onkel und vermutlich das ein oder andere Gebet von ihm und Judith, die mir geholfen haben.

Und dann bist du aufgetaucht, und mir wurde bewusst, wie viel sich in den letzten Jahren in mir verändert hat und dass es Zeit für mich wird, nach vorne zu schauen und das Leben anzupacken. Ich denke, dazu werde ich Gott brauchen. Ich verstehe noch nicht viel davon, aber ich werde es herausfinden.« Die Worte kamen ihm schwer über die Lippen, aber er fühlte eine Erleichterung, sie endlich auszusprechen.

»Ähm, wegen neulich ...«, Jen brach ab, offensichtlich nach den richtigen Worten suchend. Eine Träne bahnte sich trotzig ihren Weg, und Matt ahnte, dass sie versuchte, ihre

Gedanken zu ordnen. Matt spürte ihren inneren Konflikt, ihre Unsicherheit und legte behutsam seine Hand um ihre Schulter.

»Jen«, er hob seine Hand und strich sanft die einsame Träne von ihrer Wange. »Du schuldest mir keine Antwort. Mit was auch immer du kämpfst, ich stehe hinter dir und möchte nichts mehr, als dass es dir gut geht. Was ich gesagt habe, spielt im Augenblick keine Rolle, und ich will nicht, dass das zwischen uns steht. Mach dir jetzt keine Gedanken um mich. Das hat Zeit. Freunde?«

»Danke, Matt.«

Zu seiner Überraschung erwiderte Jen seinen Blick, und er konnte dabei zusehen, wie ihre Anspannung einem unbekümmerten Schmunzeln wich, dass Matt beinahe sämtliche Vorsätze über Bord werfen ließ.

»Okay, bist du noch bereit, mich mit deinem tollen Motorrad am Donnerstag zu meinem Vorstellungsgespräch zu fahren? Ich hab echt Panik davor und könnte dringend die Unterstützung von einem guten Freund gebrauchen.« Bei dem Satz nahm sie ihren Zeigefinger und pochte damit sanft gegen seine Brust. Es kam ihm vor, als würden einige der Mauern, die Jen um ihr Herz errichtet hatte, vor seinen Augen zu bröckeln beginnen und ihre liebenswert frechen Funken ihren Weg zu ihm finden.

Matt nickte mit einem breiten Grinsen auf den Lippen. »Das wird eine anstrengende Tour, und ich fürchte, du brauchst in London dann erstmal eine Möglichkeit, dich für dein Vorstellungsgespräch umzuziehen. Aber wenn du das möchtest, bekommen wir das hin.«

Als Matt Jen wieder bei ihr Zuhause abgesetzt hatte, und in der Dunkelheit des frühen Abends den Heimweg antrat, fühlte er sich unendlich leicht, und dankte Gott für alles, was geschehen war.

Jenna

– VIERUNDZWANZIG –

Matt hatte versprochen, Jenna zu ihrem Vorstellungsgespräch zu begleiten, und sie konnte es kaum abwarten, wieder mit ihm auf dem Bike unterwegs zu sein. Wovor sie allerdings riesige Angst hatte, war ihr Vorstellungsgespräch. Je näher der Tag rückte, umso größer wurde ihre Panik.

Matt rief sie einen Tag vor der Fahrt nach London an, um die genaue Uhrzeit ihrer Abfahrt abzuklären, als Jenna ihm ihre Versagensängste gestand.

»Bleib, wo du bist, ich komme dich abholen!«

Es dauerte keine fünfzehn Minuten, nachdem er aufgelegt hatte, als es bereits auf der Straße unter ihrem Fenster hupte. Jenna griff nach ihrer Jacke und dem Schlüssel und verließ immer noch etwas verdattert das kleine Apartment.

»Was hast du vor?«, war Jennas perplexe Begrüßung, als er ihr wortlos einen Helm entgegenstreckte. Matt schob sein Visier auf. »Eine Überraschung. Komm, steig auf.« Die Begeisterung, die er ausstrahlte, wirkte ansteckend, und so folgte Jenna neugierig und gespannt auf das Abenteuer, das auf sie wartete, seiner Aufforderung.

Bevor sie Matt gekannt hatte, war sie nie zuvor auf einem Motorrad gesessen, und, um ehrlich zu sein, hatte sie bei ihrer ersten Fahrt anfangs schon ein wenig Angst gehabt. Doch dieses Gefühl war schnell dem Nervenkitzel gewichen, der das Adrenalin durch ihre Adern gepumpt hatte, als sie sich eng an Matt festgehalten hatte, während er beschleunigt und sich in die erste Kurve gelegt hatte. Matt strahlte eine Sicherheit aus, die sich bald auf Jenna übertragen hatte, und so hatte es nicht lange gedauert, bis sie ohne nachzudenken mit seinen Bewegungen verschmolzen war, und die Fahrt in vollen Zügen genießen konnte. Und so war es auch dieses Mal wieder.

Allein diese Fahrt hatte gereicht, um sie auf andere Gedanken zu bringen und ihr Selbstvertrauen zu stärken. Doch als sie sich dem Northern Lights Ice Rink mitten in Brighton näherten, reduzierte er die Geschwindigkeit und kam schließlich in einer Parkbucht zum Stehen.

»Wir sind da.« Matt setzte seinen Helm ab und strahlte sie an.

»Du lieber Himmel, noch etwas, das ich nicht gut kann.« Jenna verdrehte ihre Augen, ließ sich aber von Matt zum Eingang führen.

Jenna betrat die Eishalle mit einem nervösen Kribbeln im Bauch. Sie war seit Ewigkeiten nicht mehr Schlittschuh gelaufen, und ihre letzten Erinnerungen an Schulausflüge zur Eishalle waren alles andere als erfolgsgekrönt. Sie war sich nicht sicher, ob sie überhaupt auf den glatten Kufen stehen konnte. Matt lächelte ihr aufmunternd zu und reichte ihr eine Hand, um sie zu stützen. »Keine Sorge, ich werde nicht zulassen, dass du hinfällst«, versicherte er ihr mit einem aufmunternden Grinsen.

Jenna zog die ausgeliehenen Schlittschuhe an und hielt sich eng an Matt, als sie sich auf das Eis wagte. Ihre ersten Schritte waren wackelig und unsicher, und ihr blieb keine andere Wahl, als sich an seinen Arm zu klammern, um das Gleichgewicht zu halten.

»Das ist ja noch glatter, als ich es in Erinnerung hatte«, murmelte sie, als sie mühsam versuchte, sich aufrecht zu halten.

Matt lächelte aufmunternd und drückte ihre Hand. »Entspann dich, vertrau mir«, ermutigte er sie, als er langsam Stück für Stück mit ihr über das Eis glitt und ihr half, sich an das Gefühl zu gewöhnen. Mit jedem Schritt wurden Jennas Bewegungen flüssiger, und bald begann sie, sich sicherer zu fühlen.

Als sie zum ersten Mal alleine wagte, die Eisfläche zu umrunden, fühlte sich Jenna noch etwas unsicher und wackelig. Doch mit jedem zurückgelegten Meter wuchs ihr Selbstvertrauen. Sie bemerkte, wie ihre Ängste langsam von ihr abfielen und einem Gefühl von Freiheit Platz machten.

Jenna traute sich zum Schluss sogar eine elegante Pirouette zu und lächelte Matt strahlend an. »Ich habe es geschafft!«, rief sie aufgeregt, und Matt applaudierte ihr. Er kam näher, umkreiste sie einmal, und zog sie dann an sich. »Du warst großartig, und das wirst du morgen auch sein. Da bin ich mir absolut sicher!«, flüsterte er ihr ins Ohr, und brachte damit Jennas Herz zum Pochen.

In diesem Moment fühlte Jenna sich nicht nur stärker und selbstbewusster, sondern auch unglaublich verbunden mit Matt.

Der Gedanke, am nächsten Morgen fast drei Stunden mit Matt auf der schweren Maschine bis nach London zu fahren, erfüllte sie mit Vorfreude, die die Angst vor dem Vorstellungsgespräch völlig in den Schatten stellte. Sie würde jeden Augenblick voll auskosten und dieses Gefühl der Freiheit genießen, während der Fahrtwind sie umgab.

»Mist, was soll ich morgen überhaupt anziehen?«, dachte Jenna plötzlich laut, als sie wieder am Motorrad standen und ihr bewusst wurde, wie frisch es auf dem Motorrad sein würde. Es war Anfang Dezember, und auch, wenn es bei so kurzen Fahrten rund um Brighton kein Problem darstellte, in Jeans und Jacke zu fahren, war eine Dreistundenreise eine andere Herausforderung.

»Wie, du weißt nicht, was du morgen zum Vorstellungsgespräch anziehen sollst? Ich dachte, ihr seid Shoppen gewesen?«, Matt sah sie ungläubig an.

»Nein, nein, ich meine auf der Fahrt. Ich hab gar keine Motorradsachen für so eine lange Fahrt«, erklärte Jenna ihren Gedankengang.

»Im Zweifelsfall Leggings und Longsleeve.« Matt zwinkerte ihr zu, beendete das Gespräch damit, dass er das Visier seines Helms herunterklappte, und schwang sich dann auf sein Bike.

»Na toll, nicht gerade hilfreich.« Etwas frustriert über seinen desinteressiert klingenden Kommentar, setzte sie sich hinter ihn auf die Kawasaki, und sie fuhren los. Sie würde sich schnell etwas einfallen lassen müssen. Vielleicht hatte Sherah ja eine Idee. Wie blöd, dass sie nicht früher dran gedacht hatte!

Matt setzte sie am Studentenwohnheim ab und verabschiedete sich. Sie würden sich am nächsten Morgen um neun Uhr hier wieder treffen. Bis dahin hatte Jenna noch einiges zu organisieren.

Sie betrat ihr Zimmer und entdeckte wenig später die mit einer roten Schleife dekorierte weiße Box, die mitten auf ihrem Bett stand.

Neugierig setzte sie sich vor die Box auf ihr Bett und nahm zunächst die Karte, die darauf lag in die Hand. Jenna öffnete die Karte und begann laut zu lesen:

»*Für all die unvergesslichen Abenteuer,*

die dir bevorstehen, Jen!«

Jenna erkannte Matts Handschrift auf den ersten Blick. Davon abgesehen, dass niemand außer ihm *Jen* zu ihr sagte.

Sie legte die Karte beiseite und öffnete die Box vor sich. Zum Vorschein kam eine schwarze schicke Lederkombi für Frauen, ein Nierengurt und ein Set passender Handschuhe. Jenna blieb der Mund offen stehen. Das Leder fühlte sich extrem weich an, und der Zweiteiler wirkte nagelneu. Sie schlüpfte schnell aus ihrer Hose und probierte gleich die Motorradhose und die passende Lederjacke an. Beides saß wie maßgefertigt und sah fabelhaft aus! Jenna war völlig überwältigt. Hatte sie nicht eben noch versucht, mit ihm darüber zu reden, wo sie eine Ausstattung herbekommen könnte, und er hatte sie abblitzen lassen?

Jenna nahm ihr Handy, posierte kurz für ein lässiges Selfie in ihrem Outfit und schrieb Matt eine Nachricht.

JENNA:

Du bist unglaublich! Wo hast du
die so schnell aufgetrieben?

MATT:

Hast du etwa gedacht, ich würde
dich einem Risiko aussetzen? ;)

JENNA:

Wie hast du das hinbekommen?

MATT:

Hatte ein wenig Hilfe von Sherah.
Passt sie? Hoffe, sie gefällt dir und es
ist okay, dass sie Secondhand ist.

JENNA:

Machst du Witze? Sie ist der
Hammer!!! Sitzt wie angegossen ;) ich
weiß gar nicht, wie ich mich bei dir
bedanken kann.

Dann fügte sie noch das Selfie von sich in der Lederkombi an. Es folgten unendlich lange Minuten ohne Antwort, obwohl sie sehen konnte, dass er online war, und Jenna wollte schon das Handy beiseitelegen.

MATT:

Wow! Du siehst umwerfend aus!
Gern gescheh'n! Bis morgen …

Jenna zog die Motorradjacke aus und sah sich das komplette Lederoutfit genauer an. Die Kombi sah tatsächlich wie neu aus, nirgends gab es Abnutzungsspuren und an allen wichtigen Stellen waren hochwertige Protektoren eingearbeitet. Auch der Schnitt war mega, fand Jenna. Konnte sie dieses großzügige Geschenk annehmen? Ihre Gedanken wanderten zu Matt. Er stammte aus keiner reichen Familie und auch wenn er im Großen und Ganzen alles hatte, was er brauchte, musste ihn dieses Geschenk ein kleines Vermögen gekostet haben, selbst, wenn es Secondhand war. Sie liebte die Achtsamkeit, die in jeder seiner Gesten steckte, seit sie ihn kennengelernt hatte. Jeder Blick schien es darauf anzulegen, dass sie sich langsam aber sicher öffnen konnte, ohne dabei ihre Grenzen zu überschreiten.

Am nächsten Morgen pünktlich um 9 Uhr stand Matt abfahrbereit unten an der Straße. Jenna hatte ihr Outfit fürs Vorstellungsgespräch, ihre Unterlagen und alles, was sie sonst noch brauchte, sorgsam in ihrem geräumigen Rucksack verstaut. Mit einem schlichten, eleganten Make-up und in Leggings und Longsleeve gekleidet, schlüpfte sie dann in die Lederkombi und machte sich auf den Weg nach draußen.

Matt wartete, selbst einen schwarz-weißen Lederanzug tragend, an sein Motorrad gelehnt mit dem Handy in der Hand und war gerade dabei, etwas zu tippen, als sie das Haus verließ und sicheren Schrittes auf ihn zuging. Bewunderung flammte in seinen Augen auf, als er sie entdeckte, und ein stolzes Lächeln umspielte seine Lippen. Sie drehte sich im Kreis, zuckte mit den Schultern und fragte herausfordernd: »Und, was denkst du?«

Matt schluckte schwer, ließ den Arm mit dem Handy in der Hand sinken und murmelte dann kaum hörbar: »Das willst du gar nicht wissen«, während er sich umdrehte, um nach dem Helm zu suchen.

»Es wird eine anstrengende Fahrt. Zum Glück sieht es so aus, als ob das Wetter mitspielt. Bist du bereit?« Ein breites Grinsen breitete sich kurz darauf auf seinem Gesicht aus, als sie den Helm annahm, den er ihr entgegenstreckte.

»Wenn du es bist!« Jenna nickte Matt zu, seine Augen schimmerten jetzt etwas dunkler und unergründlicher.

Matt hatte eine Route ausgesucht, die zwar ein wenig länger andauerte, Jenna jedoch die Gelegenheit bot, die malerische Landschaft Südenglands zu genießen. Die Strecke nach London führte sie entlang kurviger Landstraßen und vorbei an teilweise zerfallenen alten Cottages und bot ihnen eine wundervolle Aussicht auf die bewaldeten Hügel und weiten Felder, über denen sich der bedeckte Himmel erstreckte. Das Brummen des Motors erfüllte Jennas Ohren, während sie sich an Matt festhielt, der das Motorrad elegant durch die Kurven navigierte.

Hin und wieder bahnten sich einzelne Sonnenstrahlen kurzzeitig ihren Weg durch die Wolkendecke und erhellten die Landschaft mit einem warmen, diffusen Licht, bevor sich die Wolken erneut verdichteten und den Himmel verdunkelten.

Der Fahrtwind strich vehement über ihre Motorradanzüge, als sie sich ihren Weg durch die idyllische Landschaft bahnten, das Gefühl von Freiheit und Abenteuer genossen, und sich stetig dem pulsierenden Leben der Stadt London näherten.

Sie erreichten London pünktlich zur Mittagszeit. Jenna blieben noch anderthalb Stunden bis zu ihrem Vorstellungsgespräch, und so beschlossen sie, in einem Lokal in der Nähe der Presseagentur etwas essen zu gehen. Frisch gesättigt, nutzte Jenna die Toiletten dort, um sich umzuziehen, ihre Haare zu bürsten und sich ein wenig zu erfrischen, während Matt geduldig an ihrem Tisch wartete. »Na, wenn das mal kein Stilwechsel ist, Milady. Du siehst bezaubernd aus! Ich muss allerdings zugeben, dass ich dein Motorradoutfit vorziehe.«

Jenna verdrehte die Augen, setzte sich und gab ihm einen Knuff gegen den Arm.

Ein amüsiertes Lächeln huschte über ihr Gesicht, als ihr bewusst wurde, dass Matt schon die ganze Zeit mit aller Zurückhaltung, die er aufbringen konnte, versuchte, seine Gefühle zu verschleiern. Zumindest zeigte er sie auf eine sanfte, unaufdringliche Weise. Fast so, als würde er wie ein Gentleman aus längst vergangenen Zeiten behutsam und doch beharrlich um ihr Vertrauen werben.

Jenna sah auf die Uhr und stellte erschrocken fest, dass sie los musste. Die beiden bezahlten und brachen in Richtung Hauptgebäude der Echelon Media Group auf.

Jennas Pumps hallten auf dem Asphalt unter ihr, während sie mit jedem Schritt, mit dem sie sich dem riesigen Gebäude näherte, unruhiger wurde. Zitternd hielt sie ihre Unterlagenmappe in der einen und den Rucksack in der anderen Hand, als Matt sie kurz vor dem Haupteingang anhielt, und ihr den Rucksack aus der Hand nahm.

»Jenna Jäger, erinnerst du dich an die Eishalle gestern?« Jenna nickte. »Du bist großartig und wunderbar und zu weitaus mehr fähig, als du dir selbst zutraust. Du wirst jetzt dort reingehen und strahlen, weil du einmalig bist! Sie haben dich nicht grundlos eingeladen. Ich werde hier auf dich warten, wenn du wieder rauskommst.« Matt nickte ihr ein letztes Mal zu und Jenna betrat allein das beängstigend große Gebäude.

Das Vorstellungsgespräch verlief angenehmer, als Jenna zu hoffen gewagt hatte. Ihre Gesprächspartner sorgten für eine erfreulich lockere Atmosphäre, und so verflog ihre anfängliche Unsicherheit schnell und sie beantwortete selbstbewusst alle ihr gestellten Fragen. Insbesondere Jennas Sprachkenntnisse und Herkunft schienen das Interesse geweckt zu haben.

Das Gespräch war bereits am Ende angelangt, und Jenna hatte sich verabschiedet und zum Gehen gewandt, als Mr. Miller, der Abteilungsleiter, sie noch einmal zurückrief. »Miss Jäger.«

Jenna drehte sich überrascht zu ihm um und sah Mr. Miller fragend an.

»Auch wenn ich damit das übliche Prozedere überspringe, ihre Vita klingt vielversprechend. Ich freue mich, Sie im Februar regelmäßig bei uns begrüßen zu dürfen. Enttäuschen Sie mich nicht.«

Jenna bedankte sich herzlich, bevor sie die Türklinke in die Hand nahm und den Raum verließ.

Im Aufzug lehnte sie sich gegen die kühle Metallwand und atmete tief durch. Sie schloss für einen Moment ihre Augen und fokussierte ihre Aufmerksamkeit auf das leise summende Fahrgeräusch, um die Anspannung des überstandenen Vorstellungsgesprächs abzuschütteln und ihre Gedanken zu ordnen.

Ihre Vita klang vielversprechend? Echt jetzt? Viel Erfahrung hatte sie bisher nicht vorzuweisen. Im Februar nicht enttäuschen? Was hatte das alles zu bedeuten? Hatte sie jetzt etwa eine Zusage? Sie hatte nicht damit gerechnet, heute bereits eine Entscheidung zu hören. Bestenfalls eine Tendenz und es fiel ihr schwer, einen klaren Kopf zu bekommen. Das musste sie erst einmal sacken lassen. Sie begann gerade, sich ein wenig zu entspannen, als der Aufzug mit einem Ruckeln in einem Zwischenstockwerk anhielt, und sich die Türen mit einem sanften Klingeln öffneten. Jenna richtete sich auf und machte dem Mann, der zustieg, Platz, dessen Ausstrahlung den kleinen Raum sofort einnahm. Der hochgewachsene Mann, etwa Mitte vierzig, trug einen maßgeschneiderten Anzug, der perfekt zu seiner schlanken, athletischen Figur passte und dessen tiefblauer Farbton im Licht des Aufzugs edel schimmerte. Jenna erkannte ihn sofort, es war Adam Nasser, der CEO eines angesehenen Unternehmens, dessen Name in der Geschäftswelt fast schon legendär war. Er war berüchtigt für seine Durchsetzungsfähigkeit und seinen eindrucksvollen Geschäftssinn. Es war in der Branche allgemein bekannt, dass er immer bekam, was er wollte, und dass er über ein nahezu übermenschliches Talent verfügte, Menschen für sich zu gewinnen.

Er nickte ihr kurz zu, und für einen Moment trafen sich ihre Blicke. Seine Augen waren dunkel, durchdringend, bestachen mit Scharfsinnigkeit und Selbstsicherheit, die fast einschüchternd wirkte. Sein Gesicht war markant, mit einem olivfarbenen Teint, scharfen, gut definierten Zügen, und einem charmant wirkenden Lächeln, aber es lag etwas Unnahbares darin, eine gewisse Kälte, die sie nicht genau fassen konnte.

Sie war sich bewusst, dass sie in diesem kurzen Augenblick im Aufzug einem der mächtigsten Männer der heutigen Geschäftswelt gegenüberstand, jemandem, dessen Einfluss weit über das hinausging, was sie sich jemals vorstellen konnte.

Sein Charisma war überwältigend, fast erdrückend, und sie konnte nicht anders, als sich klein und unbedeutend neben ihm zu fühlen.

Ahnte dieser Mann, wie nervös er sie machte? Der Aufzug setzte sich wieder in Bewegung, und Adam Nasser blieb regungslos, ein fast unmerkliches, selbstgefälliges Lächeln spielte um seine Lippen, als ob er genau wusste, welche Wirkung er auf die Menschen um sich herum hatte. Die wenigen Sekunden, bis die Türen sich öffneten, fühlten sich endlos an, und Jenna blieb wie angewurzelt stehen, als er ihr erneut zunickte und den Aufzug verließ.

Jenna erreichte den gigantischen Haupteingang und entdeckte Matt, der wie versprochen an seinem Motorrad, das er zwischenzeitlich geholt hatte, auf sie wartete und sie in gespannter Erwartung ansah. Erst jetzt realisierte Jenna, was in den letzten Minuten da drinnen geschehen war. Sie hatte eine Zusage! Eine Zusage! Ihr Herzschlag beschleunigte sich, als sie mit gespielt todernster Miene auf ihn zusteuerte.

Erst, als er ihr ein erwartungsvolles »Uuund?«, entgegenwarf, konnte sie ihre Freude nicht mehr unterdrücken. Sie rannte zu ihm und rief »Ich hab den Job!«. Matt breitete seine Arme aus und lief ihr freudestrahlend entgegen, und sie ließ zu, dass er sie in die Arme nahm und ausgelassen herumwirbelte.

»Komm, steig auf, lass uns das auf meine Art feiern!«, forderte Matt Jenna heraus.

»Was meinst du damit?«, fragte sie verwundert.

»Ich zeig dir, was die Maschine so drauf hat! Natürlich nur, wenn du einverstanden bist«, gab Matt als Antwort. »Aber zuerst solltest du wieder in deine Lederkombi schlüpfen. Schau mal, da drüben.« Matt deutete auf eine Parkanlage am Ende der Straße. »Dort gibt es Umkleidekabinen für die Sportanlage. Das ist doch perfekt.«

»Okay!«, gab sie begeistert zurück. Jenna wusste ohne jeden Zweifel, dass er nichts riskieren würde, was sie in Gefahr brachte.

Sobald sie die Stadt verlassen hatten und auf ländliche Strecken kamen, drehte Matt die Maschine so weit auf, dass der Fahrtwind nur so um sie herum peitschte und sie mit atemberaubender Geschwindigkeit über die Landstraße schossen. Jenna klammerte sich eng an Matt, um das Gleichgewicht zu halten, während ein Adrenalinschub den nächsten jagte. Geschickt navigierte Matt seine Maschine durch den Verkehr und verblüffte Jenna wieder einmal damit, wie sicher er sein Bike unter Kontrolle hatte. Auch wenn es manchmal den Anschein erweckte, dass er die Grenzen der Leistungsfähigkeit seiner Maschine noch längst nicht erreicht hatte, blieb kein Zweifel, dass er aus der Situation alles herausholte, was möglich war. Jeder Blick in den Rückspiegel, jede Handbewegung am Lenker vermittelte Jenna das Gefühl, dass er die volle Kontrolle behielt und jederzeit auf ihre Sicherheit bedacht war. Ja, sie vertraute ihm und genoss gleichzeitig die abenteuerliche Freiheit, während sie gemeinsam Richtung Brighton fuhren.

An einem See mitten im Nirgendwo machten sie eine Pause, und Jenna setzte sich auf den kleinen Bootssteg, um die letzten Minuten des Tageslichts auf sich wirken zu lassen. Matt setzte sich schweigend neben sie.

»Das war der Wahnsinn!«, schwärmte sie, immer noch voller Adrenalin. Dann verstummte Jenna und sah lange Zeit auf das Wasser hinaus, bis die umliegende Landschaft in Dunkelheit versank.

»Weißt du, ich bewundere dich dafür, dass du es geschafft hast, die Sache mit Zach hinter dir zu lassen. Ich schaffe das nicht. Wenn ich nicht so stur gewesen wäre, wäre der Unfall damals nicht so verheerend gewesen und Mum hätte besser reagieren können. Vielleicht wäre sie dann jetzt noch am Leben«, brach es tränenerstickt aus Jenna heraus. Niemals zuvor hatte sie diese Worte ausgesprochen und dieser Schmerz hatte jahrelang an ihrer Seele gefressen.

Matt drehte sie mit einer gewissen Unnachgiebigkeit in seinem Griff zu sich um und schloss sie in die Arme. »Oh, Jen.« Etwas in seinem Tonfall und in der Art, wie seine Hand ihren Hinterkopf hielt, ließ den Riss in der Mauer um ihr Herz aufbrechen, und das erste Mal ließ sie die Tränen ungebremst fließen. Ihr Körper erbebte unter dem Schmerz, der aus ihr herausbrach, doch Matt hielt sie weiter fest und gab ihr Halt.

Sie hatte keine Ahnung, wie lange sie so dasaßen, als sie ihren Kopf hob und in die kastanienbraunen Augen sah, die fest auf sie gerichtet waren und ihren Schmerz widerspiegelten. Sein Blick war durchdringend, fast fordernd, als ob er sicherstellen wollte, dass sie seine Worte richtig verstand.

»Jen, bitte hör mir genau zu. Ich will, dass du weißt, dass du damit nicht allein bist! Ich verstehe nur zu gut, dass du dich schuldig fühlst. Aber du musst dir selbst vergeben. Glaube mir, die vielen Faktoren, die zu dem Unfall beigetragen haben, lagen nicht in deiner Hand und du musst diese Verantwortung nicht auf dich laden.«

Matt zog sie erneut in seine Arme und hielt sie fest, zögerte dann einen Moment, bevor er hinzufügte. »Judith hat sich nach dir erkundigt. Sie meinte, sie würde sich sehr freuen, dich bald wieder zu sehen. Vielleicht würde es dir guttun, mit ihr darüber zu reden? Mir haben die Gespräche mit Richard damals geholfen, diese Dinge zu verarbeiten.«

Jenna hatte den Rat ein paar Tage lang ernsthaft in Erwägung gezogen. Da gab es noch mehr Dinge, die sie belasteten, welche sie Matt definitiv nicht erzählen konnte.

Aber es war leichter, diese Themen im Unistress wieder unter den Tisch fallen zu lassen, und so hatte sie es nie geschafft, Judith anzurufen.

Jenna

— FÜNFUNDZWANZIG —

Die letzten Klausuren vor den Semesterferien waren geschrieben und Jenna traf erste Vorkehrungen, um über die Feiertage und für den Januar nach Hause zu ihrem Dad zu fliegen. Die Flugtickets waren bereits gebucht. Sie war gerade dabei, eine To-do-Liste dafür zu schreiben, was sie neben dem eigentlichen Packen sonst noch bedenken musste, als ihr Handy klingelte und Matts Name auf dem Bildschirm aufleuchtete. Seit ihrem gemeinsamen Londonabenteuer lief es entspannt zwischen ihnen. Zumindest, solange sie nicht auf das sanfte Kribbeln im Bauch achtete, wenn sie an ihn dachte.

Jenna hatte Matt die letzten Tage nicht gesehen und freute sich darauf, seine Stimme zu hören.

»Hey, Jen, wie geht's?«, meldete sich Matt, als Jenna den Anruf entgegennahm.

»Hey Matt, alles bestens, danke. Ich bin gerade am Packen für meinen Flug. Was gibt's?«

»Ich wollte dich und Sherah an die Weihnachtsfeier in Maplehurst Manor diesen Freitag erinnern. Wir sollten noch ein paar Details klären.«

»Oh, stimmt, das wäre in dem ganzen Trubel fast untergegangen. Danke für die Erinnerung! Sherah hat vor ein paar Tagen überlegt, ob es nicht eine tolle Gelegenheit wäre, David mitzubringen, damit er euch kennenlernen kann.«

»Das wäre super! Hat David ein Auto? Dann könnten wir uns gut auf zwei Autos aufteilen. Du und Sherah könntet mit David fahren, und ich könnte Lynn und Ron mitnehmen«, schlug Matt vor.

»Das klingt nach einem Plan. Ich denke, das funktioniert gut für alle. Ich gebe dir noch Bescheid, was David und Sherah dazu meinen.«

»Einverstanden. Wie läuft's denn mit deinen Reisevorbereitungen? Wann fliegst du und wie lange wirst du denn in Deutschland sein?«

»Ganz gut, denke ich. Mein Flug geht am Montag, und ich werde die ganzen Semesterferien in Deutschland bleiben, da kommt ganz schön viel Zeug zusammen, was ich mitnehmen muss«, erklärte Jenna ihm und erntete daraufhin bedrückende Stille am anderen Ende.

»Oh, schade, ich hatte gehofft, wir hätten noch ein bisschen mehr Zeit, bevor du dann nach London gehst.«

»Stimmt.« Darüber hatte sie gar nicht nachgedacht. Jenna überlegte kurz und dann kam ihr eine Idee. »Hey, hast du schon Pläne für die Semesterferien? Wie wär's, wenn du mich im Januar in Berlin besuchen kommst?«

»Im Ernst? Dein Vorschlag gefällt mir! Lass uns das später nochmal genauer besprechen«, antwortete Matt und versuchte gar nicht erst, die Begeisterung zu verbergen.

»Auf jeden Fall! Das wäre toll.« Jenna mochte den Gedanken, Matt ihr altes Zuhause zu zeigen.

»Okay, dann bis Freitag so gegen 18 Uhr?«, verabschiedete sich Matt.

»Ja, perfekt. Bis Freitag! Bye!«

Jenna hatte vor ein paar Tagen von Lynn erfahren, dass Chloe sich am Freitag schon auf die Heimreise in die USA begeben, und aus diesem Grund nicht bei der Weihnachtsfeier mit dabei sein würde. Das störte Jenna wenig, im Gegenteil, insgeheim war sie ein wenig erleichtert. Sie wurde immer noch nicht richtig warm mit ihr. Die Frau war ihr suspekt. Vielleicht hatte sie sie damals auf dem falschen Fuß erwischt, aber es fiel Jenna schwer, diesen ersten Eindruck abzuschütteln.

Jenna schaltete ihren Laptop ein und öffnete ihren Internetbrowser. Auf der Startseite erschienen die tagesaktuellen Schlagzeilen, von denen eine ihr besonders ins Auge sprang.

Erneutes Auftreten der mysteriösen Skytrumpets in Argentinien – Naturphänomen oder eine Kontaktaufnahme aus dem Weltall?

Darunter befand sich eine Amateurvideoaufnahme in freier Natur, die Geräusche wiedergab, die sich wie im Bauch eines riesigen Frachtschiffes anhörten.

Jenna erinnerte sich an das Video, das sie vor ein paar Monaten auf einer Social Media Plattform gesehen hatte. Diese Videos wirkten ganz und gar unglaublich und erweckten den Eindruck, bloß ein Social Media Hype zu sein. Doch obwohl ihr Verstand es sich nicht erklären konnte und deshalb versuchte, es als unrealistisch abzutun, regte sich ein Teil in ihr, der ihr sagte, da könnte etwas dran sein.

Sie gab den Begriff *Skytrumpets* in die Suchmaschine ihres Browsers ein und fand immer mehr Videos aus der ganzen Welt, die dieses Phänomen und sogenannte *Skyquakes* festhielten. Nach einigem Stöbern fand sie viele Theorien, aber nur wenig verlässliche Informationen. Skyquakes waren ein rätselhaftes Phänomen, bei dem laute, donnerähnliche Geräusche am Himmel wahrgenommen wurden, die oft ohne erkennbare Ursache auftraten. Sie wurden oft mit atmosphärischen Störungen oder seismischen Aktivitäten in Verbindung gebracht, ihre genaue Quelle blieb jedoch unklar. Skytrumpets waren ähnlich, allerdings wurden sie oft eher als brummende oder trompetenartige Geräusche beschrieben. Diese Phänomene wurden weltweit beobachtet, von Nordamerika über Europa bis nach Asien. Sie waren selten und traten weder zu festgelegten Zeiten noch an vorhersagbaren Orten gehäuft auf. Es gab einige Vermutungen über ihre Ursachen, ihre genaue Herkunft blieb bisher trotzdem ein wissenschaftliches Rätsel.

Jenna erinnerte sich an den eigentlichen Grund, warum sie den Laptop angeschaltet hatte, und nahm sich vor, später zu versuchen, mehr Informationen über die seltsamen Phänomene zu sammeln.

Nachdenklich öffnete sie einen weiteren Tab, um den online Check-in für ihren gebuchten Flug am kommenden Montag durchzuführen.

Sie freute sich auf ihre Zeit zu Hause mit ihrem Dad. Die bevorstehenden Feiertage waren eine willkommene

Verschnaufpause vor den neuen Herausforderungen, die nach den Semesterferien auf sie warteten. Ab Februar würde sie sich nicht nur auf die Abschlussklausuren vorbereiten müssen, sondern parallel ihre erste Praktikumsstelle bei einer großen Presseagentur beginnen, und da kam ihr diese Atempause gerade recht.

Jenna klappte ihren Laptop zu, stand vom Schreibtisch auf und lief zu ihrem Kleiderschrank hinüber, um den Koffer zu packen. Sie hatte genügend Zeit bis zu ihrer Abreise, aber die Vorfreude auf Zuhause und darauf, ihren Dad wiederzusehen, beflügelte sie. In Gedanken versunken suchte sie sich alles zusammen, was sie auf ihre Reise mitnehmen wollte. Sie war gerne hier in Brighton, mochte ihre neuen Freunde und die neu gewonnene Unabhängigkeit. Liebte es, am Strand spazieren zu gehen, und genoss das Flair dieser besonderen Stadt. Aber Zuhause war eben Zuhause. Und insgeheim machte sie sich immer noch etwas Sorgen um ihren Vater. Würde er den Tod seiner geliebten Frau jemals überwinden und sich dem Leben wieder zuwenden? Konnte er eines Tages loslassen?

Konnte *sie* es denn? Jenna schloss ihren Koffer und stellte ihn neben ihrem Bett ab.

Ein Lächeln tanzte auf ihren Lippen, als ihre Gedanken bei dieser Frage zu Matt abschweiften und sie sich an die Gespräche, die gemeinsamen Momente und subtilen Gesten der letzten Wochen erinnerte. Jenna hatte seither eine Vielzahl von Emotionen, die sie mehr denn je innerlich zerrissen, durchlebt.

Seit ihrer ersten Begegnung war Matt wie ein unaufhaltsamer Wirbelsturm durch ihr Leben gefegt. Seine unverblümt ehrliche Art traf sie, ungeachtet ihrer Vorsätze, tief, während sein gleichzeitig fürsorgliches Verhalten sie regelrecht entwaffnete. Jedes seiner Worte unterstrich seine aufrichtige Absicht ihr gegenüber, selbst in den Momenten, in denen die Wahrheit schmerzte und er sich ihr gegenüber verletzlich zeigte. Jenna hatte versucht, sich dagegen zu wehren, doch unaufhaltsam bröckelten ihre Mauern. Sie sah sich der Zerreißprobe gegenüber, sich ihrer eigenen Vergangenheit zu stellen und das Mädchen, das tief in ihrem Inneren verschollen gegangen war, zu befreien. Aber je mehr Zeit verging, umso klarer wurde es für Jenna, dass es Schatten ihrer Lebensgeschichte gab, die sie nicht alleine schaffen würde, abzuschütteln.

Sie hing den Erinnerungen an die bedeutsamsten Erlebnisse der letzten drei Wochen nach und fragte sich insgeheim, wie es weitergehen sollte. Ihr letzter Gedanke galt Matt, während sie müde in einen unruhigen Schlaf glitt.

Der Gestank von Benzin und verbranntem Gummi nahm Jenna die Luft zum Atmen, als sie langsam zu sich kam. Das Geräusch von Schotter, der unter den Schritten breiter Schuhe knirschte, die langsam das Autowrack umrundeten, drang an ihr Ohr und sie öffnete ihre Augen. Die Schritte hielten kurz auf der Fahrerseite inne und Jenna hörte nur noch die Fahrgeräusche der Straße und das Knistern von Feuer irgendwo in ihrer Nähe. Jenna hing kopfüber in ihrem Gurt und wollte bereits um Hilfe rufen, doch etwas hielt sie zurück, als ob sich eine unsichtbare Hand über ihren Mund legte und sie aufforderte, still zu bleiben. Dann fiel ihr Blick auf ihre Mum, was ihr das Blut in den Adern gefrieren ließ. Verschwommen nahm sie wahr, dass sich die Schritte eilig entfernten, ersetzt durch das Stimmengewirr mehrerer Menschen, die sich dem Unfallort näherten. »Nein, nein! Mum, bitte wach auf!«, keuchte sie, panisch darum bemüht, ihren Sicherheitsgurt zu lösen, unfähig, den Blick von ihrer Mutter abzuwenden.

Schweißperlen traten auf ihre Stirn, als Jenna aus ihrem Traum aufschreckte und sich kerzengerade in ihrem Bett aufsetzte. Mit tiefen Atemzügen bemühte sie sich, ihren rasenden Puls zu beruhigen und die Schatten, die sie umgaben, zu verscheuchen. Ihr Blick wanderte zum Wecker. 5:30 Uhr. Jenna ließ sich wieder in ihre Kissen fallen und starrte mit weit aufgerissenen Augen an die Decke. Dieses Detail ihres Traums war neu und doch erinnerte sie sich jetzt akribisch genau an die Szene, die sie jahrelang verdrängt hatte. Wer war damals am Unfallort gewesen und warum hatte derjenige ihnen nicht geholfen? Ihr Herzschlag beschleunigte sich erneut, als ein erschütternder Gedanke sie durchzuckte:

Könnte es zwischen dem Verschwinden ihres Onkels vor so vielen Jahren, und dem tödlichen Unfall ihrer Mutter eine Verbindung geben? War es tatsächlich ein Unfall, oder wurde das alles inszeniert?

Jenna
– SECHSUNDZWANZIG –

Die Fahrt nach Maplehurst Manor verging wie im Flug. David war wie immer eine One-Man-Show. Er redete auf der gesamten Fahrt ohne Punkt und Komma. Jenna musste in sich hineinschmunzeln. Er war ein wahrer Optimist. Es schien, als ob ihn so schnell nichts unterkriegen konnte, und sicher hatte er schon zu Schulzeiten den Klassenclown gespielt.

»Was machst du eigentlich beruflich?«, fragte Jenna ihn.

»Ich arbeite im Restaurationsbetrieb meines Vaters und würde sagen, ich bin mittlerweile sein bestes Pferd. Viele Aufträge ziehen wir nur an Land, weil die Kunden von meinen kreativen Ideen begeistert sind. Eines Tages soll ich den Laden übernehmen, sagt mein Alter. Mal sehen, ich bin ja noch jung, aber warum nicht? Es macht auf jeden Fall ne Menge Spaß.«

Jenna amüsierte sich über die Show der zwei Turteltäubchen auf den vorderen Sitzen.

»Weißt du, ich glaube, dein Musikgeschmack wird mit jedem Song schlechter«, nörgelte Sherah.

»Ach ja?«, frotzelte David zurück. »Und deiner wird mit jedem Kilometer lauter!«

»Hey, das ist nicht fair! Du hast versprochen, mir Kaffee mitzubringen, und jetzt sitze ich hier ohne meine geliebte Koffeinration. Irgendwie muss ich mich doch bei Laune halten.«

»Oh nein! Habe ich den Kaffee vergessen? Das tut mir so leid, Liebling. Wie konnte ich nur so ein furchtbarer Freund sein?«, David lachte lauthals.

»Ja ja, lach nur«, konterte Sherah. »Dir wird das Lachen schon noch vergehen, wenn wir uns verfahren, weil ich dich die falsche Abfahrt herunter leite.«

»Ach, ich vertraue dir doch, Maus. Aber nur, wenn du mir versprichst, nicht mehr an meiner Musikwahl herumzunörgeln.«

Die beiden lachten und alberten weiter herum, während sie die Landstraße entlang tuckerten und sich langsam Maplehurst Manor näherten.

Jenna fand, Sherah und David passten gut zusammen, aber sie war vorsichtig damit, voreilige Schlüsse zu ziehen. Sherah hatte es bisher nie lange in Beziehungen ausgehalten und sagte von sich selbst, dass sie die Freiheit und Unabhängigkeit zu sehr liebte, um sich fest auf eine Beziehung einzulassen.

Verstohlen warf Jenna einen Blick auf ihr Handy. Keine Nachrichten. Was hatte sie erwartet? Etwa eine Nachricht von Matt, der selbst gerade am Steuer saß? Das war jämmerlich, Jenna! Konnten die gelegentlichen harmlosen Nachrichten in so kurzer Zeit schon zur Gewohnheit geworden sein, dass sie geradezu darauf wartete? Jenna verdrehte die Augen und schob den Gedanken weit weg.

Der Parkplatz von Maplehurst Manor war übersät von Autos. Das gesamte Haus war hell erleuchtet. Den Eingang schmückte eine riesige Girlande aus Tannengrün, die mit roten Schleifen dekoriert war und auf der Wiese neben dem Parkplatz befand sich eine Feuerstelle. Das darin entfachte Feuer warf flackernde Schatten auf die umliegende Landschaft und erzeugte ein warmes, beruhigendes Licht, das die Dunkelheit durchdrang. Funken stiegen in die Luft und tanzten kontrastreich am dunklen Abendhimmel, während der Feuerschein die nahegelegenen Bäume erhellte und bereits einige Gäste mit Bechern in der Hand zum Aufwärmen angezogen hatte.

Dann entdeckte sie Matt, der sich, an den schwarzen Mini gelehnt, mit Lynn und Ron unterhielt.

Sie fanden einen Parkplatz nicht weit von der Feuerstelle und stiegen aus dem Wagen. Jenna spürte Matts Blick auf sich, seit dem Moment, als ihre Schuhe den Schotter des Parkplatzes berührten. Sie hob ihre Augen und begegnete seinem Blick. Seine dunklen Augen, die das Licht der Flammen hinter ihr einfingen und reflektierten, funkelten sie an. Die knisternden Geräusche des brennenden Holzes vermischten sich mit dem Stimmengewirr, und der Duft von Rauch und verbranntem Holz erfüllte die Luft. Als Matt sich ihr näherte, ohne den Blick von ihr zu lösen, senkte sie schnell ihren Kopf. Sie hoffte schwer, dass die Lichtverhältnisse ihre Gefühle verschleierten. Sie war sich absolut sicher, dass unter normaler Beleuchtung ihre Wangen mittlerweile rot glühten, denn ihr wurde unfassbar heiß. Was war nur mit ihr los? Hatte er eine entfernteste Ahnung davon, was für einen Effekt er auf sie hatte? Matt wirkte plötzlich in seiner Mimik und Gestik so selbstsicher und unmissverständlich und doch blieb er absolut immer ein wahrer Gentleman.

Matt erreichte Jenna dicht gefolgt von Ron und Lynn und der Moment war vorüber. Direkt hinter Jenna folgte Sherah, die sich bei David untergehakt hatte.

Jenna konnte das Lächeln nicht aus ihrem Gesicht bekommen, als sie bemerkte, wie Sherah tief durchatmete, bevor sie sich an die anderen wandte.

»Also«, begann Sherah, mit melodischer Stimme, doch ihre Worte schienen ihr noch ein wenig zögerlich über die Lippen zu gehen. »Ich möchte euch jemanden vorstellen.« Mit einer fast theatralischen Geste zog sie David näher zu sich, und Jenna bemerkte, wie ihre Hand sich nicht von seiner löste. »Das ist David.«

Jenna sah, wie Davids Mundwinkel sich leicht hoben, als er jeden in der Runde mit einem freundlichen, aber bestimmten Lächeln begrüßte. »Freut mich, euch endlich kennenzulernen«, sagte er mit ruhiger, aber selbstbewusster Stimme.

Matt grinste und warf Sherah einen vielsagenden Blick zu, bevor er David zunickte.

»Endlich also«, wiederholte er, mit einem neckenden Unterton. Sherah ließ sich davon nicht beirren, was Jenna überraschte. Wenn es um ihre wahren Gefühle ging, wurde Sherah normalerweise nervös und zog sich schnell zurück. Doch jetzt, mit David an der Hand, wirkte Sherah plötzlich entschlossen, fast erleichtert.

»Ja, endlich«, entgegnete Sherah mit einem kecken Lächeln, das mehr aussagte, als ihre Worte jemals könnten. Jenna sah ihr an, wie bedeutsam dieser Moment für Sherah war.

Matt machte einen Schritt auf David zu und klopfte ihm freundschaftlich auf die Schulter. »Willkommen in der Runde, David. Ich heiße Matt.«

»Und ich bin Ron. Willkommen an Bord, Bro!« Ron gab David eine Ghettofaust und David erwiderte die freundlichen Gesten.

»Dann lasst uns mal reingehen«, Matt zeigte in Richtung der Eingangstür und sie setzten sich in Bewegung.

Als sie die Eingangshalle erreichten, blieb Jennas Mund vor Staunen offen stehen. Dort befand sich ein üppig geschmückter Christbaum, dessen Lichter den Raum erhellten. Auch die holzvertäfelten Wände und der Treppenaufgang waren traditionell mit Tannengrün und roten Schleifen dekoriert. Überall leuchteten Kerzen und ein Hauch von Tannenduft und Zimt lag in der Luft. Aus einem der sie umgebenden Räume hörten sie einen Chor, begleitet von einem Cello, einen der klassischen weihnachtlichen Choräle singen. Jenna spürte, wie Matts Arm sich leicht um ihren Rücken legte und seine Hand sanft ihre linke Schulter umfasste. Er bedeutete ihr, weiterzugehen, und schob sie behutsam in die Richtung, aus der die Chorklänge stammten. Jenna liebte dieses Instrument! Sie hatte selbst als Kind jahrelang Cello gespielt – bis zum Tod ihrer Mutter. Danach war alles anders. Alles.

Als sie den riesigen Tannenbaum passierten, fiel Jennas Blick auf die Dekorationen, die an den einzelnen Zweigen hingen. Zwischen Strohsternen und Christbaumkugeln befanden sich einige kleine, individuell selbstgebastelte Geschenke mit Namen darauf.

Sie erreichten die Garderobe direkt am Eingang zu dem Saal, aus dem die Musik strömte, und legten ihre Jacken ab. Drinnen loderte ein wohlig warmes Kaminfeuer und auch hier setzte sich die traditionelle Weihnachtsdekoration weiter fort. Überall im Saal waren Stehtische verteilt, an denen sich kleine Trauben von Menschen unterschiedlichster Altersgruppen und sozialer Schichten gebildet hatten. Manche waren in Gespräche vertieft, andere hörten aufmerksam dem Chor zu oder sangen sogar mit. Jenna fühlte sich angekommen und umarmt von der Atmosphäre in diesem Raum, spürte die Liebe, die diesen Ort durchströmte. Bereits das erste Mal, als sie dieses alte Manor betreten hatte, ging es ihr so. Eine innere Ruhe, die sie nicht in Worte fassen konnte. Die gleiche Liebe, die sie in den Augen des Fremden gesehen und in der Mensa gespürt hatte. Ein Friede, der sie zu rufen schien.

Sherah war hungrig und drängelte deshalb, zum Buffet zu gehen. Auch hier spiegelte die weihnachtliche Stimmung den Stil des gesamten Hauses wider. Die Tische waren mit Kerzen und Tannengestecken geschmückt und an den großen Fenstern waren leuchtende Sterne angebracht.

Nachdem sie sich an einem der Tische hingesetzt hatten und aßen, betrat Richard mit einem hochgewachsenen Mann um die sechzig den Saal. Matt beugte sich zu den anderen herüber, um ihnen hinter vorgehaltener Hand zuzuraunen, dass dies der Bürgermeister von Haywards Heath sei.

Der angesehene Ortsvorsteher bekam eine Hausführung vom Chef persönlich, in typischer Richard-Manier, und Jenna gluckste ausgelassen beim Anblick der Szene vor ihnen. Sie sah vergnügt zu Matt hinüber. Auch seine Wangen schimmerten rosig vor Belustigung und ein schelmisches Funkeln tanzte in seinen Augen, während seine Lippen amüsiert zuckten.

Jenna entdeckte Judith unter den Sängerinnen und Sängern des Chors und lächelte ihr zu, als ihre Blicke sich kurz begegneten. Diese wundervolle Frau strahlte genau solchen Frieden aus. Sie und einige andere Menschen hier. Genau das war Jennas tiefste Sehnsucht. Aber wenn sie ihr eigenes Herz betrachtete, gab es da zu viel, was sie loslassen musste, damit das geschehen konnte. Jenna erinnerte sich daran, wie Matt vor kurzem erzählt hatte, dass er seinem Vater vergeben konnte, was er ihm angetan hatte. Matt war damals vage gewesen, worum es ging. Aber es stand außer Frage, dass es um tiefere Wunden ging und die Beziehung zwischen Matt und seinem Vater absolut nicht mit ihr und ihrem Dad vergleichbar gewesen war. Etwas an Matt weckte in Jenna den Eindruck, dass er zwar noch viele innere Kämpfe ausfechten musste, aber den richtigen Weg eingeschlagen hatte. Jenna bewunderte ihn dafür, denn das konnte sie von sich nicht behaupten. Wollte sie überhaupt vergeben? Martin, zum Beispiel, diesem heuchlerischen Arsch, der sie belogen und ihre Naivität ausgenutzt hatte? Oder dem Autofahrer, der ihrer Mutter die Vorfahrt genommen und dann Fahrerflucht begangen hatte, wodurch für ihre Mum jede Hilfe zu spät kam?

Jenna spürte wieder diesen Groll in sich aufsteigen. Ihr wurde schlagartig heiß. Sie musste hier raus, brauchte dringend frische Luft!

Ohne groß darüber nachzudenken, stand sie auf und verließ den Saal. Ihre Füße trugen sie aus dem Hauptgebäude in die Dunkelheit.

Sie hatte das alles so satt! War es leid, sich letzten Endes selbst immer wieder zu quälen und zu bestrafen, sich immer wieder die Frage nach dem Warum zu stellen, auf die es ja doch keine zufriedenstellende Antwort gab. Sie wollte nicht mehr tatenlos zusehen, wie ihr Herz über die Jahre von Bitterkeit aufgefressen wurde. Sie sehnte sich danach, all das loslassen zu können, doch gleichzeitig widerstrebte alles in ihr, diese Trauer, die Schuld und Unsicherheit aufzugeben und sich auf etwas Neues und Unbekanntes einzulassen. Jenna wurde bewusst, dass sie furchtbare Angst davor hatte, ihre Schutzmauern fallen zu lassen. Angst davor, verletzt zu werden oder jemanden zu verlieren, den sie liebte, und deshalb sträubte sich alles in ihr dagegen, jemanden so nah an sich heranzulassen, dass es überhaupt so weit kommen konnte.

In Gedanken versunken fand Jenna sich vor dem rustikalen Cottage wieder, worin sich das Studierzimmer ihres Großvaters befand. Dunkelheit hüllte die alte Hütte in tiefes Schweigen, während man etwas weiter entfernt einige Menschen hörte, die sich in Gespräche vertieft um das

Lagerfeuer versammelt hatten. Die Tür zum Cottage war verschlossen, doch auf den zweiten Blick erkannte Jenna, dass der alte Schlüssel im Schloss steckte. Sie drehte den schwergängigen Schlüssel um und die Tür sprang auf. Langsam betrat sie mit dem Handy als Taschenlampe in der Hand das Innere des Gebäudes. Sie wollte ein paar Minuten allein sein und wieder einen klaren Kopf bekommen. Der Sessel in der Studierkammer war perfekt dafür geeignet, beschloss sie und betrat den versteckten Raum. Neben dem Kamin lagen ein paar Holzscheite und Zunder bereit und luden Jenna zum Verweilen ein. Sie machte sich an die Arbeit und es dauerte nicht lange, bis das Feuer wohlig warm loderte und den kleinen Raum aufheizte.

Sie war gerade dabei, sich ein antiquiertes Buch aus dem Bücherregal anzusehen, als sie hinter sich eine vertraute Stimme hörte. Jenna drehte sich um und entdeckte Judith im Türrahmen stehen, die sie mit ihren gütigen Augen ansah.

»Ich habe Licht gesehen und dachte, ich schau mal nach dir. Geht es dir gut, Liebes?«, begann Judith das Gespräch.

Jenna schüttelte den Kopf und ließ das Buch sinken. Ihre Augen wurden glasig und Judith zögerte nicht, sie lief auf sie zu und nahm sie in den Arm. Der Damm brach. Jenna ließ zuerst ihren Tränen und dann ihrer Verzweiflung und Bitterkeit freien Lauf und erzählte Judith alles über Martin und den Unfall ihrer Mutter. Als sie fertig war und Judith die Umarmung langsam löste, reichte sie ihr ein Taschentuch und sah ihr fest in die Augen.

»Ich verstehe, wieso du so denkst, und kann förmlich spüren, wie du unter dieser Last leidest. Es ist vollkommen natürlich, dass du dich in diesem ständigen Kampf zwischen Vergebung und Widerstand befindest. Es ist eine Reise voller Unsicherheiten und Ängste, aber ich möchte dir Hoffnung schenken. Deine Vergangenheit definiert nicht, wer du bist, sondern Gott gibt dir deine Identität und er hat einen wunderbaren Plan mit dir!«

»Es ist, als ob ich in einem Teufelskreis gefangen bin. Ich sehne mich so sehr danach, loszulassen, aber ich fühle mich wie gelähmt«, schluchzte Jenna.

»Vergebung ist nicht nur ein Akt der Gnade anderen gegenüber, sondern auch der Schlüssel dazu, selbst innere Heilung und Freiheit zu erleben. Wir können lernen, anderen zu vergeben, egal was sie uns angetan haben, weil Jesus uns alles vergeben hat, noch bevor wir *ja* zu ihm gesagt haben. Alles, was es braucht, ist, dass wir dieses Geschenk seiner Gnade annehmen und ihm vertrauen. Vergebung beginnt mit einem Schritt nach dem anderen. Es erfordert Mut, Selbstreflexion und die Bereitschaft, sich ehrlich mit den eigenen Gefühlen auseinanderzusetzen. Vergebung ist nicht das Resultat von veränderten Gefühlen, sondern der erste Schritt dazu. Jesus möchte dir dabei helfen. Er hat dir bereits alles gegeben, was du brauchst, um diese Freiheit zu finden, nach der du dich sehnst.«

Jenna überlegte kurz. »Meinst du den Jesus aus der Bibel? Meine Mutter hat mir als Kind von ihm erzählt, aber es fällt mir schwer, an ihn zu glauben.«

»Erinnerst du dich an unser Gespräch in dem Café vor einiger Zeit? Jesus ist dein Licht in der Dunkelheit. Er ist Gott, der in unsere Dimension kam, damit wir wieder zu ihm finden.

Er wünscht sich dein Herz, damit er es heilen kann«, erklärte Judith ihr mit ruhiger Stimme.

»Das hört sich alles so gut und einfach an, aber ich bin mir nicht sicher, ob ich das für mich annehmen kann.« Jenna rieb sich die Schläfen und schloss die Augen. »Aber ich glaube, dass es Gott gibt.« Ihre Augen öffneten sich und sie atmete tief durch. »Kannst du vielleicht für mich beten, dass er mir hilft, ihn besser zu verstehen?«

Judith nickte und öffnete ihre Hände in einer einladenden Geste. »Gerne. Gehe den nächsten Schritt, den du gehen kannst. Vielleicht hilft es dir, später die Dinge, die du mit dir herumträgst und die dir schwer fallen loszulassen, aufzuschreiben und nachher beim Lagerfeuer zu verbrennen? Das kann eine kraftvolle, symbolische Geste sein, die dir hilft neu anzufangen. Lass uns gemeinsam um Gottes Hilfe bitten, dass du die Kraft und den Mut findest, deine Vergangenheit loszulassen, und Frieden in Gottes Armen.«

Sie legte ihre Hand auf Jennas und die beiden nahmen sich einen Moment, um still zu werden, dann begann Judith mit ihrem Gebet.

»Himmlischer Vater, ich bitte dich um deine Gegenwart und Führung in diesem Moment. Bitte stärke Jenna und schenke ihr Trost und Frieden, Vergebung und Heilung. Hilf ihr, die Lasten, die sie mit sich herumträgt, loszulassen und deine Liebe und Gnade zu begreifen. Begegne ihr, stärke ihren Glauben an dich, Jesus, und lass sie erleben, dass du real bist und sie so unendlich liebst, genau so, wie sie ist, Amen.«

»Amen«, sagte auch Jenna, das kannte sie noch von den Gebeten mit ihrer Mutter. Sie fühlte, wie die Anspannung langsam ihren Körper verließ, atmete tief ein und stieß die Luft wieder aus. Da war noch etwas, das sie loswerden wollte. Sie blickte Judith direkt an, ihre Augen voller Fragen. »Judith, darf ich dir noch etwas erzählen? Ich weiß nicht, wem ich es sonst erzählen kann, ohne ausgelacht zu werden.«

»Nur zu, Liebes.« Judith hielt ihren Blick fest und nickte ihr aufmunternd und aufmerksam zu.

»Als ich neu in Brighton war, bin ich auf der Straße jemandem begegnet. Ich weiß gar nicht, wie ich es beschreiben soll. Er hat kein Wort mit mir geredet. Eigentlich ist er nur auf der Straße an mir vorbeigegangen und hat mich angesehen. Ich meine damit nicht, dass er geflirtet hat oder so. Das war es absolut nicht! Aber ich glaube, seine Kleidung hat gestrahlt und seine Augen durchdrangen meine Seele und leuchteten wie Flammen. Ich spürte in dem Moment, dass er mich durch und durch kannte und trotzdem nur das Beste in mir sah. Weißt du, was ich meine? Ich war mit Sherah unterwegs und sie hatte ihn gar nicht wahrgenommen, und als ich mich umdrehte, war er plötzlich weg«, beendete Jenna ihre Schilderung und als sie aufsah, hatte jetzt Judith Tränen in den Augen.

»Liebes, das ist ein besonderer Schatz. Bewahre ihn in deinem Herzen und lass ihn dir nicht rauben, egal, was die Zukunft bringt. Gott ist dir begegnet und wird dich niemals loslassen. Hast du eigentlich auch manchmal Träume, die du dann auch im echten Leben erlebst, wie ein Déjà-vu?«, fragte Judith.

»Manchmal, ja. Zum Beispiel hatte ich von dem Studierzimmer hier geträumt«, erinnerte sie sich. Den Traum, den sie vor Wochen hier auf diesem Sessel hatte, erwähnte sie lieber nicht, er machte ihr zu viel Angst.

Jenna fand einen alten Bleistift, nahm sich etwas Zeit zum Nachdenken und schrieb dann all die Dinge, die schon so lange ihr Herz zerfraßen, auf einen alten Zettel ihres Großvaters. Nach und nach spürte sie, wie eine unsichtbare Bürde von ihren Schultern fiel.

Einige Zeit später verließen Jenna und Judith gemeinsam das Cottage.

»Danke für alles«, sagte Jenna und nahm Judith in den Arm.

»Lass uns später weiter reden«, antwortete Judith, und die beiden Frauen gingen für den Moment in unterschiedliche Richtungen.

Immer noch aufgewühlt von dem Gespräch mit Judith, beschloss Jenna, mit dem Papier in der Hand zum Lagerfeuer zu gehen. Sie hoffte, die frische Luft würde ihr helfen, einen klaren Kopf zu bekommen. Sie überlegte, was sie jetzt mit dem Zettel anfangen sollte, auf dem all der Groll, all die Verletzungen, Zweifel und Dinge, die sie über sich selbst glaubte, geschrieben standen. War sie bereit dazu, loszulassen und neu anzufangen? All die Dinge, die Judith ihr gesagt hatte, ergaben plötzlich Sinn. Ihr war klar geworden, dass sie sich seit Jahren selbst quälte und bestrafte, indem sie an ihren Verletzungen und Enttäuschungen festgehalten hatte. Sie verstand jetzt, dass sie den Personen, und dem Unrecht, das ihr angetan wurde, immer noch Macht über ihr Leben gab. Diese Mauern und negativen Gefühle hatten seit Jahren ihre Beziehungen zu anderen Menschen beeinflusst, und sie hielt sich selbst davon ab, die Last der Vergangenheit hinter sich zu lassen.

Es war Zeit loszulassen und zu vergeben, nicht, weil die Geschehnisse nicht schlimm gewesen wären, sondern weil Jennas Identität nicht in ihrer Vergangenheit, sondern darin lag, wie Gott sie sah. Sie war es wert, Frieden und Heilung zu finden, sowie ein Leben voller Liebe und Annahme. Jenna atmete tief durch und spürte eine erfrischende Leichtigkeit.

Langsam setzte sie einen Fuß vor den anderen und lief auf die Feuerstelle zu. Als es zu schneien begann, wurde Jenna klar, was zu tun war. Erst jetzt bemerkte sie, dass sie ihren Parka drinnen vergessen hatte, doch sie lief zielstrebig weiter.

Jenna

— SIEBENUNDZWANZIG —

Das Licht des Feuers warf sanfte Schatten auf die umliegenden Bäume und tauchte die Umgebung in ein warmes, goldenes Glühen. An der Feuerstelle angekommen, stellte Jenna fest, dass kaum jemand dort war. Nur Matt, der gerade ein paar Holzscheite nachgelegt hatte, saß allein auf einem Holzstamm und sah gedankenverloren in die Flammen, ohne sie zu bemerken.

»Darf ich mich zu dir setzen?«, fragte Jenna leise.

»Gerne!« Matt lächelte, als er ihre Stimme erkannte. Er wandte sich zu ihr, sah sie mit seinen forschenden Augen aufmerksam an und nickte ihr dann voller Wertschätzung zu. Als sie sich zu ihm auf den Stamm gesetzt hatte, bemerkte er, dass sie zitterte, und zog ohne zu Fragen seine Daunenjacke aus, um sie ihr umzulegen.

»Du warst lange weg, ist alles okay?«, fragte Matt. Sie nickte, berührt von der Besorgnis in seinem Ton.

»Es geht mir gut. Ich habe nur noch eine Sache zu erledigen.«

Sie hob den Zettel an und zerriss ihn vor Matts erstaunt fragenden Augen.

»Weißt du, mir ist klar geworden, dass ich alten Verletzungen viel zu lange die Macht gegeben habe, mein Leben zu beeinflussen. Es ist Zeit, die Vergangenheit hinter mir zu lassen und einen Neuanfang zu wagen. Das hier sind ab jetzt nicht mehr die Dinge, die mein Leben prägen dürfen, sondern die, die ich vergeben und losgelassen habe.«

Mit diesen Worten warf sie den zerrissenen Zettel ins Feuer und sah zu, wie die Flammen ihn verzehrten. Ihr war bewusst, dass dies nur der Anfang war, aber sie fühlte sich an diesem Abend gestärkt und entschlossen, ihren Weg mit Gott zu finden.

»Du bist so unglaublich stark, Jen!«, sagte Matt, sein Ton voller Respekt und Bewunderung. Er legte seinen Arm um sie und zog sie an sich. Jenna ließ ihren Kopf an seiner Schulter ruhen und schloss für einen Augenblick die Augen, und beide versanken in ihren Gedanken. Die Dezemberkälte wurde durch die Hitze des Lagerfeuers verdrängt und vereinzelte dicke Schneeflocken schwebten zu Boden oder schmolzen in der erwärmten Luft der Flammen. Ohne, dass einer von ihnen etwas sagte, verloren sich ihre Blicke im flackernden Tanz der Flammen.

Die unausgesprochenen Worte zwischen ihnen waren beinahe greifbar. Sie hingen wie die unerreichbaren Sterne am Nachthimmel und warteten darauf, Gehör zu finden. Aber auch, wenn es Jenna Angst machte, sich der Intensität ihrer Gefühle zu stellen, war sie an diesem Abend bereit, genau das zu tun. Ein heimlicher Blick wanderte zu Matt, sie nahm einen tiefen Atemzug, öffnete und schloss den Mund, ohne etwas zu sagen, und wandte ihre Aufmerksamkeit wieder den

Flammen zu. Matt ließ seinen Arm sinken, der Abstand zwischen ihnen vergrößerte sich, bis sich die Stelle, wo ihre Körper sich berührt hatten, plötzlich unangenehm leer anfühlte, als die Kälte sich den Platz zurückeroberte.

»Es ist seltsam, nicht wahr«, durchbrach Matt die Stille, als ob er ihre Gedanken kannte, »dass Worte manchmal nicht ausreichen, um das zu beschreiben, was man fühlt. Ich wünschte nur, du könntest dich selbst so sehen, wie ich es tue.«

Jenna drehte sich langsam zu Matt um, schüttelte verwundert den Kopf und lachte nervös. Matt begegnete ihrem Blick mit einem Ausdruck voller Zuneigung und Zärtlichkeit, doch gleichzeitig getrübt von einer Spur Unsicherheit.

»Sorry, ich …«, entschuldigend hob er seine Hände, als ob er befürchtete, zu weit gegangen zu sein.

»Warte!« Jenna streckte ihre Hand nach seiner aus und hielt sie fest umschlossen, und ihre Blicke begegneten sich wieder. »Ich versteh das mit Gott in meinem Leben noch nicht so ganz, aber ich will dem nachgehen, denn mir ist klar geworden, dass ich meine Vergangenheit loslassen muss, um frei zu sein. Ich bin Gott so dankbar dafür, dass wir uns begegnet sind, ohne dich wäre all das nicht an die Oberfläche gekommen. Was auch immer die Zukunft bringt, ich bin jetzt bereit dazu, das mit dir gemeinsam herauszu-finden.« Jenna rang mit sich, bevor sie weitersprach. »Das heißt, wenn du es noch bist.«

Ohne ein weiteres Wort zog Matt Jenna eng an sich, umfasste sanft ihr Kinn, beugte sich langsam vor, bis seine

Lippen ihre mit einem vorsichtigen Kuss berührten. Jennas Welt fing an, sich zu drehen, als sich das sanfte Kribbeln und die Wärme über ihren gesamten Körper ausbreiteten und ihr Herz schneller schlagen ließen. Sie erwiderte seinen Kuss, der an Intensität zunahm, nicht sicher, ob es seine Nähe war, die ihr den Atem nahm, oder die Worte, die er jetzt gegen ihre Lippen murmelte. »Ich habe doch versprochen, dass ich warten werde, bis du bereit bist und ich halte mein Wort.« Seine Stimme war kaum hörbar, doch seine Augen strahlten ein Vertrauen aus, welches Jenna das Gefühl gab, endlich zu Hause zu sein.

Die beiden schlenderten wenig später Hand in Hand durch die geschmückte Eingangstür in das Foyer. Sie entdeckten Sherah und David, die eng aneinandergekuschelt auf einem der gemütlichen Leinensofas mit Rosendruck links neben der Eingangstür im Room One saßen. Matt gab Jenna einen flüchtigen Kuss auf die Stirn und löste damit eine Armee an Schmetterlingen in ihr aus. Dann begab er sich auf die Suche nach Richard, und Jenna gesellte sich zu Sherah und David, die dabei waren, über ihre Pläne für das Wochenende zu philosophieren, und behaglich an ihren dampfenden Punschbechern nippten.

Jenna setzte sich locker auf die Sofalehne, um ein wenig mit den beiden zu plaudern, und wurde gleich von Sherah mit Fragen bombardiert.

»Wohooo, was hab ich denn da eben im Foyer gesehen?! Läuft da etwa endlich was? Wurde aber Zeit, die Spannung zwischen euch beiden war ja kaum mehr auszuhalten!«, Sherah platzte geradezu vor Neugier, doch ehe Jenna etwas antworten konnte, entdeckte sie Judith, die mit neuen Getränkefläschchen für die Gäste in den Raum kam und das volle Tablett auf dem Tisch abstellte. Jenna stand auf und wandte sich ihr zu, um sich noch einmal für das Gespräch zuvor zu bedanken, eine willkommene Ablenkung, um der Ausfragerei von Sherah zu entkommen. Sie war noch nicht bereit, all die Details mit anderen zu zerpflücken, wollte noch den Zauber des Augenblicks nachhallen lassen. Mit einem seligen Lächeln auf den Lippen begann sie, mit Judith zu reden.

»Das ist ja fürsorglich, kann ich dir mit den Getränken helfen?«

Judith sah auf und lächelte Jenna unbeschwert an. »Danke, aber ich bin schon fertig, Liebes. Schau dich an, du strahlst ja förmlich!«

Ein Gefühl der Wärme breitete sich in Jennas Brust aus. »Danke für alles, Judith. Unser Gespräch hat mir so gutgetan. Ich habe das Gefühl, dass es endlich vorwärtsgeht.«

»Sehr gerne, Liebes!« Judith lächelte verschmitzt, und rückte eine der Getränkeflaschen zurecht, ihr Blick forschend auf Jenna gerichtet. »Ich habe dich vorhin mit Matt am Lagerfeuer gesehen.« Judiths Augen glänzten vor Freude. »Er ist ein anständiger junger Mann, Jenna.«

Jenna fühlte sich, als würde ihr Gesicht brennen, und sie lachte verlegen, ihr Blick auf den Boden gerichtet.

Fieberhaft überlegte sie, was sie antworten sollte. »Matt und ich ...«

Plötzlich durchzuckte ein gleißend helles Licht das Fenster, gefolgt von einem unheimlichen Knistern in der Luft. Sherah und David sahen sich schockiert an, als ob die Zeit für einen Moment stehen geblieben wäre.

Jenna hielt erschrocken mitten im Satz inne und richtete ihren Blick zum Fenster. Für einen kurzen Augenblick schien die Welt, um sie herum, stillzustehen. Als sie sich wieder Judith zuwandte, war diese verschwunden. Jenna sah sich irritiert um, konnte sie jedoch nirgends entdecken. Ein unerklärliches Gefühl der Verlorenheit legte sich unbehaglich auf ihre Seele, während der Raum schlagartig leerer wirkte als zuvor. Vereinzelt lagen Kleidungsstücke auf den Sitzgelegenheiten verteilt, und Jennas Blick fiel auf Judiths geblümtes Kleid, das wie eine abgestreifte Hülle vor ihr auf dem Boden lag. Jenna versuchte, zu begreifen, was gerade eben geschehen war. Fassungslos hockte sie sich hin und griff nach dem Kleid. Ihre Gedanken überschlugen sich und wirbelten in ihrem Kopf umher, als es ihr wie Schuppen von den Augen fiel. Exakt diese Szene hatte sie schon einmal erlebt, als sie in dem Studierzimmer ihres Großvaters eingeschlafen war! Sie wusste, was jetzt geschehen würde. Während sie sich bemühte, sich die Gesichter der Leute um sich herum ins Gedächtnis zurückzurufen, erlebte sie alles wie in einem Déjà-vu. Gerade eben hatten noch das ältere Ehepaar am Tisch neben ihnen und ein paar Jugendliche an der Bar gesessen! Sogar der Barista hinter dem extra für dieses Event besorgten Tresen stand vor kurzem noch dort drüben – und jetzt waren sie alle verschwunden! Alles, was von ihnen geblieben war, waren ein paar Kleidungsstücke. Als ob die Realität, die sie kannten, ohne Vorwarnung zerbröckelte, wie eine Illusion, die ihnen vorgegaukelt worden war.

Sherah und David saßen fassungslos und wie versteinert auf ihrem Sofa und starrten auf die leeren Plätze um sie herum. Ein kalter Schauder schien ihnen den Rücken hinunterzulaufen, als sie die Unfassbarkeit des Geschehens realisierten. Panik ergriff sie, und Menschen in den anderen Räumen begannen zu schreien, zu weinen und panisch herumzulaufen, um ihre Angehörigen zu suchen. Ein Mann schlug mit geballten Fäusten auf den Tisch, verzweifelt auf der Suche nach seiner verschwundenen Tochter. Die Atmosphäre war geladen mit Angst und Verwirrung, während die Menschen versuchten, zu begreifen, was gerade passiert war. Der Speisesaal und der Parkplatz vor dem Manor füllte sich mit Menschen, die mit weit aufgerissenen Augen wild gestikulierten. Sherah und David waren wie gelähmt, unfähig, den Schock zu überwinden. Spekulationen flogen wild umher, von außerirdischen Entführungen bis hin zu übernatürlichen Erscheinungen.

Jenna entdeckte diese Frau aus ihrem Traum, die mit der Bibel in ihrer Hand wild gestikulierte. Erkannte den Verschwörungstheoretiker, der wilde pseudowissenschaftliche Erklärungsversuche von sich gab, und dann wanderte ihr Blick wieder zu Judiths Kleid in ihrer Hand und sie ließ es zitternd zu Boden fallen.

Matt! Jen, die eben noch wie festgefroren auf Judiths Kleidungsstücke gestarrt hatte, rannte kopflos in den Flur, um nach Matt zu suchen. Jennas Atem ging flach und hastig, während sie damit kämpfte, klar zu denken. *Wohin hatte Matt gesagt, wollte er gehen? Richtig, Richards Büro!* Jenna erinnerte sich daran, dass sich das Büro irgendwo in der oberen Etage befand, und eilte die Treppe hinauf. Oben angekommen, raste ihr Herz so schnell, dass sie fast nicht atmen konnte. Sie hatte das Gefühl, in einem Labyrinth gefangen zu sein, und allein der Gedanke, dass sie Matt nicht mehr finden würde, erfüllte sie mit Hilflosigkeit. Während sie die Räume hastig mit ihrem Blick absuchte, spielte ihr Verstand ihr die schrecklichsten Szenarien vor, ihr Körper erfüllt von Panik, die mit jeder weiteren Tür, die sie erreichte, größer wurde. Jenna erinnerte sich an das Essay ihres Großvaters, und urplötzlich ergab das, was sie dort gelesen hatte, in Verbindung mit dem, was Judith ihr gesagt hatte, Sinn.

»Gott, bitte hilf mir, Matt zu finden, bitte lass mich nicht allein! Ich brauche dich«, betete sie verzweifelt. Erste Tränen liefen über ihre Wangen, und sie fühlte sich, als ob sie vor einem Abgrund stand, ohne zu wissen, wie es weitergehen sollte, als sie eine dürftige Ahnung davon überkam, was um sie herum geschehen war. Mit schweren Schritten lief sie auf die Tür am Ende des Flurs zu und versuchte, die Schrift auf dem Namensschild zu entziffern.

... to be continued

Über die Autorin:

Mae Josiah hat schon früh entdeckt, dass Worte eine besondere Kraft haben, und liebt es, ihre Gefühle und Gedanken schriftlich auszudrücken. Als Übersetzerin half sie bisher anderen dabei, ihre Geschichten zu erzählen. Heute schreibt Mae ihre eigenen Geschichten über zentrale Lebensthemen wie Vergebung, Glauben, Heilung und den Sinn des Lebens – Themen, die uns alle betreffen und die in ihrer Tiefe bewegen.

Ihr Debütroman, ein spannender Fortsetzungsroman lässt sich nur schwer in eine Schublade stecken. Mae schreibt genreübergreifend für Leser*innen* jeden Alters, die in Geschichten nicht nur Unterhaltung, sondern auch tiefe Botschaften finden möchten. Besonders das Thema Vergebung liegt ihr am Herzen – inspiriert von ihrer eigenen Lebensgeschichte und der Kernbotschaft des Evangeliums. Ihr Ziel ist es, Menschen zu ermutigen, über den Glauben nachzudenken und Gott auf ihrem Lebensweg zu begegnen. An der Seite ihres geliebten Ehemanns und ihrer drei wundervollen Kinder jongliert sie Haushalt und Freiberuflichkeit und obwohl das Schreiben neben ihrem Familienalltag eine Herausforderung ist, findet sie immer wieder Wege, ihre Leidenschaft zu leben – sei es in ruhigen Momenten, die sie sich erkämpft, oder in nächtlichen Schreib-Sessions. Ihr Glaube ist dabei ihr wichtigster Antrieb und sie hofft, dass die Geschichten ihre Leser*innen* berühren und dazu ermutigen, sich auf eine tiefere Beziehung mit Jesus einzulassen.

SOCIAL MEDIA:

Unter dem Label First Jesus then Books haben sich zwei Autorinnen mit einer gemeinsamen Leidenschaft zusammengeschlossen: Dem Schreiben von Geschichten, die das Herz berühren und den Glauben stärken. Ihr Glaube an Gott ist das Fundament all ihrer Arbeit – denn sie sind überzeugt, dass alles gelingen kann, wenn Jesus an erster Stelle steht.

Auf Instagram teilen sie Einblicke hinter die Kulissen, aktuelle Buchprojekte und inspirierende Gedanken. Wenn du Bücher liebst und neugierig bist, wie Glaube und persönliche Überzeugungen Geschichten prägen können, dann bist du hier genau richtig!

Folge uns auf Instagram unter @firstjesusthenbooks und bleib auf dem Laufenden – wir freuen uns auf dich!

Außerdem findest du Mae Josiah als @maeellyjosiah auf Instagram, sowie ihren englischen Account @firstjesusthencoffee_

(TIKTOK & Facebook ist ebenfalls im Aufbau)

Vergiss nicht, einem der Kanäle zu folgen, um die Fortsetzung von Gen C nicht zu verpassen.

DANKSAGUNG:

An erster Stelle gilt mein Dank Jesus Christus, meinem Herrn und Retter. Ohne Gottes Liebe, Vergebung und Gnade wäre nichts von alldem geschehen und ich wäre nicht die Person, die ich heute sein darf.

Ich möchte mich bei meinem Mann und meinen Kindern bedanken, für die Liebe, Unterstützung und die Freiheit, die ich genießen durfte, mich einfach mal zurückzuziehen und zu schreiben.

Ein ganz besonderer Dank gilt Steffi, die mich immer wieder ermutigt hat, weiterzuschreiben und für all die Dinge, die ich von ihr lernen darf. Danke auch an all die Freunde, Testleser*innen* und Rezensionsleser*innen*, die alle durch ihr Feedback und ihre Unterstützung mit dazu beigetragen haben, dass dieses Buch – Baby das Licht der Welt erblickt hat.